얼룩무늬 청춘 3
광주 편

얼룩무늬 청춘 3 광주 편

발행일	2023년 11월 29일		
지은이	조자룡	일러스트	히에누
펴낸이	손형국		
펴낸곳	(주)북랩		
편집인	선일영	편집	윤용민, 배진용, 김부경, 김다빈
디자인	이현수, 김민하, 임진형, 안유경, 최성경	제작	박기성, 구성우, 이창영, 배상진
마케팅	김회란, 박진관		
출판등록	2004. 12. 1(제2012-000051호)		
주소	서울특별시 금천구 가산디지털 1로 168, 우림라이온스밸리 B동 B113~114호, C동 B101호		
홈페이지	www.book.co.kr		
전화번호	(02)2026-5777	팩스	(02)3159-9637

ISBN	979-11-93499-64-1 04810 (종이책)	979-11-93499-65-8 05810 (전자책)
	979-11-6836-417-2 04810 (세트)	

(주)북랩 성공출판의 파트너

북랩 홈페이지와 패밀리 사이트에서 다양한 출판 솔루션을 만나 보세요!

홈페이지 book.co.kr • **블로그** blog.naver.com/essaybook • **출판문의** book@book.co.kr

작가 연락처 문의 ▸ ask.book.co.kr

작가 연락처는 개인정보이므로 북랩에서 알려드릴 수 없습니다.

조자룡 자전에세이 ❸

얼룩무늬 청춘 3
광주 편

북랩

빛고을 광주

광주는 소위 임관 후 스스로 선택한 첫 부임지다. 과대망상에 사로잡혀 있던 시절, 고질적인 지역감정의 실체를 파악하여 스스로 해결하겠다는 거창한 포부를 안고 갔다. 물론 그걸 실천하지는 못했다. 만약 내가 그 일을 완수하였다면 국가 지도자가 되었을 것이고, 정치 구도가 동서 지역이 아니라 개혁과 보수로 나뉘었을 터다.

우주의 섭리나 자연법칙이 그렇듯 누군가의 의도에 따라 돌아가는 건 없다. 오늘날 지구가 빅뱅 이후 수많은 우연이 겹쳐 만들어진 생태계인 것처럼, 사람의 삶은 우연으로 이루어진다. 광주를 선택한 건 다른 이유였으나 그곳에서 만난 사람은 우연이자 필연일 것이다. 사람은 만난 사람에 따라 달라진다. 일찍이 노무현이나 유시민을 만났다면 그 영향을 받았을 것이다. 전두환이나 노태우를 만났더라도 현재의 내가 아닐 것이다. 소위 때 광주에서 만난 사람이 군인 조자룡을 만드는 데 적잖이 영향을 끼쳤으리라.

군의 실체를 전혀 모른 채 막연한 생각으로 광주에 부임해서 처음 만난 선배 장교는 강렬하였다. 어쩌면 당시 경쟁하던 더 강력한 조직인 정비 특기에 밀리지 않으려는, 먹히지 않으려는 위기의식 때문이었을지도 모른다. 신고 하루 전날 무장대대 1년 선배 장교는 충격적인 방법으로 환영하였다. 요즘 시각으로는 바람직하지 않을 수 있으나 내 전체 삶에서 받은 가장 성대한 환영이었다. 사랑받으며 자라지 못했고 스스로 소중한 사람으로 여겨본 적이 없으나 어쩌면 나도 소중한 사람일지도 모른다는 생각을 하게 되었다.

공군 특기와 무장이란 개념을 정확히 모르는 햇병아리에게 첫 무장대대장은 한마디로 설명하였다. 공군과 비행단과 전투기의 목적은 하나다. 제공권을 장악하여 전쟁에서 승리하는 것이다. 공군과 비행단과 전투기는 수단이다. 목적은 단 하나, 목표물의 파괴다. 그 목표물을 파괴하는 건 실탄, 폭탄, 유도탄을 총칭하는 탄약이다. 무장대대는 탄약을 저장, 관리하고 전투기에 장착하여 적 표적에 명중시키는 시스템을 관리하는 부대다. 대대장의 일목요연한 설명으로 내 임무를 알았다. 대충 해서 될 일이 아니다. 전쟁의 승패를 좌우하는 막중한 임무다. 무장대대 임무 완수를 위해 최선을 다해야 하리라.

몇 안 되는 인원으로 대대 살림을 도맡아 하다시피 했던 행정계 전우, 비행단과 멀리 떨어져서 자유분방한 생활에 길들었으나 지나치게 투철한 군인정신을 가진 파견대장 탓으로 괴로운 군 생활을 했던 웅천사격장 전우, 가슴 조이며 실무장 사격 결과를 기다리던 122무장지원중대 전우, 땡볕에 낫을 들고 길게 늘어서서 제초작업 하던 탄약중대 전우가 그립다. 이런저런 소동도 있었으나 함께한

희로애락에 정들었고 군 생활 내내 마음으로 의지하였다.

어느 부대에 가도 한마음 한뜻으로 환영하던 금오공고 동문은 든든한 원군이었다. 선배는 대부분 전역하고 후배가 다수였으나 두 분 부사관 선배가 있었다. 공교롭게도 같은 특기에 성이 조가(趙家)였고 친하게 지내서 3조라고 불렀다. 즐겁고 편안하게 생활하는 데 큰 도움이 되었다.

광주는 한국 현대사 비극의 땅이요 민주화의 성지다. 목표했던 지역감정의 실체를 파악하여 해결하지는 못하였으나 그 땅에서 사는 사람도 선량한 대한민국 국민임을 확인하였다. 군복을 입고 처음 만난 광주 전우는 편견과 독선에 사로잡힌 조자룡에게 균형을 잡아주었다. 빛고을이란 그 지명처럼 공군 소위 조자룡에게 밝은 희망을 심어주었다.

이 책 『얼룩무늬 청춘 3 ─ 광주 편』은 광주 비행단에서 근무할 때 있었던 에피소드를 정리한 자전 수필이다. 4년여를 동고동락한 무장전자정비대대 전우와 금오공고 동문, 특히 무장장교의 자부심을 심어주며 밝게 이끌어준 1년 선배 임철재, 김태룡, 김영제, 이내환 중위와 동기 권형근, 육창희 중위, 적절한 인간관계를 맺도록 도와주고 사생활을 풍성하게 한 금오공고 동문 조기훈, 조성세 선배님께 이 책을 바친다.

2023. 11.

조자룡

목차

10장 / 1990

11장 / 1991

12장 / **1992**

13장 / **1993**

9장

1989

전투기가 공군 존재 목적에 해당한다면,

무장대대는 전투기의 존재 목적에 해당한다.

여객기는 사람을 실어 나르고

수송기는 화물을 옮긴다.

전투기는 폭탄과 미사일을 표적에 옮기는 임무를 한다.

전투기는 단지 폭탄과 미사일을 이동시키는 수단에 불과하다.

무장대대는 전투기가 존재하는 목적,

폭탄과 미사일을 관리하는 부대다.

- 본문 「무장전자정비대대(武裝電子整備大隊)」에서

광주

　1989년 5월, 진주 공군교육사 생활이 끝나가고 있었다. 무장 특기 소위 열셋과 정비 특기 소위 열세 명의 축구 대결, 아니 사관학교 출신 정비장교에 대한 학군 무장장교의 도전도 어느덧 막바지에 이르렀다. 13주의 소위 특기 교육이 끝나고 첫 부임지를 선택해야 한다. 첫사랑이나 첫 경험이 잊지 못할 추억이 되듯이 젊은 청춘을 바쳐야 할 내 첫 부임지는 중요하다. 공군에 대한 첫인상에 따라 내 정신세계가 달라지고 추구하는 이상도 변하리라.

　군부대는 많다. 부대가 많다는 건 선택지가 다양하다는 것이고, 아무런 정보 없는 근무지 선택은 복불복이지만 순간의 판단이 꽃길과 자갈길을 판가름한다. 소위도 하사도 이병도 처음 접하는 군에 대해 아는 것은 총을 받아야 한다는 것과 전쟁이 일어나면 전투에 참여한다는 사실 외에 아는 건 별로 없다. 육군은 주로 경기도와 강원도 전방에 몰려 있지만, 공군과 해군은 전국에 흩어져 있다.

특히 공군은 하늘을 전장으로 삼는다는 특성상 전방과 후방의 구분이 없다. 육군과 해군이 시공간에 많은 제약을 받는 것과 다르게 공군은 거의 영향이 없다. 예컨대 동해안이든 서해안이든 어느 부대 전투기라도 출격할 수 있다. '달걀은 한 바구니에 담지 마라'라는 속담이 있다. 귀중품이나 깨지기 쉬운 걸 한곳에 모아두면 한꺼번에 잃는 불상사가 발생할 수 있다. 공군은 속담을 거울삼아 비행단을 전국에 흩어놓았다. 적의 기습 공격에 일망타진되는 불상사를 막기 위한 대비다.

소위든 하사든 이병이든 첫 근무지를 선택하는 이유는 비슷하다. 근무하는 부대가 편한가와 연고지와 가까운가 하는 점이다. 젊어서 고생은 사서라도 하라는 말이 있지만, 그 말을 옳다고 믿는 젊은이는 많지 않다. 아니, 설령 옳다고 하더라도 따르고 싶지 않은 것인지도 모른다. 생명의 본령이 생존과 번식이고 추구하는 게 안락이라면 당연한 일이다. 일하기 힘든 직업을 선택하는 사람이 있는가? 위험하고 더러운 일을 좋아하는 사람이 있는가? 누구나 같은 조건이라면 안전하고 편한 직업이나 장소를 택한다.

일 강도에 차이가 없다면 연고지를 선택한다. 가장 편한 데가 어디인가? 부모가 있는 집이다. 세상 누구도 부모처럼 자신에게 헌신하는 사람은 없다. 부모와 함께하는 한 언제나 왕자다. 최대한 부모 근처에서 살아야 하리라. 이성 교제 중인 사람이라면 애인과 자주 접할 수 있는 데가 선택지가 된다. 부모와 함께하는 건 편안할 뿐이지만 애인과는 강력한 희로애락이 함께한다. 고통의 순간이 있지만 거대한 희열을 외면할 수 없다. 보통 사람이 희망하는 부대는 편하거나 연고지에 가까운 곳이다. 비현실적인 환상 속에 살았던 젊은 날 조자룡의 생각은 달랐다.

첫째, 가장 먼 곳으로 가자. 세상은 넓고 할 일은 많다. 내가 태어난 곳이 충청도고 사춘기를 보낸 데가 경상도라면 긴 인생을 위하여 미지의 땅으로 가야 한다. 산과 물과 사람이 모두 낯선 곳, 경험하지 못한 데가 내 정신세계를 성장하게 하리라. 불편과 역경은 몸과 마음을 강하게 단련시킬 터였다. 그 당시 내게 미지의 땅은 강릉과 광주였다.

둘째, 가장 힘든 데로 가자. 어차피 군에서 탁월한 장군이 되고 장차 위대한 대통령이 되려면 가장 힘든 일을 경험해야 하리라. 젊은 날 고생을 사서 하라는 말은 정확히 맞는 말이다. 장차 맞닥뜨릴 위기에서 벗어나기에 가장 좋은 건 경험이다. 밑바닥에서 느꼈던 고통과 고뇌는 가장 효과적인 생존방식을 뇌리에 새기리라. 힘든 곳은 먼 데와 낯선 곳이 다르지 않다. 전투비행단이 있는 강릉과 광주는 여전히 우선순위였다. 먼 곳과 낯선 곳보다 힘든 비행단은 신기종 전투기 운영부대라는 사실을 알았으나 당시 신기종인 F-4나 F-16을 운영하던 충주, 청주, 대구에는 빈자리가 없었다.

셋째, 배울 게 많은 곳으로 가자. 먼 곳, 힘든 곳으로 가는 의미가 무엇인가? 짧은 시간에 최대한 많은 걸 배우자는 것이다. 그렇다면 배울 게 가장 많은 데가 최적의 부임지 아니겠는가? 배우는 데 유리한 곳도 역시 신기종 운영 비행단이었으나 초급장교 공석이 없었다. 광주는 호남의 중심지다. 전두환, 노태우 군사정권 시절이었기에 잠복해 있을 뿐 지역감정은 이미 흔들리지 않는 사실이었다. '광주 비디오'를 시청한 나는 전라도 사람에게 잠재된 분노를 짐작하였다. 1987년 대통령선거에서 이미 드러나지 않았는가? 여당인 민정당 후보 노태우는 호남 유세에서 달걀 세례를 받았다. 전라도 사람은 통쾌하였겠으나 경상도 사람이 결집하는 반작용을 낳았다. 원수에 대한 복수는 겉으로 드러내서는 안 된다.

무수히 많은 대학 친구와 벌인 김대중 김영삼 단일화 토론에서 단일화에는 모두 동의하였지만, 누구로 단일화할 것인가에 합의할 수 없었던 경상도 전라도 친구의 속내에서 나는 뿌리 깊은 지역감정을 읽었다. 대화했던 경상도 친구 중 단 한 명에게도 김대중으로 단일화를, 전라도 친구 중 단 한 명에게도 김영삼으로 단일화를 설득할 수 없었다. 모든 당위성과 타당성을 따졌으나 정확히 같은 이유로 결론은 반대였다.

지역감정의 실체를 정확히 아는 것이 탁월한 장군이 되는 데는 도움이 되지 않을 수 있으나 평범한 대통령이 되기 위해서라면 필수였다. 과대망상 거창한 꿈을 꾸었던 청년 조자룡은 범상한 사람이 원하는, 편하고 연고지에 가까운 성남이나 수원이 아니라 광주를 선택했다. 강릉도 유력 후보지였으나 대통령이라면 반드시 해결해야 할 지역감정의 실체를 이해하는 데 도움이 될 광주와는 비교할 수 없다. 삼국지 영웅호걸의 박진감 넘치는 삶에서 국가 지도자를 꿈꾸었던 조자룡이 선택한 부임지나 이유는 평범하지 않았다.

경험하지 못한 미지의 땅 광주는 내게 무엇을 가르칠 것인가? 내가 얻을 것은 무엇인가? 주먹으로는 무하마드 알리와 안토니오 이노키에게 지지 않을 자신이 있고, 역사에 기록될 업적으로는 알렉산더나 칭기즈칸에 못지않아야 한다고 다짐했던 피 끓는 청년 장교 조자룡의 첫 근무지는 광주 비행단이었다. 빛고을은 우연한 근무지가 아니라 반드시 근무해야 할 이유가 차고 넘쳤던 운명의 땅이었다.

무장가(武裝歌)

부임지가 원하는 대로 결정되는 것은 아니지만, 다행히 광주를 희망한 동기생이 양보해서 조자룡의 공군 첫 근무지는 광주로 결정되었다. 광주도 공군 비행단도 경험하지 못한 미지의 세계였으나 동기생 권형준, 육창혁 둘과 함께 가게 되어 의지가 되었다.

군에서 장교로 임관하면 인가된 보직 중 빈자리로 보임하는데 기존 장교가 희망지로 먼저 이동해서 인기 없는 부대나 보직일 가능성이 크다. 단기 장교는 단지 편한 보직을 원하지만, 장기 복무 희망자는 배울 수 있는 새로운 기종의 전투기를 운영하는 기지를 원한다. 성남, 수원, 대구는 편하고 대도시 인근이라는 이유로, 충주와 청주는 신기종이라서 신임소위가 갈 자리가 없었다. 내가 원했던 광주가 기존 장교에게는 그다지 매력적이지 않았던 게다.

진주에서 고속버스와 시내버스를 갈아타면서 동기생 권형준, 육창혁과 광주 비행단에 도착했다. 이미 일과시간이 끝나가고 있었으므로 전입신고는 다음 날 할 예정이었다. 햇병아리 소위 세 명이 두리번거리며 영내 장교 숙소에 들어서자 몇몇 중위가 반겨 맞았다.

"오, 왔는가? 병아리 폭탄 장교!"

그 말이 무슨 말인지 정확한 의미를 파악할 수 없었으나 일단 경례부터 했다. 신임소위답게 크고 우렁찬 소리로 말이다.

"필~ 승!"

"쭈아~ 군기가 팍팍 들어 있구먼. 숙소는 A, B, C에 정해져 있으니 짐을 내려놓고 5분 안에 사복으로 갈아입고 집합한다. 이상!"

세 명의 신임소위가 배속하는 걸 사전에 문서 통보로 기지에서 알고 있었으므로 우리가 할 일은 아무것도 없었다. 대대 행정계에서 장교 독신자 숙소를 미리 신청하여 이미 방까지 배정되어 있었다. 사회에서는 모든 게 각자 책임이다. 부모와 함께 있을 때는 온갖 호사를 누리지만 집 떠나는 순간 스스로 살아갈 방도를 찾아야 한다. 군대는 달랐다. 스스로 어떤 노력도 하지 않았으나 부대 생활이 가능하도록 일사불란하게 사전 조치를 하였다.

사복으로 갈아입고 모이자 네 명의 중위가 앞장서서 우리를 부대 내 일반 식당으로 데려갔다. 네 명은 우리가 근무해야 할 무장전자정비대대 1년 선배 장교였다. 사후 83기 임철준 중위, 사관 36기 김태준 중위, 학군 15기 김영민 중위, 사후 84기 이내혁 중위였다. 공군은 가끔 장교가 부족하면 사후 장교를 일 년에 두 번 선발한다. 임관한 달이 다른 사관후보생 두 기수가 1년 선배인 이유였다.

"폭탄 장교로 온 것을 환영한다. 폭탄 장교 식으로 한잔해야지. 사장님, 냉면 그릇 하나 주세요!"

"당연하지. 너희 중 술 못하는 사람 없지?"

"네! 마실 줄 압니다."

우리 셋이 이구동성으로 외쳤다.

"쭈아~ 폭탄 장교는 전입신고가 소주 한 병 원샷이다."

주동 격인 김태준 중위가 가져온 그릇에 소주 한 병을 가득 따라 우리에게 권하였다. 셋 모두 술을 마실 줄 알았고, 나는 좋아하는 편이었으나 선뜻 마신다는 사람이 없었다. 하긴 누가 소주를 소주잔에 따라 마시지 냉면 그릇에 따라 한꺼번에 마신단 말인가? 그런 말은 듣도 보도 못한 터였다.

"마시고 싶은 사람이 없다 이거지? 좋다. 그럼 내가 시범을 보일 테니 잘 보고 따라 하도록!"

말을 마친 김태준 중위가 대접을 들어 벌컥벌컥 들이키기 시작했다. 말한 대로 입을 떼지 않은 채 소주 한 병을 모두 마시는 것이었다. 셋은 놀라서 흠칫 두 눈을 치켜떴다. 분위기가 심상치 않았다. 무언가 우리가 모르는 방향으로 사태가 진행되고 있었다. 김태준 중위는 안주도 먹지 않은 채 다시 소주 한 병을 따랐다.

"자, 먼저 마실 사람? 없어? 없으면 내가 다시 한번 시범을 보일 테다."

"제가 마시겠습니다."

분위기가 서늘한 데 놀라 내가 자원했다. 간혹 술이 센 사람은 몇 병을 들이켜고도 멀쩡한 사람이 있으나 대부분의 사람은 한두 병에 취하거나 맛이 간다. 우리가 정신을 잃을 정도로 취하는 게 가장 큰 문제겠지만, 선배가 만취해도 문제가 될 가능성은 농후하다. 취한 후 어떤 상황으로 발전할지 아무도 모른다. 나는 처음이었지만 맹물 들이키듯 용감하게 쫙 마셨다.

"쭈아, 쭈아~ 역시 폭탄 장교답다. 그 정도는 돼야 폭탄이지."

네 선배 장교가 일제히 손뼉을 치며 칭찬하였다. 군에서는 먼저 한다고 손해 보는 건 없다. 결국은 최후의 한 사람까지 모두 하게 되어 있다. 아량이나 배려는 거의 없다. 무조건 상명하복이요, 까라면 까야 한다. 눈치를 보던 형준이와 창혁이도 소주 한 병을 통째로 마실 수밖에 없었다. 빈속에 소주 한 병씩을 들이켜자 30분이 되기 전에 모두 곤드레만드레 고주망태가 되었다. 그럴 수밖에 없는 게, 이후로도 30초 간격으로 건배를 하는데 배길 재간이 없었다. 식사 시작 한 시간이 채 되기 전에 자리가 끝났다.

"밥 먹었으니 2차 가야지?"

우리의 의견을 묻는 일은 없었다. 반대하는 선배도 없었다. 누가 먼저랄 것도 없이 당연하다는 듯 광주 비행단 인근 송정리에 있던 속칭 '1003번지'로 향했다. 공군 무장 특기는 폭탄을 취급하는 분야다. 그래서 조금 무시무시한 표현을 써서 무장장교를 폭탄 장교라고 부르기도 했다. 1003번지는 당시 어느 도시에나 있던 유흥가다. 1003번지에 도착하자 두 눈이 휘둥그레졌다. 엄청난 수의 아가씨가 길 양옆에 늘어서서 우리를 환영했다. 홍등가 수십 미터를 야

한 옷차림의 수십 명 아가씨가 손뼉을 치면서 노래했다.

> 무장 너도나도 무장 우리 하나 뭉쳐 똘똘 뭉쳐라
> 천둥 번개처럼 날카로운 눈과 이로 일망타진해
> 백발백중 폭탄 주먹으로 초전박살 승리하노라~ 아~
> 뭉쳐 다시 한번 뭉쳐 똘똘 뭉쳐 무장 한마음으로~

어안이 벙벙하였으나, 그것이 당시 유행가를 개사한 '무장가(武裝歌)'였다. 음악에 재능이 있고 음주 가무를 즐겼던 당시 무장대대장 양선호 중령이 개사했다고 한다. 놀랍지 않은가? 일개 비행단대대를 대표하는 노래가 있다는 사실도 놀라웠지만, 유흥가에 종사하는 수십 명의 아가씨가 모두 합창할 정도라니…. 그날 우리가간 가게 아가씨들만 우리를 환영한 게 아니었다. 상가 아가씨들 대부분이 자기 가게 앞에 나와서 우리를 환영하였다. 송정리 지역 전체 유흥가가 무장대대 장교 단골 가게란 말인가?

놀라운 일이었다. 그때까지 소위 아가씨가 있는 술집에서 놀아본 적이 없었다. 당연한 일 아닌가? 대학 생활 내내 하루 한 끼 식사로 버티다시피 한 내가 아가씨 있는 술집이라니, 언감생심 꿈도 꾸지 못할 일이었다. 소위 셋이 자대 배치하였다고 길가에 늘어서서 손뼉 치며 '무장가'를 부르다니 꿈같은 일이었다. 나는 일찍이 그런 환대를 받은 적이 없었다. 아니, 그 이후로도 없다.

거기까지였다. 그 후로도 일곱 명이 많은 맥주를 마셨으나 기억에는 없다. 다음 날 비행단장 신고가 있는데도 겁 없는 1년 선배 장교 일탈에 우리는 모두 장렬히 전사했다. 그 지경이었음에도 다음 날 신고는 무사히 끝났다. 우리가 완전히 제정신을 차린 게 아니라 아마 당시에는 그런 일이 비일비재하였으므로 단장이 용서했으리라. 흐릿한 눈동자와 흔들리는 자세와 술 냄새를 질책하지 않고 건투를 당부하였으리라.

광주 도착 첫날은 그렇게 흘러갔다. 얼룩무늬 청춘은 금오공고에 입학하던 7년 전에 진작 시작하였으나 교육 훈련이 아닌 진짜 자대 근무는 오늘이 첫날이다. 첫 경험은 잊히지 않는 추억이다. 30년도 더 지난 까마득한 옛일이지만 어제 일같이 생생하다. 얼룩무늬 청춘의 미래는 알 수 없다. 일단 출발은 화려하였다. 광주에서의 첫날은 생애 최고의 날이었다.

무장전자정비대대(武裝電子整備大隊)

　술이 덜 깬 상태였으나 겉으로는 아무렇지도 않다는 듯이 단장, 전대장 전입신고를 마치고 우리가 근무할 무장전자정비대대로 향하였다. 대대장실에서 신고를 마치고 대대장과 면담하였다. 누구든 전입 전출 시에는 대대장 신고를 거쳐야 하며, 신고 후에 면담이 이루어지게 마련이다. 전입 시에는 주로 신상 파악과 대대 소개차원의 대화가 이루어지고 전출 시에는 고생했다는 위로의 말이 주를 이룬다.

　"무장대대 전입을 축하한다. 귀관의 능력을 최대한 발휘하여 대대 발전과 영광에 이바지하기를 바란다. 귀관은 공군에서 가장 중요한 것이 무엇이라고 생각하는가?"

　자리에 앉자마자 무장대대장 양진호 중령이 비몽사몽의 얼떨떨한 상태인 세 사람에게 질문하였다.

　"전투기 아닙니까?"

"조종사라고 생각합니다."

"비행단이라고 생각합니다."

예상하지 못한 질문에 각자 소신을 피력하였다.

"훌륭한 장교들이로군. 그렇다. 공군은 전투기를 운영할 목적으로 존재한다. 전투기와 조종사와 비행단이 가장 중요하다. 무장대대가 무엇을 하는 대대인지 아는가? 전투기가 공군 존재 목적에 해당한다면, 무장대대는 전투기의 존재 목적에 해당한다. 여객기는 사람을 실어 나르고 수송기는 화물을 옮긴다. 전투기는 폭탄과 미사일을 표적에 옮기는 임무를 한다. 전투기는 단지 폭탄과 미사일을 이동시키는 수단에 불과하다. 무장대대는 전투기가 존재하는 목적, 폭탄과 미사일을 관리하는 부대다."

양진호 중령은 작은 몸집이었지만 얼굴이 준수한 호남형에 언변이 물 흐르듯 하였다. 몇 마디로 무장대대의 임무와 중요성을 설명하였다. 무장대대에 대한 대대장의 자랑 겸 설명이 이어졌다.

"무장전자정비대대는 전투기의 성능을 좌우하는 주요 계통을 관리하는 부대다. 사람에 비유한다면 몸통과 발에 해당하는 기체와 엔진을 제외한 거의 모든 기능을 책임진다. 두 눈에 해당하는 화력 제어(RADAR) 계통, 귀와 입에 해당하는 통신 항법 계통, 코와 촉각에 해당하는 전자전 계통, 두뇌 역할을 하는 임무 컴퓨터, 팔의 역할을 하는 무장 계통, 주먹에 해당하는 미사일과 폭탄을 관리한다. 그뿐만이 아니라 효율적인 조종사 훈련을 위한 비행 훈련 장치(Simulator)와 육·해·공군과 민간을 망라하는 정밀 측정 장비를 정비, 관리한다. 무장대대가 이렇게 중요하다. 무장대대가 제대로 임무를 완수하지 못한다는 건 곧 공군이 임무를 수행하지 못하는 것이다. 무장대대가 허약하면 공군은 오합지졸이 된다."

공군 소위로 임관했지만, 아직도 공군은 낯설었고 무장 특기를 받았음에도 해야 할 임무가 무엇인지 아리송한 상태였다. 3년간의 금오공고 군사학, 2년간의 ROTC 군사교육, 10주간의 무장 특기 교육을 이수하였음에도 실체가 보이지 않았다. 무장이나 정비의 사전적 의미조차 확실하게 알지 못하였다. 타당하고 논리정연한 말의 힘은 무섭다. 아무것도 모르는 백지 상태에서 갑자기 두 눈이 환해지는 느낌이었다. 석양과 여명의 침침한 상태가 태양이 밝게 빛나는 한낮으로 바뀌었다.

적을 말살하고 표적을 파괴하는 실탄과 폭탄과 미사일이 없다면 전투기가 존재할 이유가 무엇인가? 인간에게 두뇌와 눈, 코, 입, 귀, 팔, 손이 없다면 인간의 역할을 하겠는가? 공군의 존재 이유와 전투기의 존재 이유, 무장대대의 존재 이유를 확실히 알았다. 원해서 받은 특기는 아니었으나 무장전자는 위대한 분야였다. 공군에서 핵심 중 핵심 부대였다. 핵심 부대에서 근무하는 장교가 중요하지 않다면 누가 중요하겠는가? 대대장의 부대 소개로 공군 소위 조자룡이 중요한 사람임을 확실히 깨달았다. 조자룡은 중요한 사람(VIP)이다.

군기 잡기

  신임소위가 비행단에 배속되어 오면 아연 긴장감이 돈다. 세상 물정 모르는 새내기 소위는 이론을 현실에 접목하는 데 서투르다. 주변 사람을 통해서 상명하복, 까라면 깐다. 군은 무에서 유를 창조한다는 둥 전해 들었던 풍월과 군사학에서 배운 군대 예절 사이에서 혼란스럽다. 물론 1년이 지나면 실생활에서 자연스럽게 깨닫기 마련이지만, 선배 장교는 교묘하게 새내기를 이용한다.

  "소위는 정의와 용기의 화신이다. 어떠한 불의와 타협해서도 안 되며 군인답지 않은 말과 행동을 용납해서는 안 된다. 나이 고하를 막론하고 장교에게 예의를 갖추지 않는 사람은 군인다운 군인이 아니다. 느슨해진 비행단 분위기에 너희가 활력을 넣어야 한다. 때와 장소를 가리지 말고 군기를 잡아라."

  1년 선배인 중위가 유도하게 마련이지만 단장을 비롯한 고급장교도 지켜볼 뿐 말리는 사람은 없다. 오히려 지나친 간섭에 준사관이나 부사관이 반발하여 마찰이라도 생기면 헌병대대에서 누군가를 처벌하기보다는 적당히 무마한다. 아직 부대 사정을 잘 모른다는 명목으로 신임장교 일탈을 방관한다. 시간이 흐르면 느슨해지기 마련인 인간 심리에 긴장감을 불어넣어 군기를 잡기 위한 묵인 또는 방조에 가깝다.

하늘 같은 1년 선배의 명을 받은 소위는 출퇴근 시간이나 점심시간에 비행단 요소요소를 점령한다. 일부러 많은 사람이 지나치거나 출입하는 정·후문과 식당 편의시설에 지키고 서서 지나가는 사람을 주시한다. 경례 태도가 불량하거나 못 본 척 지나치기라도 할 양이면 가차 없이 불러 세운다.

"이보세요, 거기 준위, 지금 제가 안 보입니까? 왜 그냥 지나치지요? 상급자를 만났으니 군인답게 경례하세요."

"아침 식사 안 했습니까? 경례 구호가 모깃소리 같아서 알아듣겠습니까? 김 상사, 다시 한번 경례합니다. 경례!"

소위는 일면식도 없는 준위나 상사를 불러세워 잘못을 지적하고 군인의 자세에 대하여 교육한다. 딱히 틀린 말은 아니지만, 나이 지긋한 준사관이나 상사는 자식 또래 젊은 장교에게 훈계를 듣는 것도, 반복하는 경례도 고역이다. 영관장교도 평소 준사관에게 깍듯이 존대하는 게 보통이다. 계급이 높아도 나이를 예우한다. 실수로 경례하지 않아도 굳이 지적하여 얼굴 붉힐 일을 벌이지 않는다. 소위가 대거 전입하는 매년 봄이면 선배 장교의 선동 내지는 묵인 방조 아래 준·부사관 군기 잡기가 벌어진다.

매년 연례행사처럼 벌어지는 신임소위 군기 잡기에 나이 지긋한 준위나 상사는 아예 두문불출한다. 어떤 이유로 트집 잡혀 곤욕을 치를지 알 수 없다. 업무 외 부대 내 활동을 삼간다. 점심 식사 시간에 가장 많은 일이 벌어지므로 식당에 가지 않고 아예 도시락으로 점심을 해결한다.

비행단은 비행 사고가 없는 한 항상 평화로운 세상이지만 몇몇 소위가 등장함으로써 분위기가 일신한다. 장교든 부사관이든 신분에 무관하게 잘 어울려 살던 사람들 사이에서 갑자기 긴장감이 흐른다. 장교는 상급자임을 확실히 인식하고, 준사관이나 부사관은 장교와의 신분 차이를 절감한다. 군기 잡기의 잘잘못을 떠나서 소위는 확실하게 존재감을 과시한다.

패기와 혈기로 세상에 두려울 게 없을 때 아니던가? 하룻강아지 범 무서운 줄 모르듯이 세상은 소위에게 만만한 존재다. 1989년 5월, 신록으로 아름답게 단장한 광주 비행단이었으나 준·부사관에게는 괴로운 시간이었다. 때 묻지 않은 사람 상대하는 일은 버겁다. 비록 시절은 아름다운 봄이었으나, 소위가 대거 몰려오는 5월이 준사관이나 부사관에게는 아름답지 않은 계절이다.

조출(早出)

나의 첫 보직은 행정계장이었다. 함께 간 세 동기생 중 장기 복무자가 나 혼자라서 군 행정 업무부터 배우라는 대대장의 배려였다. 중대장이 계급상으로는 윗자리지만 업무를 배울 건 많지 않다. 스스로 항공기 계통을 깊숙이 탐구하는 일이 아니라면 한두 달이면 대충 파악이 끝난다. 행정계장은 그렇지 않다. 무장전자 분야 정비 관련 문서를 제외한 모든 서류를 처리하는 데가 행정계다. 인사, 회계, 정훈, 보급, 사격 등 정비관리 업무를 제외한 모든 걸 처리한다. 가정에 비유한다면 가정주부가 해야 하는 온갖 대소사다. 할 일이 끊이지 않는다.

할 일이 많다는 건 배울 게 많다는 거다. 여유 있는 생활을 하기에는 곤란하지만 짧은 시간에 군을 파악하기에는 최적의 자리다. 처음 입사하면 누구나 그렇지만 문서가 낯설다. 사람은 구두로 소통하는 데 익숙해서 말로 설명하던 걸 문서로 처리하는 데 어색하다. 처음 얼마간은 뭐가 뭔지 어리벙벙하였지만 금방 적응하였다. 세상에 어렵거나 못 할 일은 없다. 시도하면 누구나 할 수 있는 게 대부분이다. 행정계장은 종일 바빴으나 일 처리에 어려움은 없었다.

사회에서는 출근 시간이 대부분 아홉 시인데 군은 여덟 시다. 한 시간 일찍 시작해서 일찍 끝낸다. 왜 그렇게 정했는지는 알 수 없으나 아침잠이 많은 젊은이에게 그건 고역이다. 젊은이가 군대를 피하려는 이유는 여러 가지지만, 일찍 자고 일찍 일어나야 한다는 것만도 충분한 이유가 된다. 아침에 일어나는 건 괴롭다. 주로 야행성인 젊은이에겐 특히 그렇다.

소위로 임관하기 전에는 첫 수업 시간에 맞춰 일어나는 게 보통이다. 기상 시간은 자연스럽게 여덟 시나 아홉 시가 된다. 군은 여덟 시 일과 시작이므로 아침 식사를 하려면 여섯 시에는 일어나야 여유가 있다. 여섯 시 기상은 쉽지 않다. 일곱 시에 겨우 일어나서 부리나케 뛰쳐나가기 일쑤였다. 물론 아침 식사는 건너뛰기 예사다. 어느 날 출근 시간에 맞춰 사무실에 나가자 분위기가 써늘했다.

"장교가 이제 출근하는가? 모범을 보여도 모자랄 소위가 출근 시간에 맞춰 나와? 다른 사람은 몇 시에 나왔는지 알아봐라. 계급장이 부끄럽지 않은가? 행정계가 비행 업무와 직접 관련이 없더라도 대대원 출근 시간에 맞춰 출근하라."

대대장 다음 서열이며 대대 업무를 총괄하는 통제실장이 강하게 질책했다. 비행단 비행 직접지원 부서는 조출(早出)과 만퇴(滿退)라는 게 있다. 비행 시간 두 시간 전에 출근하여 항공기 상태를 점검하여 비행 준비하는 게 조출이고, 비행 종료 후 항공기 계통별 이상 유무 확인과 뒷정리를 마치고 가장 늦게 퇴근하는 게 만퇴다. 보통 비행이 끝나고 두 시간 뒤에 퇴근한다. 부사관은 조를 짜서 교대로 근무하기도 하지만 장교는 처음부터 끝까지 해야 한다. 마침 그날은 비행이 여덟 시에 있어서 다른 대대원은 여섯 시에 출근한 날이었다.

행정계는 비행과는 조금도 관계가 없었으나 통제실장의 지시를 따르지 않을 수 없었다. 핸드폰이 없던 시절이다. 비행이 일찍 계획되었더라도 날씨에 따라 늦춰지거나 취소되는 일이 많았다. 그래서 공군은 일기예보가 중요하다. 날씨에 따라 일과가 완전히 달라진다. 비행단 안에 기상대가 존재하는 이유다. 다음 날 일찍 비행계획이 있었으나 비가 온다는 예보에 마음 놓고 술을 잔뜩 마셨다. 아침에 사무실로 출근하자 불호령이 떨어졌다.

"야 이놈아, 네가 장교냐? 대대원 모두 출근해서 일하고 있는데 잠이 오나? 비행 직접지원 부서 장교가 비행 시간에 출근해? 이 새끼가 정말 타작하듯 맞아봐야 정신 차릴랑가? 그따위로 일할 거면, 계급장 떼라 이놈아!"

운수 없는 날이었다. 기상대 사람 욕해봐야 소용없는 일이지만, 예보가 틀린 것이다. 비가 예보되었으나 날씨는 화창하였다. 내 잘못이 아니고 기상대 예보 탓이라는 변명이 통할 계제가 아니다. 변명은 기름을 지고 불구덩이에 뛰어드는 꼴이 되리라. 뭇 사람이 보는 데서 된통 욕설을 들으니 화가 꼭뒤까지 치솟았으나 내색할 수 없었다. 부글부글 끓는 속을 참을 수밖에…. 군대는 일하는 능력 외에 참을성도 뛰어나야 한다. 어쩌면 일 잘하는 것보다도 잘 참는 것이 더 훌륭한 능력일지도 모른다.

　무언가 변화가 필요했다. 한두 번도 아니고 매번 이렇게 욕먹으며 살 수는 없는 일이다. 힘든 일이지만 아침잠을 포기하기로 하였다. 아무리 아침잠이 달더라도 모욕적인 욕설을 들을 만큼 가치 있는 건 아니다. 비행 시간에 맞춰 일어나는 일은 괴롭다. 시시각각 바뀌는 예보를 전달받을 시스템도 없다. 비행 시간과 무관하게 기상 시간을 다섯 시로 정하자. 다섯 시에 일어나자마자 출근하면 늦었다고 지청구 먹는 일은 없으리라.

　그때부터 새벽 다섯 시에 일어나는 습관을 들였다. 처음 얼마간 괴로웠으나 금세 적응했다. 다섯 시 반 전에 통제실에 들러 눈도장 찍고 나서 아침 식사를 하였다. 일찍 출근한다고 특별히 할 일이 있는 건 아니다. 커피나 마시면서 노닥거리거나 신문을 읽는 정도였다. 일찍 출근해서 하는 일은 전혀 없었으나 욕설은 피할 수 있었다. 무엇을 하는가가 중요한 게 아니다. 욕을 먹지 않는다는 게 중요하다. 실질을 숭상하던 조자룡이었으나 허식을 따르게 되었다. 이건 변절이나 퇴보가 아니다. 현실 적응이다. 진화가 무엇인가? 환경에 대한 적응 아니던가? 조자룡은 빠르게 군에 적응해나갔다.

스스로 원한 게 아니라 타인의 강제에 따른 것이었으나 일찍 일어나는 습관은 나를 바꿨다. 그다지 부지런한 사람이 아니었으나 대대에서 가장 먼저 출근하는 부지런한 사람처럼 보이게 되었다. 그때는 보이는 것이었으나 점점 아침은 중요한 시간이 되었다. 남보다 먼저 출근해서 하는 일과 준비는 좋은 점이 한둘이 아니었다. 모두 잘되었다. 아무리 불쾌한 일이더라도 좋은 결과를 얻었다면 좋은 일이다. 모든 게 잘되었다. 현재는 최선의 결과다. 어떤 일이라도 최선의 결과로 바꿀 수 있다. 굴욕을 영광으로 바꾸어간다면 앞날은 찬란하리라.

신고(申告)

군대는 보고에서 시작해 보고로 끝난다는 말이 있다. 말 그대로다. 무슨 일이든 상관에게 시작과 종료를 보고해야 한다. 특히 시작과 끝이 명확해야 하는 일에 하는 게 신고다. 부대 전입에서 진급, 부서 이동, 외출·외박, 귀대, 전출, 전역 등 모든 행위는 지휘관에 신고함으로써 정당성을 인정받는다. 신고해야 하는 일에 대하여 신고를 생략할 경우 지휘관 허락을 받은 것이 아니므로 법의 보호를 받을 수 없다. 허락 없이 정해진 지역을 벗어나는 건 군무이탈 혹은 탈영이다. 군인에게 규정으로 정해진 신고는 의무다.

군인은 크든 작든 부대 규모에 무관하게 권한과 책임을 지는 지휘관이 있다. 지휘관에게 모든 권한이 주어지기에, 발생하는 모든 일에 책임이 있다. 절차에 따라 신고나 보고를 받은 내용에 대해서 책임을 진다. 반대로 절차대로 신고나 보고를 하지 않았다면 예하 부대장이나 개인이 책임을 져야 한다. 각 군 참모총장도 대통

령이나 국방부 장관에게 진급 신고를 한다. 신고는 모든 군인의
의무다.

대대 지휘관은 대대장이다. 대대에서 발생하는 크고 작은 일 모
두 대대장 책임이다. 모든 사건 사고에 책임을 져야 하므로 지휘관
은 적재적소에 유능한 사람을 배치하여 효율적으로 임무를 완수
하고 사고를 예방해야 한다. 인사권과 신상필벌은 부대 운영을 위
한 지휘관의 고유 권한이다.

대대장의 지휘를 받아 인사계획을 짜고 행정명령을 내리는 부서
가 행정계다. 실제로는 대대장과 통제실장의 세부 지침에 따라 움
직이지만 어쨌든 인사, 행정, 군수의 책임은 행정계장에게 있다.
행정계장의 하루는 신고로 시작한다. 그날의 진급, 전입, 전출, 외
출, 외박 인원을 파악해서 모두 모이게 하여 대대장 신고를 주관
한다.

상명하복 체계이므로 간단한 일일 것 같으나 세상만사 쉬운 일
은 없다. 군 구조는 복잡다단하다. 집합 시간과 신고 시간을 미리
공지해도 제대로 지켜지지 않는다. 외출할 병사가 행정계에 늦게
도착하면 욕설과 얼차려를 각오해야 하지만 병사에게도 늦는 이유
가 있다.

중대에서는 선임부사관 반장 중대장에게 보고해야 한다. 그중
누구에게라도 보고를 누락하면 뒤에 발생하는 후환은 본인 책임이
다. 행정계장보다 무서운 건 매일 접하는 선임부사관 반장 중대장
이다. 아무리 다그쳐도 더 무서운 상급자가 존재하는 한 시간은

지켜지지 않는다.

행정계장 입은 거칠다. 매일 고함과 욕설로 하루를 시작한다. 대대장 신고 시간에 맞추지 못하면 상급자인 중대장과 마찰이 일 정도다. 대대장 일정에 맞추지 못하면 몽땅 행정계장 책임이다. 대대장에게 자주 잔소리를 듣는다거나 심한 질책을 받는다면 체면이 말이 아니다. 병사에게 가장 모질게 대하는 게 행정계장이다. 병사는 가장 자주 접하면서 쓴소리하는 행정계장을 싫어한다.

대대 전입신고는 장교는 연 한두 차례, 부사관은 서너 번이지만 병사는 거의 매월이다. 복무 기간이 짧고 인원이 많으므로 촘촘한 교육 과정을 운영하기 때문이다. 행정계장 일에 적응해가던 어느 날 병사 두 명이 교육사 신병 교육을 마치고 대대에 전입하였다. 늘 그렇듯이 일과 시작에 맞추어 대대장에 신고해야 한다. 행정계 밖 공터에서 신고 연습을 시켰다.

"필승! 신고합니다. 이병 홍길동 외 1명은 1989년 ○월 ○일부로 무장전자정비대대 전입을 명받았습니다. 이에 신고합니다. 필승!"

간단하다. 누구나 외울 수 있는 짧은 문장이다. 그런데 그날 전입한 병사 중 선임자(군번 빠른 사람)는 단번에 하지 못했다. 하여튼 신고 중에 문제가 생기면 행정계장 책임이다. 연습을 반복해서 실제 신고할 때 실수가 발생해서는 안 된다. 두 번 세 번 반복해도 제대로 하지 못할 뿐만 아니라 목소리도 속삭이는 듯해서 마침내 폭발했다. 뒤통수를 손으로 '탁' 치며 소리를 질렀다.

"야 새끼야, 그거 하나 못 외워? 너 병신이냐? 뭐 하다 군에 왔어!"

"선생 하다 왔습니다."

"뭐, 선생? 어디에서 무슨 선생 하다가 왔어?"

"○○중학교 ○○과목 선생이었습니다."

갑자기 말문이 꽉 막혔다. 나는 지금까지 살면서 선생에게 반말조차 한 적이 없었다. 선생이 아니라 선생 공부하는 교대생과 미팅할 때조차 반말한 적이 없었다. 대학 졸업 후 임관하는 소위는 평균 스물넷이다. 교사를 하다가 군에 왔다면 적어도 나보다는 나이가 많을 터였다. 보통 병사는 스물한둘에 군에 온다. 설령 몇 살 많더라도 병사에게 존대하는 일은 없었으나 모질게 욕설하다가 직업이 선생이라고 하자 나도 모르게 움찔하였다.

"그래? 몇 살인데?"

"스물여섯입니다."

"알았어. 보고자 바꿔. ○이병 네가 한번 해봐라."

선생 하다 온 병사 대신 옆에 있던 병사에게 신고하게 했다. 단번에 깔끔하게 마쳤다. 그 병사는 고등학교 졸업하자마자 군에 와서 나이가 열아홉이었다. 병사는 고학력자나 똑똑한 사람이 더 유능한 건 아니다. 그저 몸 건강하고 패기 있는 스무 살 젊은이가 최고다. 사회생활은 경험 많은 연장자가 더 잘할 가능성이 크지만 군대는 반대다. 대학 마치고 늦게 군에 온 병사는 나이가 적은 동기생이 반말하는 데 자존심이 상해 잘 적응하지 못한다. 적극적이지 않고 소극적이며 심리적으로 위축된다.

모든 일에는 때가 있다. 독창적인 사고나 행위는 바람직하지만,

남 할 때 따라 하는 게 유리한 경우가 흔하다. 공부나 연애에 때가 있듯이 군대도 적당한 시기에 가는 게 좋다. 스무 살 동기생 반말에 태연할 스물여섯 젊은이는 흔치 않다. 나이 어린 소위나 하사에게 욕먹는 일이 다반사다. 화가 나서 뒤통수를 치고 욕설을 퍼부었지만, 뒷맛이 개운치 않았다.

연상인 선생을 때리고 욕하다니 평소 같으면 될 법이나 할 일인가? 모르고 한 일이지만 정말 미안하였다. 지금도 모습이 선하다. 키가 작고 몸집도 왜소하며 잔뜩 기죽은 모습으로 속삭이듯 신고하던, 중학교 선생이라던 병사 모습이. 이제는 교장 선생님이 되었을 옛 전우여, 미안하오. 운수 사납던 날로 치부하고 용서하기 바라오. 훌륭한 선생으로서 우수한 제자를 많이 두었기를 바라며 은퇴한 뒤에는 편하고 즐거운 노후를 기원하는 바요.

중·소위 일곱 무장장교

광주 비행단 무장대대 생활은 즐거웠다. 부대 생활 자체가 엄청나게 편하거나 재미있는 일이 많았다는 게 아니라 돈의 족쇄에서 벗어난 삶은 완전히 딴 세상이었다. 1989년 소위 첫 월급이 18만 5천 원이었다. 큰돈은 아니었으나 살면서 단 한 번도 정기적으로 용돈을 타서 써본 적이 없었다. 매달 나오는 월급은 평범한 생활을 가능하게 하였다.

저렴한 독신자 장교 숙소를 이용하였으므로 밥값을 제외한 거의 전부가 회식비였다. 1년 선배 네 명과 동기 셋까지 일곱은 하루도 빼놓지 않고 퇴근 후 회식이었다. 정말 죽이 잘 맞는 선후배였다. 어쩌다 과음한 날은 다음 날 종일 속이 쓰려 괴로웠다. 점심시간에 함께 식사하다 보면 모두 죽겠다는 표정이다. 얼굴이 누리끼리한 게 혈색이 없다. 그러다 누군가 한마디 하기 마련이다.

"아휴, 죽겠네. 앞으로는 술 좀 작작 마시자. 오늘은 절대 사양이다."

"맞아, 어제는 너무 마셨어. 아직도 속이 쓰리다. 술이란 말만 들어도 신물이 다 넘어온다."

점심시간에 식사할 때까지는 이구동성이다. 술 마실 때뿐만 아니라 마시지 말자는 말에도 의견 통일이 잘되었다. 역시 무장장교는 무장가에 나오듯이 똘똘 잘 뭉친다. 단합하면 뭐니 뭐니 해도 공군 무장이었다.

속이 더부룩하고 괴롭던 것도 오후 세 시 무렵이면 서서히 사라져간다. 이제야 술이 제대로 깰 때가 된 것이다. 오전까지 오늘만큼은 술 마시지 말자고 다짐하였으나 스멀스멀 딴생각이 도지기 시작한다. 차마 뱉어놓은 말이 있어 주동은 하지 못하지만 돌아가는 낌새를 주시한다.

야간 비행이 없는 날 퇴근 시간이 되면 대대본부에 장교들이 모이기 마련이다. 통제실장은 나이 차가 큰 고참(古參) 대위이므로 행정계가 중·소위 아지트였다. 영양가 없는 잡담이나 하다가 누군가 불쑥 한마디 던지게 마련이다.

"저녁 식사는 어떻게 할까?"

조선대학교 대학원을 졸업하고 임관하여 나이가 많은 임철준 중위를 제외하면 여섯 모두 총각이었으므로 회식과는 별개로 어차피 저녁은 먹어야 할 터였다. 회식하자는 말은 점심시간에 각자 한 말이 있으므로 차마 하지 못하고 은근히 식사할 장소나 메뉴를 묻는다. 각자 따로 식사한다면 모처럼 술을 마시지 않겠지만 이미 마음은 뽕밭에 가 있다.

"저녁은 어차피 먹어야 하니까… 후문 근처에서 김치찌개나 먹을까?"

"좋지! 해장에도 좋겠네."

이쯤에서 누군가 반대 의견을 말하면 흐지부지 하루를 무사히 넘기리라. 그러나 우리가 누군가? 단합 잘하기로 소문난 공군 무장장교 아니던가? 단 한 사람의 반대도 없었다.

"쭈아~ 오늘은 김치찌개다."

"행정계장, 일 정리가 다 됐으면 출발하자. 렛츠 고~"

참새가 방앗간을 그냥 지나치는 걸 본 적이 있는가? 돼지비계가 지글지글 끓는 김치찌개를 두고 술 한 잔도 하지 않는다면 안주에 대한 모독이다. 훌륭한 안주에도 술 생각이 없다면, 술을 마시지 않는 사람이 아니라면 제정신이 아닌 거다. 굳이 누가 말하지 않아도 으레 술은 따라 나오게 마련이다. 그냥 주거니 받거니 마시다 보면 기분이 좋아진다. 멀쩡하던 정신은 사라지고 술기운에 지나치게 고무되어 누군가 목소리도 낭랑하게 외친다.

"야, 오늘은 정말 조금만 마시자. 어제는 너무 취했어. 그렇게 마시다가는 돈도 문제지만 몸이 망가진다. 스스로 통제해야 해."

"맞아, 우리가 장교 아닌가? 장교가 스스로 술을 통제하지 못한대서야 말이 되는가? 오늘은 적당히 취할 정도만 마시자."

말인즉슨 구구절절 옳은 말이요, 건전한 대화다. 그 말대로 될 수 있는가가 문제지만 말이다. 아직은 만취 상태가 아니기에 선생님 말

쏨대로 말하지만, 끝까지 유지할지는 글쎄올시다, 가능할까요?

함께 저녁 식사하자는 말에도, 간단하게 2차 하자는 말에도 단한 명의 반대도 없다. 정말 의사소통 잘되고 의기투합하는 무장장교 일곱이었다. 당연히 술 취한 후 계속 마시자는 말에도 반대할리 없었다. 무장장교 아니던가? 나 한 사람으로 인하여 전체 분위기를 망가뜨려서는 안 된다. 화합하는 분위기를 위하여 적극적으로 찬성해야 한다. 그렇게 이틀 연속으로 아니, 거의 매일 일곱 무장장교는 곤드레만드레 되기 일쑤였다.

바둑 3

초등학교 때 큰형이 동네 친구와 종이에 그린 바둑판에 잔돌로 바둑 두는 모습을 어깨너머로 본 게 전부였는데도 나는 바둑의 원리를 깨달았다. 별도로 두 집 나면 산다는 것도, 서로 교대로 들어내며 싸우는 패도, 축과 축머리도 설명 들은 바가 없었다. 그런데도 신기하게 그걸 알고 있었다. 초등학교, 중학교 다닐 때까지 직접 두어본 경험은 거의 없었다. 기억에 희미하나 초등학교 때 몇 번 두었을지도 모른다.

대학 진학을 포기한 금오공고 3학년 시절 시간 보내는 게 큰일이었는데 친하게 지내던 박재혁이 자칭 바둑 10급이라고 해서 둬본 결과 4점으로 버틸 수 있었다. 몇 달 계속 둔 결과 졸업할 즈음에는 흑백을 교대로 쥘 정도로 실력이 비등해졌다.

대학을 졸업하고 소위 임관 전 1개월가량 겨울방학을 서울 영등포에 있는 기원에 출근하다시피 한 결과 7급 수준까지 도달하였다. 지능이나 재능이 뛰어난 편이 아니었으나 성격이 집요한 면이 있었다. 남에게 뒤지는 것이나 욕먹는 걸 죽기보다 싫어했다. 남보지 않는 곳에서 몇 배를 노력하더라도 대등하거나 우월하기를 원했다. 하긴 생존과 번식을 위해 경쟁해야 하는 생명체의 일원으로서 남에게 뒤지는 걸 좋아할 사람은 없으리라.

소위 계급장을 달고 부임한 광주 비행단 무장대대는 좋았다. 매달 월급을 받아서 좋았고, 일과 후 한 치의 오차도 없이 일치단결하여 즐길 수 있는 위관장교가 있어 좋았다. 평일에는 음주 가무를 즐기느라 다른 일을 할 틈이 없었으나 주말은 달랐다. 목적 없이 나들이하는 걸 좋아하지 않는 나로서는 주말에 할 일이 없었다. 가장 좋은 건 애인을 구하는 것이었으나 아무리 노력해도 예쁘고 날씬한 여자를 구할 수 없었다.

예쁘고 날씬하고 상냥한 여자를 구하는 게 모든 남자의 욕망이고, 이룰 수 없는 비현실적인 망상이라는 걸 일찍 깨달았더라면 젊은 날을 좀 더 알차게 보낼 수 있었으리라. 남이 볼 때는 어떻든 나는 세상에서 가장 위대한 사람이 될 자신이 있었고, 거기에 걸맞은 아름다운 여성을 배우자로 맞아야 했다. 뭇 여성과 염문을 뿌릴 마음은 없었다. 오직 한 여자만을 원했다. 당장 눈에 띄지는 않지만 언젠가 운명적인 만남을 믿었다. 현실에서 만나는 어떤 여인도 마음을 사로잡지 못했다. 간혹 눈에 띄었으나 현실이 아닌 브라운관 안에서였다.

주말에 할 일이 없어 그 빛나는 청춘을 독서(?)로 소일하던 참에 좋은 일거리가 생겼다. 무장대대에는 의외로 바둑 고수가 여럿이었다. 아마추어에서 최고 기력이라는 바둑 5급이 대여섯 명이나 되었다. 준위 한 명, 그리고 나머지는 모두 상사였는데 일요일 오후에는 부대 내 누군가의 관사에 서넛이 모여 바둑 리그전을 벌인다는 걸 알았다. 비로소 공군 소위의 주말에 유용한 일거리(?)를 찾은 셈이다.

돌이켜 생각하니 바둑보다는 독서가 오히려 생산적인 일이었으나, 밝은 햇살이 내리쬐는 청명한 날에 젊은이가 영내 숙소에서 홀로 책을 읽는다는 건 따분한 일이다. 독서에는 집중하기가 어려웠으나 바둑은 다르다. 승리에 따른 과실이 전혀 없었음에도 경쟁에서 이겨야 산다는, 선사시대부터 내려오던 본능은 승부에 몰입하게 했다. 덕분에 무료한 휴일 보내는 일이 줄었다. 1993년 광주를 떠날 때까지 특별한 일이 없는 한 일요일 오후는 부사관 관사에서 바둑 리그전을 벌였다.

바둑이란 게 묘하다. 자주 두는 고수와의 격차는 줄어드는데 넘어서는 건 쉽지 않다. 늘 두는 정도의 수밖에 보이지 않는다. 어쨌든 바둑 재능보다는 집요함 덕분에 자주 두던 사람 수준까지 도달할 수 있었다. 고등학교 졸업할 때 10급에서 대학 졸업할 때에는 7급, 광주를 떠날 때는 아마추어 최고수급인 5급에 도달했다. 5급이면 어디에 가도 처지지 않는 실력이다. 바둑은 시간 보내기에 좋은 오락이다. 어딜 가도 적당한 상대가 있다면 시간 보내는 일은 걱정하지 않아도 되리라.

9점 접바둑

1989년 광주 무장대대에는 1년 선배 임철준 중위가 있었다. 대학원까지 마치고 나이가 차서 입대하여 나보다 대여섯 살이나 많았던 것으로 기억한다. 장교 임관 전에 이미 결혼해서 내가 광주에 부임했을 때는 이미 딸이 있었다. 마음이 아주 천사같이 고와서 다른 사람에게 싫은 소리는 여간해서 하지 않았고, 유머 감각이 뛰어나 우스갯소리를 잘했다. 키가 크고 몸집이 우람했는데 특별하지 않은 이야기도 큰 몸짓과 다양한 표정을 섞어 진지하게 말하는 태도가 곁에서 보면 웃음을 참을 수 없었다. 임 중위가 있는 곳 어디든 활력이 넘치고 웃음꽃이 피어났다. 한 번은 중대 회식 이야기를 실감 나게 했다.

"모처럼 중대 사무실에서 회식해서 모두 신났거든? 회식이 한창 무르익을 무렵 내가 병사들에게 애로사항이나 건의사항 있으면 한 가지씩 말해보라고 했지 않았겠나? 그랬더니 중대장이라고 사양하는 법도 없이 중구난방으로 모두가 한마디씩 하는 거야. 받아 적을 수도 없었을 뿐만 아니라 기억한다고 해도 도저히 들어줄 수 없는 것까지도 말이야. 그래서 크게 외쳤지. '조용! 애로사항 건의사항 말하라는 말 취소다. 그냥 회식이나 하자.' 그래서 겨우 잠잠해졌지. 술 마시면서 함부로 건의사항 말하라고 하면 절대 안 돼. 병사들이 겁대가리를 상실해서 무슨 말이든 지껄인다니까."

그냥 읽어서는 재미있는 이야기가 아니다. 글과 말은 다르다. 말을 잘하는 사람은 내용이 아니라 몸짓과 표정과 억양으로 사람을 즐겁게 한다. 임 선배와 함께하는 점심시간과 거의 매일 이어지던 회식 시간은 언제나 폭소가 난무하는 즐거운 시간이었다. 어느 날 내가 바둑을 잘 둔다는 소문을 듣고 한판 두자고 하는 것이었다.

"아니, 선배님도 바둑 두어요?"

"짜아슥이, 나는 바둑 두면 안 되냐? 너만 바둑 두라는 법 있어?"

"아니 그게 아니라, 평소 우스갯소리를 잘하셔서 골머리 아픈 잡기는 싫어하는 줄 알았지요. 얼마나 두시는데요."

"몰라, 초급이니까 몇 점 깔고 두면 되겠지."

말하는 것으로 보아 진짜 왕초보인 것 같았다. 보통은 두세 점 깔고 두다가 치수를 조정하지만 아홉 점을 깔고 두자고 했다. 바둑을 수담(手談)이라고 한다. 손이 말할 리가 없지만, 굳이 말하지 않아도 돌의 위치로 보아 상대의 의중을 간파할 수 있으므로 바둑에는 말이 없다. 골똘히 생각하여 유리한 방향으로 판을 이끌어갈 뿐이다. 말없이 손가락 끝으로 의사를 주고받는다고 하여 수

담이다.

둘 다 바둑에 몰입하여 상대의 표정을 살피는 일도 없었다. 십분이나 흘렀을까? 바둑판을 내려다보니 처음 깔았던 아홉 점 중 여섯 점은 이미 사석이 되었거나 들어내어졌다. 바둑판 삼분의 이는 모두 내 집으로 변해 있었고, 아직 두기 전 삼분의 일 석 점만 외로이 살아 있었다. 바둑을 자주 두었지만 이런 경우는 처음이었다. 무심코 고개를 들어 임 중위를 보는 순간 그가 말했다.

"이런 개 후레자식 같으니…. 니하고 안 한다 짜슥아, 그렇게 선배 놀려먹으니 기분 조~ 컸다 이눔아."

버럭 고함을 치면서 바둑판을 들어 엎는 것이었다. 변명할 겨를도 없었다. 하긴 핑계 댈 말도 없었다. 아무 생각 없이 열심히 바둑을 두었으나 상대 마음을 헤아리지 않았다. 아무리 성인군자라도 단 한 점도 살아남지 못하는 바둑에 분노하지 않을 수 없으리라. 본래 고지식한 부분도 있었으나 승부에는 한 치의 양보도 없는 게 내 본성이었다.

바둑에 만방이라는 게 있다. 많은 차이로 승부가 결정되었다는 뜻으로, 보통 91점 또는 100점 이상 차이를 말한다. 상대 말이 한 점도 살아남지 못한다면 만방 정도가 아니다. 항상 웃음기 가득한 얼굴로 편안하게 대하던 임 선배였으나 화가 나니 완전히 딴사람이 되었다. 바둑판을 팽개치는 바람에 뒷정리는 내 차지였다. 바닥에 천지 사방으로 흩어진 흑백 돌을 주워 모으면서 생각하였다.

'사람을 무시하거나 경멸해서는 안 된다. 직접 말로 표현하지 않더라도 상대가 수모를 느낀다면 치명적인 결과가 올 수 있다. 착하고 여린 사람도 마찬가지다. 지렁이도 밟으면 꿈틀한다지 않던가? 후배라는 놈이 되잖게 바둑 좀 잘 둔다고 선배 마음을 헤집었으니 어떤 욕을 먹더라도 싸다. 천사 같은 선배가 오죽하면 저러겠는가?'

그 후로 임 선배는 단 한 판도 나와 바둑을 두지 않았다. 내가 적당히 두면서 조언하였다면 어쩌면 임 중위도 바둑에 취미를 붙였을지도 모른다. 익은 벼가 고개를 숙이고 훌륭한 사람일수록 겸손하다는 건 익히 알았으나 그걸 실천할 아량은 없었다. 젊은 날 조자룡에겐 기필코 이기고야 말리라는, 승리를 향한 집착만 있었을 뿐이다.

열외

열외는 군사용어다. 어떤 이유로 단체활동을 할 수 없는 사람에게 허용하는 일종의 특혜다. 주로 부대 훈련이나 얼차려를 할 수 없는 사정이 있는 사람에게 쉬도록 하는 걸 가리킨다. 열외는 훈련에서 빠지는 것이고, 열중은 쉬던 사람이 대열에 합류하는 것을 말한다.

광주 무장대대 생활은 즐거웠다. 대학 다닐 때까지 늘 용돈이 부족하여 활동할 수 없었으나 확실하게 해결되었다. 받은 월급이 떨어질 즈음이면 얼마 안 되지만 부식비가 지급되었다. 월급이 적을 때라 굶지 않게 하려는 고육지책인지는 모르겠으나 봉급과 부식비가 교대로 나와서 어쨌든 돈이 없어 굶주리거나 술 못 마시는 일은 없었다.

하긴 당시만 해도 식사와 술값이 외상이 될 때라서 식당마다 장부를 만들어 기록하였다. 월급은 행정계를 통해 현금으로 지급하

였다. 봉급 받는 날은 부대 정·후문에 식당 주인이 장사진을 치고
있게 마련이었다. 대부분 제때 외상값을 갚지만, 간혹 몇 달씩 밀
리는 사람도 있었다. 월급날 지나면 받을 길이 없었으므로 외상값
을 받으려는 사람이었다.

이래저래 술 마시지 못할 이유는 없었다. 일과 중 힘든 일도 없
었다. 조출(早出)과 만퇴(滿退)가 조금 번거롭기는 하였으나 인간은
적응하는 동물이 아니던가? 얼마 지나지 않아 적응하여 전혀 불편
하거나 피곤하지 않았다. 사실 초급장교 때가 가장 중요한 시기다.
중요한 업무도 맡기지 않고, 몸으로 때워야 하는 일은 부사관과 병
사 몫이었으므로 스스로 일을 찾아서 하거나 군사 지식 함양을 위
해 노력하지 않는다면 할 일이 없었다. 노력하지 않아도 드러나지
않았다. 대대장 회의 시간을 제외하면 거의 완전한 자유시간이었
다. 자유로운 일과 매일 하는 음주 가무에 행복하지 않겠는가?

우물 안 개구리 시절이었다. 할 일을 제대로 하지 않으면 언젠가
대가를 치르기 마련이다. 당시 누렸던 자유시간은 국방부 훈령이
나 공군규정, 항공무기체계 기술지시(T·O)를 습득해야 하는 시간이
었다. 대대장은 간혹 개인 학습을 강조하였으나 유의하여 듣는 사
람은 없었다. 광주는 3년 근무 후 제대하는 단기 장교 수가 많아
서 군사 지식 공부에 매달리는 사람은 거의 없었다. 30년간 군대
생활을 하면서 장군을 노리는 사람이 곧 제대할 사람과 희희낙락
하였으니 기가 찰 일이다.

공군 비행장은 넓다. 기지 외곽 거리가 십 킬로미터 내외다. 걸어

서는 도저히 다닐 수 없고 당시 자가용은 거의 없던 시절이라 장교나 부사관은 모두 자전거를 이용하였다. 무장정비 업무는 감독관 (준위) 중심으로 돌아가고, 통제하지 않는 장교는 비행 직접지원 시간 외에는 이곳저곳 떼로 몰려다녔다. 오전에는 전날 숙취가 깨기 전이어서 라면도 끓여 먹고 커피 마시며 잡담하기 일쑤였다.

어느 날 정비 특기 ROTC 1년 선배인 15기 이강혁이 무장대대 소위 셋을 호출했다. 정확한 이유는 기억나지 않지만, 우리의 부적절한 행위를 누군가 고자질하였거나 선배 장교가 교육을 지시하였는지도 모른다. 퇴근 후에는 음주 가무요, 일과 중에는 모여서 농담이나 하였으니 누가 보더라도 바람직한 장교상은 아니었을 것이다.

15기 이강혁은 조그마한 체구지만 당찬 기질이 있었고, 주어진 임무를 모범적으로 처리하는 훌륭한 장교였다. ROTC 2년 차에는 군수장교 근무자를 하였는데 후배를 때리거나 괴롭히는 일 없던 우리에게는 천사 같은 존재였다. 그런 선배가 우리를 불러 교육하고 때린다면 충분히 그럴 만한 사정이 있었으리라. 일장 훈시 후에 몇 대씩 맞아야 한다고 말했을 때 우리는 당연하게 받아들였다. 하긴 받아들이지 않을 방법도 없었다. 선배가 때려야겠다는데 달리 방법이 있겠는가?

막 주먹을 움켜쥐고 한 명씩 때리려는 순간 동기 권형민이 돌출발언을 하였다.

"보고자는 열외해도 좋습니까?"

무장대대 소위 셋 중 형민이 군번이 제일 빨라서 집합 보고는 당연히 형민이가 하였다. 이해할 수 없는 일이었다. 선후배 사이가 아무리 허물없다고 하여도 잘못을 지적하고 구타하려는 순간 보고자는 열외해도 되냐는 질문은 뜬금없는 짓이었다. 화가 꼭뒤까지 치솟아 때리려는 사람에게 농담하다니 지나치게 대담하거나 상황을 이해하지 못한 엉뚱한 행위였다.

평소라면 당연히 '빵' 터져야 하는 순간이었으나 나와 창혁이는 필사적으로 참았다. 슬프다고 아무 때나 울어서도 안 되지만, 우습다고 함부로 웃어서도 안 된다. 아무리 슬프거나 우습더라도 상황에 맞는 행위를 해야 한다. 붉으락푸르락 살기 띤 이강혁 선배 표정에서 이후 사태는 불 보듯 뻔했다.

"뭐 새끼야? 보고자? 열외?"

말과 동시에 주먹과 발길질이 난무하였다. 선배는 주의나 주고 동기부여 차원에서 몇 대씩 때리려고 하였을 것이다. 맨정신일 때는 천사였으나 순간적으로 이성을 잃다시피 한 이강혁은 평소의 선배가 아니었다. 열외해도 되냐는 말이 끝나기가 무섭게 무차별 난타하였다. 형민이는 묵사발이 되었다. 창혁이와 나는 부동자세로 지켜볼 수밖에 없었다. 동기생이 무참하게 얻어터지는 마당에 웃음이 나오는 건 예의가 아니었으나, 우리는 필사적으로 터져 나오려는 웃음을 참았다. 웃음을 터트리는 순간 형민이와 같은 꼴이 되리라.

형민이의 돌출 발언 한마디에 창혁이와 나는 한 대도 맞지 않았다. 형민이만 강혁 선배가 지칠 때까지 얻어터졌다. 지금 생각해도 불가사의하다. 항공대의 전통은 금오공대와 달라서 군기가 엄격하지 않고 호칭도 선배가 아닌 형이라고 부른다. 선후배 간 허물없이 형제보다 친하게 지낸다. 그렇더라도 잘못을 교육하는 자리에서의 농담은 심했다. 사람은 모름지기 입안에 든 도끼를 조심해야 한다. 말 한마디가 천 냥 빚을 갚기도 하고 때에 따라서는 비참한 결과를 초래한다. 웃음을 참느라 무진장 고생했던 창혁이와 나는 그날 선배가 떠나고 나서 배가 터지도록 웃었다. 지금도 술자리에서 그 날을 회고하면 웃음바다가 된다.

월급 받던 날

1989년은 봉급(俸給)쟁이의 낭만이 있던 시절이었다. 그때만 해도 월급을 계좌이체하지 않고 현금으로 지급하였다. 현금으로 돈을 받던 시절에는 에피소드가 많다. 돈을 주고받는 직장이나 술집, 가정에서 아연 활기가 넘쳤다.

광주 무장대대 행정계장이던 1989년 당시 평소에는 대대 뒤치다꺼리나 하는 행정계였지만 월급을 받는 날만은 달랐다. 행정계는 대대 인사, 행정 업무만 하는 게 아니라 보급, 회계, 사격, 교육, 훈련 등 작전과 정비 업무를 제외하고는 모든 업무를 도맡았다. 업무 중요도에서 작전이나 정비에 밀릴 뿐 업무량이 적지 않았다.

한 달에 한 번 봉급날만큼은 전 대대원이 행정계만 바라보았다. 다른 날은 일 끝나면 곧바로 퇴근하지만 이날만큼은 대대본부에 나가 있는 연락병이 돌아올 때까지 기다렸다. 퇴근 시간 임박해도 월급이 지급되지 않으면 행정계 전화기에 불이 났다. 이곳저곳에서 하소연과 원망, 질책이 빗발쳤다.

사실 행정계에서 중대별로 돈을 분배하여 지급하였으나 중간 통로일 뿐 어떠한 권한도 없다. 행정계에서는 일찍부터 단본부 관리처에 연락병을 파견하여 대대 월급을 수령하기 위하여 대기한다. 관리처에서도 늦지 않게 돈을 전달하기 위하여 아침부터 애쓰지만, 은행에도 사정이 있기는 마찬가지다. 당시 비행단 간부만 수천 명이었으므로 월급이 적을 때라 하여도 억 단위 돈이 거래되었다.

월급이 나오기를 학수고대하는 건 당사자뿐만이 아니다. 외상 장부를 놓고 식사와 음주를 제공하던 식당이나 살림살이하는 주부도 마찬가지였다. 월급을 받아서 퇴근하는 간부 유형은 두 가지였다. 모처럼 아내에게 자랑도 하고 칭찬도 받을 겸 집으로 직행하는 애처가 혹은 공처가와 단골 식당으로 직행하는 애주가로 나뉘었다.

단골 식당에 가면 손님이 좋아하는 메뉴를 차려놓고 기다린다. 한 달간 먹은 외상값을 받는 고마운 마음에서 그날 차림은 공짜다. 물론 거기에는 함정이 있다. 감사의 마음에서 제공하는 것이지만 술이 몇 잔 들어가면 슬슬 생각이 바뀌게 마련이다. 한 잔만 더, 한 잔만 더 하다가 고주망태 되기 일쑤다. 식당 사장은 작전 성공이요, 손님은 부도 일보 직전이다. 월급 받는 날 다시 외상 긋는 일이 비일비재하였다.

늘 부부싸움 하는 가정에서도 이날만은 화기애애하였다. 없어서 못 먹던 시절이었다. 집에서 고기반찬 먹기 쉽지 않았으나 월급날

만은 삼겹살 듬뿍 넣은 김치찌개를 끓여놓고 남편이 무사히 돌아오기를 목 빠지게 기다렸다. 집에 바로 오지 않고 식당에 들르는 날에는 한 달 살림살이에 눈앞이 깜깜하다.

해지기 전에 남편이 자전거 소리도 우렁차게 의기양양 돌아오면 아주머니는 반갑게 뛰쳐나가 고생한 남편을 안아주었다. 한 달 내내 힘든 업무에 고달팠던 마음도 눈 녹듯 사라진다. 아내에게 월급을 전달할 때만큼은 직장인이 어깨를 으쓱했다. 가난하였으나 낭만이 있었다. 물론 식당을 거쳐 인사불성 상태로 한밤중에 퇴근하는 가정에서는 대판 싸움이 벌어지게 마련이었다.

몇 달씩 외상값을 갚지 못하는 사람도 있었다. 어떤 개인 사정이 있을 것이나 식당 주인 처지에서는 땅 파서 음식 만드는 것도 아니어서 죽을 맛이다. 식당에서 기다리지 못하고 단골손님이 퇴근하는 정문이나 후문을 지키고 있다가 득달같이 잡아챘다. 간혹 외상값 계산하지 않고 타 부대로 전속 가는 사례도 있었다. 행정계로 민원 전화가 올 때도 있었으나 전속 간 사람 외상값을 어찌할 도리가 없었다.

요즘이라면 비행단이나 공군본부 또는 청와대 민원으로 제꺼덕 해결되겠으나 당시에는 그런 시스템이 없었다. 아는 사람에게 물어물어 전속부대까지 찾아가 외상값을 받아내는 끈질긴 사람도 있었으나 운수 나쁜 것으로 치부하고 넘어가는 사람이 많았다. 교통이 불편하던 시절 수백 킬로미터 왕복해서 외상값을 받더라도 남는 게 없을 터였다.

가난한 시절이라 그랬겠지만 처음 보는 사람에게도 외상을 줄 때였다. 그 정도로 현금이 귀했다. 외상 없이 하는 장사는 망하기 딱 알맞았다. 손님이 돈이 없는데 장사가 될 리 없지 않은가? 인간미가 있던 시절이었다. 외상 거래는 인간관계가 깊어지기 마련이다. 손님이 기분 나빠 할라치면 소주나 맥주가 서비스로 제공되는 경우가 적지 않았다.

　행정계장으로서 월급 제때 주지 않는다고 중대장에게 타박을 받기도 하였으나 그래도 인간적이었던 그때가 그립다. 몇 푼 되지 않는 월급 기다리던 하사 중사나 단골 식당 주인, 가정주부 모두 천진난만하던 시절이었다. 모든 게 전산 처리되어 일한 대가를 확인할 방법이 묘연한 현대인은 불행하다. 한 달에 단 하루라도 주인공이 되어 가슴을 활짝 펴던 그 시절이 아련하다.

할머니

소위로 임관한 지 얼마 안 되어 할머니가 돌아가셨다는 연락을 받았다. 죽음이란 게 원래 예고가 없지만, 평소 지병도 없었기에 갑작스러운 소식에 당황했다. 할머니는 나와 특별한 사이였다. 할 아버지가 돌아가시고 아버지가 어렸을 때 할머니 혼자서 객지 생활하는 바람에 아버지는 할머니를 원망했다. 고아 아닌 고아로 힘들게 보낸 세월을 잊지 못하는 듯했다.

나는 기억에 없지만, 아버지는 내가 어렸을 때 나를 많이 미워했다고 한다. 태어나서 유난히 많이 울어, 별명이 울어서 미워한다는 '우네미'였다. 우유나 분유가 없던 시절 모유가 없으면 생존이 곤란하였다. 찢어지게 가난한 어머니가 음식을 잘 드셨을 리 없다. 게다가 출산 후 얼마 안 되어 동생을 가졌다. 잘 먹지 못하여 젖이 안 나왔는데 임신까지 하여 나는 늘 배고파서 울었다고 한다. 내 책임은 아니었으나 어쨌든 아버지는 우는 나를 미워하였다. 어쩌면 찢어지게 가난하여 식구가 굶주리는 것이 아버지 책임이라는 데서 오는 자격지심이었을지도 모른다.

적의 적은 동지다. 아버지와 사이가 좋지 않았던 할머니는 아버지가 미워한다는 사실 하나로 나를 특별히 챙겼다. 내 기억에 형이나 동생 모르게 박하사탕을 바짓가랑이 속주머니에서 꺼내 주시곤 했다. 그러니 나는 할머니를 더 따르고, 그런 나를 아버지는 더 미워하였다. 아버지에게 나는 적의 친구로서 적인 셈이었다.

한번은 하도 우는 내가 불쌍하여 할머니가 젖을 물렸다고 한다. 나는 젖을 제대로 먹지 못할 운명을 미리 알았다는 듯이 나면서 앞니가 있었다고 한다. 살기 위해서는 빠는 것보다는 씹어야 하는 게 운명이었는지도 모른다. 할머니 젖을 빨다가 나오지 않는 젖에 화나서 꽉 깨물었다고 한다. 그래서 할머니 왼쪽 젖꼭지가 없었다. 어쨌든 할머니와 나는 집안에서 가장 돈독한 사이였다.

그 할머니가 갑자기 돌아가셨다고 하니 눈물이 앞을 가리기보다는 당황했다. 부대에서 휴가를 받아 광주에서 장지인 서울행 열차를 타고 지난날을 회상하자 비로소 두 줄기 눈물이 흘러내렸다. 다른 형제보다 많은 사랑을 받았지만 내가 한 보답은 전혀 없었다. 이미 아흔을 넘겨 장수한 편이었지만 그와는 무관하게 슬펐다. 다시 볼 수 없고, 내 성공을 가장 기뻐할 할머니에게 자랑할 기회가 사라졌으며, 그 어떤 보답도 할 수 없다는 사실에 아팠다.

장례식장에 갈 때까지는 할머니에 대한 순수한 슬픔이었지만, 장례식장에서는 또 다른 슬픔이 일었다. 내 형제 5남 1녀 6남매는 나를 제외하면 모두 수도권에서 살았다. 각자 친구가 조문을 왔으나 내 손님은 없었다. 심지어 경제활동을 하지 않던 세 동생의 친구도 적지 않게 조문하였으나 나를 위하여 찾아온 사람은 단 한 명도 없었다.

인간은 이기적인 동물이다. 물론 인간만 그런 건 아니고 모든 생명체가 마찬가지다. 자신의 생존과 이익에만 몰두한다. 할머니를 다시 볼 수 없고, 갚을 수 없는 은혜에 슬퍼하던 나는 이 세상에서 두드러진 존재가 아니라는 사실에 슬퍼졌다. 핸드폰이 없던 시절이다. 지인에게 연락할 방법도 없었으나 전국에 흩어져 군 복무 중인 친구가 찾아오기도 쉽지 않았을 것이다. 실제로 내가 인근 수원이나 성남 비행장에 근무하였다면 부대 동료가 몇은 찾아왔을 것이다. 전라도 광주는 서울에서 너무 멀었다. 조의금은 얼마간 받았지만 직접 조문 온 사람은 없었다.

할머니 장례식장에서 할머니 생각이 아니라 내 존재에 대하여 고민했다. 인간은 무엇인가? 죽음은 무엇인가? 어디서 와서 어디로 가는가? 삶의 의미는 무엇인가? 훌륭한 인간으로 우뚝 서려면 어떠한 삶을 지향해야 하는가?

장례식장에서 자신을 위로하기 위하여 오는 사람이 없으면 슬프다는 사실을 알았다. 그래서 군 생활 내내 가능하면 최대한 경조사에 참여했다. 친구 결혼이 아니라면 그날의 주인공은 나와는 무관한 사람이다. 친구의 부모 형제나 자식은 내가 알지 못하는 사람이다. 그러나 죽은 친구 부모를 위해서가 아니라 친구를 위하여 찾았다. 장례식은 죽은 자를 위한 행사가 아니다. 남은 자를 위한 행사다. 죽은 자를 애도하기 위해서가 아니라 산 자를 위로하기 위하여 장례식장을 찾았다.

물론 은퇴 후에는 생각이 달라졌다. 순수한 마음으로 친구를 위로하거나 축하하고 그 사실을 잊었다면 좋았으리라. 인간관계는 주로 거래다. 무엇이든 주고받는다. 누구도 일방적이지 않다. 부모가 자식을 위하여 헌신하는 것을 제외하면 나머지 인간관계는 거래에 가깝다. 부조금을 기억하는 내가 밉고, 나만큼 부조하지 않은 친구를 원망하는 내가 미웠다. 준 만큼 받는 것이 부조라면 안 주고 안 받는 것과 무엇이 다른가? 하고 나서 원망하는 것보다는 차라리 하지 않는 게 낫지 않은가?

그래서 자주 접하는 사람 외에는 부조하지 않기로 마음먹었다. 은퇴 후 수입이 전무(全無)한 프리랜서 작가라는 데서 오는 변명인지도 모른다. 기대할 사람에게 부조하지 않자 마음의 부담이 생겼다. 차라리 5만 원 부조했으면 마음이 편안하련만 무거운 짐이 되었다. 얼마 전 아버지 소천(召天)으로 다시 마음의 갈등과 변화가 생겼다. 친한 사이임에도 내가 부조하지 않자 당연히 상대도 부조하지 않았다. 그를 원망하기보다는 미안한 마음이 더 커졌다. 그가 나를 얼마나 섭섭하게 생각할지 미루어 짐작하였다.

개중에는 나는 하지 않았는데 부조한 사람도 있었다. 그에게도 송구했다. 기대할 만한 사람에게 부조하지 않아서 마음의 짐이 되고, 그가 부조하든 하지 않든 미안하고 송구하다면 내 판단은 잘못이다. 거래에 불과한 부조는 웬만하면 하지 말자는 생각은 바뀌었다. 망설여지는 사람에게 부조할 필요는 없으나, 하지 않아서 마음의 짐이 된다면 해야 할 사람이다. 돌려받기 위하여 기억하지는 말되, 부조하지 않아서 불편한 사람에게는 하는 게 맞다.

1989년 햇병아리 소위 시절 할머니의 죽음은 많은 걸 생각하게 했다. 세상을 제압할 자신감으로 가득했던 청년 장교 조자룡은 너무나 드러나지 않은 자신의 존재가 슬펐다. 조모상에 단 한 명의 조문객도 없다는 데 우울했다. 할머니의 죽음 자체보다도 자신의 무능 혹은 무기력에 서글펐다.

홍어

광주에서 처음 시작한 군 생활은 즐거웠다. 모든 게 만족스러웠다. 돌이켜보니 업무에서 큰 보람을 느끼지도 못했고, 생활 공간인 장교 숙소가 현대적이지도 않았으며, 소위 월급이 풍족하게 생활할 수준도 아니었다. 그런데도 불편하지 않았고 전혀 불만이 없었다. 대학까지 거의 비렁뱅이에 가깝게 생활하였기에 적든 많든 간에 때를 어기지 않고 나오는 월급이 그렇게 고마울 수 없었다. 소위 때 가장 만족스러운 점은 거지를 면한 것이었다. 굶주림을 경험한 이는 알리라. 인간에게 가장 고통스러운 게 무엇인가를.

당시만 해도 부대 식당 메뉴가 부실하였다. 조금 비싼 장교 식당이 나은 편이었으나 장교나 부사관이나 음식이 불만인 건 마찬가지였다. 가난에서 벗어나기 시작한 때였다. 이전까지는 질보다는 양을 추구하였다면, 서서히 양보다 질을 원하는 사람이 늘어갈 때였다. 소위 조자룡은 굶주림에 대한 기억에서 완전히 벗어나지 못하였으므로 실컷 먹는 데 만족하였다. 세상은 의외로 공평하다. 부유한 자가 행복을 얻는 건 낙타가 바늘구멍 통과하듯 어려운 일이나 가난한 사람은 굶주림을 면하는 것으로 행복할 수 있다.

전라도는 음식으로 유명한 고장이다. 부대 식당이 아니라 부대 밖 일반 음식은 모두 훌륭하였다. 주메뉴뿐만 아니라 밑반찬도 맛있었다. 인간이 추구하는 건 각자 취향에 따라 다양하지만 단 한 가지는 공통이다. 맛있는 음식을 원하는 것, 최소한 배고프지 않을 정도로 먹어야 한다는 사실이다. 아무리 고결하거나 담대한 자라도 며칠 굶주림에 버틸 재간은 없다. 행복의 일 순위는 음식이다.

어느 날 무장대대원의 초상집에 가게 되었다. 요즘이야 어디든 장례식장에서 손님을 맞게 마련이지만 당시만 해도 시골집 마당에 친 천막 아래 밀짚 멍석에서 손님을 치를 때였다. 장례식장이 엄숙할 거 같지만, 의외로 시끌벅적한 게 잔칫집과 다를 바 없다. 젊은 사람이 병이나 사고로 죽었을 때는 애통해하는 가족 마음이 전해져 손님도 숙연해지지만, 천수를 누린 초상집에서는 어두운 분위기가 없다.

그날도 시끌벅적하여 우울한 분위기는 없었다. 그저 망자에게 예를 갖춘 후에는 먹고 마시는 데 여념이 없었다. 전라도 잔칫집에 빠지지 않는 게 흑산도 홍어다. 물론 실제로 흑산도에서 잡은 건 아니겠지만 워낙 흑산도 홍어가 유명해서 그렇게 말하는 것이리라. 애사든 경사든 잔칫집에 홍어가 빠지면 제대로 된 잔치로 여기지 않는다. 그 정도로 전라도에서는 홍어가 유명했고, 많은 사람이 즐기는 음식이다. 부대원 여럿과 멍석에 차려진 큰 상에서 저녁 식사를 하는데 대부분 사람이 맛있다고 먹는 음식이 내게는 생소하였다.

"이게 무슨 음식인데 그렇게 맛있게 먹나요?"

"아따, 홍어 모르는 사람도 있는가벼? 홍어 아닌감, 그 유명한 흑산도 홍어도 몰러?"

내 질문에 아주 기막히다는 듯 혀를 끌끌 차며 누군가 대답하였다. 내 고향 충청도 부여에서도 홍어 음식은 있었다. 부잣집 잔칫상에나 나오는 음식이지만 미나리와 벌겋게 무쳐 나온 홍어를 먹어본 적이 있었다. 뼈까지 으드득으드득 씹히는 게 별미였다. 그런데 상갓집에 나온 홍어는 무친 게 아니라 잘라 놓은 형태였고 허옇게 색이 바랜 상태였다. 아무튼, 누구랄 것 없이 맛있다고 먹었으므로 나도 소주 한 잔 마신 후에 홍어 한 점을 집어서 입에 넣었다. 그 순간 기절초풍하였다.

입에 넣자마자 썩은 냄새가 진동하는데 먹었던 음식이 목구멍으로 치고 올라왔다. 보통이라면 그대로 토해야 했으나 많은 사람이 먹고 있는 음식상에 토할 수는 없었다. 그 느낌을 표현하자면 당시에는 잘 마시지 못했던 고량주를 맥주잔에 가득 따라 한꺼번에 마셨을 때와 비슷하였다. 참을 수 없는 역겨움을 간신히 참았다. 당시 홍어는 음식이 아니었다. 보관을 잘못하여 완전히 부패한 상태였다.

"아니, 이런 걸 어떻게 먹어요?"

"아니 아즉 홍어를 못 묵어봤어? 이 사람아, 이게 진짜 홍어여. 이거 읊으면 전라도에서는 잔치로 안 친당께."

그랬다. 전라도 사람은 썩은 홍어를 좋아했다. 나 빼고는 모두 맛있다고 먹었다. 세상은 넓고 희한한 일은 많다. 그냥 먹으면 맛있는 음식을 굳이 고약한 냄새가 날 때까지 썩혀서 먹다니 알 수 없는 일이었다. 그런데 얼마 후에는 조자룡도 홍어 맛을 알았다. 처음에는 냄새가 역겨웠으나 웬일인지 먹으면 먹을수록 맛있었다. 삭힌 홍어에 중독되자 보통 홍어는 맛이 없었다.

세상에는 불가사의한 일 천지다. 비린 생선을 싫어하고 역한 냄새로 젓갈을 먹지 못하는 내가 더 냄새가 진동하고 오장육부를 자극하는 삭힌 홍어에 중독되다니 말이다. 어쨌든 소위 때 먹기 시작한 삭힌 홍어를 좋아한다는 사실을 안 장모님은 해마다 내 근무지로 홍어를 공수하였다. 아내의 고향은 전남 보성이다. 보성 사람은 삭힌 홍어를 좋아하지만, 아내는 먹지 않는다. 먹지 못하고 냄새를 싫어하건만 장모님이 보낸 홍어를 한 번 먹을 분량으로 포장하여 냉동 보관하다가 술안주로 꺼내주었다. 장모님은 사위가 좋아한다는 것만 알았지, 딸이 싫어한다는 걸 몰랐다.

처음 홍어를 입에 넣었을 때의 기억이 생생하다. 위장에서 치솟는 가스를 참아내느라 인상을 찌푸리고 기를 쓰며 참던 모습이 눈에 선하다. 처음은 충격이지만 적응하면 그보다 맛있는 음식이 없다. 전라도 홍어를 맛보시라, 놀라운 일이 벌어지리라. 당장은 기겁할 것이나 머지않아 사랑하게 되리라. 서양인이 냄새난다고 멀리하던 김치를 즐기듯이 곰삭은 홍어 맛에 푹 빠지게 되리라. 홍어는 좋은 음식이다.

천안문 피의 일요일

1980년대, 세계는 요동쳤다. 그 어느 때보다도 에너지가 넘쳐흘렀고 변화의 기운이 셌다. 그 가운데 대한민국이 있었다. 18년 철권통치를 하던 박정희 전 대통령이 흉탄에 쓰러지자 누구도 대한민국에 민주주의가 찾아온 걸 의심하지 않았다. 해방 이후 독재로 얼룩졌던 긴 겨울이 끝나고 서울에도 마침내 봄이 왔다. 민주화 기운이 피어오르던 1980년을 '서울의 봄'이라 일컬었다.

만년 공화당 2인자 김종필, 1970년대 이후 민주화 투쟁의 대명사 김영삼과 김대중이 정치 전면에 등장하였고 3김 중 한 명이 대통령이 될 걸 의심하는 사람은 없었다. 군내 하극상 사건인 12·12사태가 제2의 군사쿠데타로 이어질 걸 예상한 사람은 없었다. 대학가에서는 불온한 기미를 눈치채고 전두환을 반대하는 목소리가 나오고 있었으나, 정치에 무관심하거나 무지한 시민들은 눈치채지 못하였다. 광주 민주화운동과 피의 진압 후에야 깨달았으나 이미 버스는 지나간 뒤였다.

성공한 쿠데타로 자화자찬하던 군사정권이 박종철 고문치사 사건으로 흔들렸고, 7년간 은인자중하던 시민들은 대학생 따라 궐기했다. 3·1운동과 4·19혁명과 5·18 광주 민주화운동은 성공하지 못했으나 시민이 전폭적으로 참여한 6·10항쟁은 성공하였다. 물론 사람까지 바꾼 완전한 성공이 아니라 대통령 직선제를 끌어낸 반쪽짜리 성공이었다.

1980년대 세계는 한국을 주목하였다. 연평균 십 퍼센트에 가까운 경제성장도 놀라웠으나 2차 대전 후 처음으로 민주화에 성공하는 과정을 지켜보고 감탄하였다. 대한민국은 2차 대전 후 산업화와 민주화에 성공한 첫 번째 나라다. 대한민국의 변화를 목격한 전 세계는 꿈틀대기 시작했다.

냉전 체제의 한 축이었던 소비에트연방은 경제난 끝에 개혁개방을 표방하고 변화를 시도 중이었으며, 동독을 중심으로 공산권 국가가 흔들리고 있었다. 동독에서는 인접 국가를 통한 탈주가 이어졌으며, 동유럽은 소련의 변화가 어디까지 이어지고 어떤 결과로 나타날지 예의주시하였고, 국민의 변화 요구에 집권층은 체제 유지를 위하여 안간힘을 쓰고 있었다.

소비에트연방에 앞서 개혁개방을 내세웠던 중국에 위기가 왔다. 개혁개방으로 경제는 급속도로 발전하였으나 자본주의 체제 도입으로 민영화와 자율화가 진행하면서 관료의 부정부패가 극심해졌다. 초유의 인플레이션과 실업 문제도 가중되었다. 개혁개방의 과실은 당 간부 및 그들과 결탁한 소수가 독차지하면서 개방 특구와 대도시에서 빈부격차가 심화하였다.

여기에 그동안의 철권통치를 완화하고 사회적 분위기가 느슨해지자 범죄가 폭발적으로 증가하였다. 등소평이 강경 노선으로 돌아서 범죄와의 전쟁을 선포하였으나, 경범죄만 줄었을 뿐 부정부패는 줄지 않다. 경범죄는 엄히 다스리면서 부정부패를 저지른 당 간부와 유력자는 처벌하지 않아 유전무죄 무전유죄만 부각되었다.

당내 보수파와 개혁파의 갈등, 일당 독재 및 빈부격차에 대한 반발에 민주화에 동조하였던 호요방 총서기의 죽음이 발단이었다. 베이징에서 지식인과 대학생 노동자를 중심으로 민주화 요구 시위가 일어났다. 시위는 단식으로 시작하여 그 모습에 자극받은 각계각층 시민이 참여하고, 전국에서 올라온 대학생이 합류하면서 천안문 광장에는 100만 명이 넘는 인파가 몰렸다. 이렇게 중국의 민주화를 위한 천안문 6·4항쟁은 시작되었다. 그 모델은 한국의 6·10항쟁이었다.

한국은 성공하였으나 중국은 실패하였다. 등소평은 '20만 명이 죽는다고 해도 국면을 통제하고 20년의 안녕을 쟁취할 것'이라고 천명하면서 계엄령을 선포하였다. 운명의 6월 3일 밤, 무력 진압 명령이 떨어졌다. 6월 4일 천안문 광장은 지옥이 되었다. 끝까지 저항하던 학생과 시민은 계엄군의 발포로 흩어졌다. 시위대는 피 흘리며 달아났고 광장에는 탱크가 줄지어 진입했다. 한 시민이 탱크를 막아선 모습이 외신으로 타전되었다. 줄지어 다가오는 탱크 앞에 선 한 시민의 사진은 천안문 사태의 상징이었다. 중국 정부 공식 발표로는 민간인 사망자 875명, 군경 사망자 56명이었으나 당시 시위대 학생은 7천 명 넘게 죽었다고 한다.

임관 후 자대에 배치되자마자 발생한 중국 천안문 사태는 세상을 새롭게 보게 하였다. 특별한 일이 없는 일상이지만 세상은 끊임없이 변화 중이다. 대한민국이 그랬고, 소련과 동부 유럽이 그랬으며, 중국에서는 대한민국 복사판처럼 6·4항쟁이 발생하고 피의 일요일로 종료되었다. 일단 끝났으나 언제 어떤 식으로 재발할지는 아무도 모른다. 흔들리고 있는 동부 유럽처럼 소련이나 중국의 변화는 북한에 충격을 주어 돌발 사태를 불러올 수 있었다. 그게 무엇이든 대한민국에는 위기요, 군인에게는 최악이 될 수 있다.

1989년 6월 4일 중국의 피의 일요일은 소위 조자룡의 무사안일을 일깨웠다. 무료한 나날은 폭풍전야의 고요함일 수 있다는 사실을 알았다. 내외부 충격에서 버틸 힘은 군대다. 국가와 국민과 가족의 안전을 보장하기 위해서 군인은 언제나 깨어 있어야 한다. 위기에서 과감하게 결단하여 대담하게 행동하기 위해서는 평소 주도면밀하게 준비하고 훈련해야 한다. 그게 청년 장교 소위 조자룡이 취해야 할 자세다.

재형저축 해약

　요즘에는 소비가 미덕이고 경기 활성화를 위해 소비를 권장하는 사회지만, 1980년대만 하더라도 낭비가 무슨 큰 죄인 양 배척하고 손가락질하는 분위기였다. 정부의 지나친 홍보나 잘못된 교육 탓이었으나, 국민 대부분 수출은 애국이고 수입은 매국노 취급하던 경제 문외한이었다. 부족한 자본을 모아 산업발전에 투자할 요량으로 정부는 국민에게 소비는 억제하고 저축을 권장하였다.

　학교에서도 이런저런 명목으로 저축을 유도하고 매 학기 말에 저축왕을 선정하여 표창하였으며, 연말에 연예인 저축왕을 정부에서 포상하고 대대적으로 홍보하였다. 상명하복이 철저한 군에서 예외일 리 없었다. 군에서는 재형저축 가입을 의무화하였다. 일반 적금보다 이자율이 높아 나중에는 스스로 가입하는 형편이었으나, 1980년대에는 높은 물가 인상률에 비해 지나치게 낮은 임금으로 저축할 돈이 사실상 없었다. 권장으로는 저축 실적이 오르지 않으니 하사 이상 전 간부는 강제로 월 8만 원이나 6만 원짜리 재형저축을 들어야 했다.

1989년 광주 무장대대에 전입하자마자 행정계에서 처리한 것이 재형저축 가입이었다. 소위 세 명에게 양자택일을 강요하여 모두 6만 원짜리 재형저축을 들었다. 저축을 많이 하면 돈을 빨리 모은다는 걸 잘 알았으나 당시 소위 기본급이 18만 5천 원이었다. 아껴 쓰면 충분히 생활할 만하였으나 음주 가무에 맛을 들인 혈기 방장한 청년에겐 부족하였다. 서너 달이 지나자 점점 외상값이 쌓이고 줄어들 기미가 보이지 않아 마침내 동기생 소위 셋은 재형저축을 해약하기로 했다. 재형저축 가입이 강제인 만큼 해약도 대대장 승인을 받아서 문서로 관리처에 통보해야 했다.

"대대장님, 저희 소위 셋은 재형저축을 해약하겠습니다."

행정계장이던 내가 문서를 작성하여 대대장 결재를 요청했다. 당시는 손으로 문서를 기안하던 때다. 먹지와 갱지를 여러 겹으로 쌓고 꾹꾹 눌러 써서 문서 여러 장을 동시에 생산했다. 복사기는 군수전대 전체에 한 대밖에 없었고, 복사하려면 복사지를 가져가서 잉크 값을 치러야 했다. 개인이나 가정만 생활이 어려운 게 아니라 공공 업무도 궁상맞긴 마찬가지였다.

"왜?"

대대장 양선호 중령은 당연한 질문을 하였다.

"몇 달 살아보니 봉급이 부족하여 돈은 떨어지고 외상값만 늘어나는 실정입니다. 육 소위나 권 소위 모두 카드 여러 개로 돌려막

느라고 정신없습니다."

"안 돼! 소위가 무슨 돈을 그렇게 마구 쓰나. 젊어서부터 낭비에 물들면 평생 고생이니 지금부터 생활 태도를 바꿔!"

사정을 설명하였으나 대대장은 일언지하(一言之下)에 거절하였다. 대대장이 결재를 거부하니 해약할 수 없었으나 방법이 있었다. 전자결재가 없던 시절이었다. 반드시 직접 결재해야 법적 효력이 있었으나 대대장 부재 시 긴급히 처리해야 할 일이 종종 있어서 행정계 병사 중 한 명을 훈련시켜 대리 결재를 하고 있었다. 나와 나이가 같았던, 성균관대 다니던 위성빈 병장이 대리 결재 임무를 담당하였다.

"위 병장, 이 문서 결재해라."

대대장실에서 훈계만 듣고 나온 나는 위 병장에게 지시하였다. 위 병장은 눈을 뚱그렇게 뜨고 나를 멀뚱히 바라보았다. 급한 일이 있을 때 대리 결재는 더러 있었으나 대대장실에 대대장이 번연히 버티고 있는데 결재하라니 기가 찬 모양이었다.

"야, 너는 내가 시켜서 하는 거야. 명령에 따른 너는 아무 죄가 없다. 내가 책임질 테니 아무 소리 말고 결재해라."

상명하복은 정당한 명령만 들어야 하는 게 아니다. 문자 그대로 윗사람이 명령하면 아랫사람은 그대로 따라야 한다. 명령에 따르지 않으면 법적 절차를 밟는 게 아니라 그 자리에서 주먹이 나간다. 전시가 아니라도 당시 군에서 상급자 명령을 거역하면 즉결처분이었다. 책임질 일도 아닌데 맞으면서까지 거부할 일은 아니잖은가? 위 병장은 고분고분 내 말에 따랐다. 평소 내 행동거지를 잘 아는 위 병장의 현명한 선택이었다.

　대대장이 허락하지 않았음에도 무장대대 소위 세 명은 재형저축을 해약하였다. 서너 달 치 재형저축을 일시금으로 받자 비로소 외상값을 모두 처리할 수 있었다. 월 6만 원의 소득이 증가하였으므로 생활에도 한결 여유가 생겼다. 청춘은 아름답다. 무슨 일에도 즐겁다. 게다가 돈이 충분하다면 금상첨화 아니겠는가? 나와 위 병장과 동기생만 아는 사실로 인생은 더욱 풍요로워졌다.

　재형저축을 강제로 들어야 하고 해약을 마음대로 할 수 없는 일도 우스운 일이지만, 대대장 서명을 흉내 내어 대리 결재한 일도 깜짝 놀랄 일이다. 공문서위조를 태연히 한 나는 용감한 게 아니라 무지하였다. 대대장은 이름 끝 자인 범 호(虎) 자를 서명으로 사용하였다. 획수도 많고 멋지게 휘갈겨 쓴 서명을 따라 하기 힘들었으나, 수백 수천 번을 연습한 끝에 완성한 위성빈 병장의 날아갈 듯한 서명은 대대장을 능가하였다. 모조품이 진품을 초월하는 격이었다. 이것도 청출어람에 들어가나?

축구 심판

하늘은 높고 말이 살찐다는 가을은 좋다. 꽃 피는 봄이 삶의 기운이 꿈틀거리고 아름다워서 좋다면, 가을은 풍요로워서 좋다. 누렇게 익어가는 가을은 농부에게만 풍요로운 게 아니다. 대부분의 식물이 결실을 거두는 계절이다. 들과 산에는 이름 모를 열매가 널려 있다. 가난한 사람에게도 가을은 살 만한 계절이다.

예로부터 가을 행사는 다채롭다. 북반구에 있는 대부분의 나라에는 추수를 감사하는 행사가 있다. 한국의 최대 명절 추석은 조상과 자연에 감사하는 날이다. 풍요로운 가을에는 소풍과 운동회가 있어서 좋았다. 초등학교 때는 운동회, 중고등학교에서는 체육대회가 있다.

군도 인간 사회라는 측면에서 민간과 다를 바 없다. 매달 나오는 봉급을 만끽하면서 아무런 근심 걱정 없이 살던 1989년 가을, 비행단은 체육대회 준비로 들썩였다. 당시 비행단에서는 대대 대항

체육대회가 열렸는데 병력 규모가 컸던 헌병대대, 야전정비대대, 무장대대가 항상 우승 후보였다. 병력에서는 부대정비대대도 못지않았지만, 항공기 직접지원부대 특성상 체육대회에 몰두할 여건이 안 되었다.

헌병대대는 간부는 몇 안 되었으나 당시 방위가 있던 때라 전체 병력에서 압도적이었다. 큰 대대라는 야대나 무대가 300명 남짓이었으나 헌병대대는 900명에 이를 정도였다. 방위는 6개 조로 나뉘어 하루 4교대로 기지 경비에 투입되었다. 4시간 근무 후 취침하거나 퇴근하는 등 시간이 일정치 않아 체육대회 준비가 수월치 않았지만, 지휘관의 지시로 출퇴근 시간이나 근무조를 바꾸어 훈련하였다. 준비하는 데는 힘들지만, 목표하는 성과를 거둔다면 포상휴가로 보상받을 수 있었다.

야전정비대대는 야대라고 줄여서 불렀는데, 병이나 방위는 몇 되지 않았으나 대대원 대부분이 간부였다. 누가 시키지 않아도 자발적으로 선수를 선발하고 훈련하는 등 지휘관이 무관심해도 좋은 성적을 내는 부대였다. 야대나 부대는 장교, 부사관, 병 모두 주로 기계공학과 출신이다. 이들의 특성은 외향적이며 적극적이고 화합과 단결을 잘한다. 공군 어느 비행단에서도 야대는 우승 후보였다.

무장전자정비대대는 줄여서 무대라고 불렀는데 정확히 헌병대대와 야대의 중간이었다. 무장 탄약 임무 지원 특성상 부사관과 병수가 엇비슷했고, 넓은 탄약정비중대 제초작업 목적으로 상당수의 방위 병력이 편성되었다. 숫자로는 야대보다 조금 많았으나 자발적 참여도 측면에서는 야대에 뒤졌다. 장교나 병은 주로 전자공학과 출신이었고, 부사관은 기계 계열 전공자가 많았다. 무대는 이 기계 계열 부사관이 핵심이었다. 비행단 체육대회는 헌병대대, 야대, 무대의 우승 각축장이었다.

장교, 특히 소위는 모든 부문에서 앞장서도록 강제한다. 물론 강제하지 않더라도 장교가 대대의 발전과 영광을 위하여 앞장서야 하는 건 당연지사다. 일과 후 축구, 배구, 줄다리기, 씨름, 릴레이 훈련에 열중하였다. 장교가 운동을 잘한다면 더할 나위 없지만, 설령 운동에 소질이 없어도 뒤에 물러서 있을 수는 없는 노릇이다. 선수 선발과 훈련, 후속 지원은 모두 장교 몫이다. 모든 대대에서 일과 전후 암암리에 선수를 훈련하였다. 무대에는 탄약중대에 영외탄약고라는 게 있었다. 유사시 전개할 미 공군 탄약을 관리하는 부대로, 비행단에서 제법 떨어져 있었다. 다른 사람 눈을 피할 수 있는 영외탄약고는 무장대대 대표선수 훈련장이었다.

앞장서서 체육대회를 준비하는 장교 처지에서 승부에 대한 욕망이 발생하지 않을 리 없었다. 당연히 무장대대는 모든 종목에서 이겨야 했고, 우승을 두고 다투는 헌병대대나 야대는 패하기를 바라는 마음이 있었다. 당시 군수전대에는 부·야·무·보, 즉 부대·야대·무대·보급대대가 있었다. 같은 전대라도 야대를 응원하는 마음은 없었다. 정비와 무장은 유사 업무를 하면서 대립과 갈등 관계에 있었고, 서로 업무 영역 확장을 위해 경쟁하고 있었다. 군수 분야에서 정비는 다수 갑이었고, 무장과 보급은 소수 을이었다.

체육대회 심판은 장교가 한다. 운동 실력이 뛰어나거나 관련 지식이 풍부하고 보는 눈이 탁월한 사람이 심판을 해야 정확한 판정을 내리겠지만 군은 계급사회다. 계급이 높은 사람이 하는 말이 옳다. 대대별로 심판 명단을 제출하였는데 소위 조자룡도 심판 명단에 포함되었다. 나는 축구 심판 명단에 들었다.

어려서부터 축구를 좋아했고 축구 대표선수가 되는 걸 갈망하였으나 마음뿐 실력은 형편없었고, 축구 이론이나 규칙도 확실치 않았을 뿐 아니라 순간적으로 발생하는 오프사이드나 반칙을 가려낼 정도로 안목이 뛰어나지도 않았다. 그래도 청년 장교의 정의감과 자부심, 축구에 대한 사랑으로 최대한 정직하게 심판을 하리라고 다짐했다.

광주 비행단 대연병장에서 치러진 축구 경기에서 내가 맡은 심판은 공교롭게도 야대와 수송대대였다. 같은 군수 분야를 응원한다면 야대 편을 들어야 했으나, 무장대대 우승을 위해서는 야대가 패해야 했다. 물론 심판이 편파 판정으로 승부를 좌우해서는 안 된다. 단장과 전 장병이 지켜보는 축구 경기에서 심판은 엄정해야 한다. 어떤 이유로도 장교의 명예를 훼손하는 일이 있어서는 안 된다.

동네 축구이므로 실력이나 전략 전술에 큰 차이가 있을 리 없으나, 간부로 오랜 시간 함께한 야대 선수의 조율과 단결이 돋보였다. 전반은 야대가 1대 0으로 앞선 채 종료되었고, 후반 중간 즈음에 야대가 추가 골을 넣었다. 야대 응원석에서는 난리가 났고, 같은 정비 특기인 부대 응원석도 신이 났다.

"야, 심판! 종료시켜!"

누군가 큰 소리로 고함쳐서 보니 야대 통제실장이었다. 비행단 대대 서열 두 번째인 통제실장은 보통 대위였으나 야대 통제실장은 소령이었다. 비행단에서 정비관리실장을 제외하면 가장 선임 통제실장이었다. 심판이 소위니 만만하게 보고 일찍 종료시켜 변수를 없애고 야대 선수에게 체력 안배를 하려는 의도일 터이나 조자룡이 누구인가? 대통령이나 김일성도 두려워하지 않을 열혈남아 청년 장교 아니던가? 눈도 깜짝하지 않고 경기를 진행하였다.

"야 새끼야, 동네 축구에서 두 골 차는 콜드 게임이야. 빨리 끝내!"

당시 축구 경기 시간은 전후반 각 20분이었다. 몇 분 일찍 종료한다고 큰 문제 될 건 없었다. 그러나 이건 승패 문제가 아니라 원칙의 문제요, 심판 자존심이 걸린 문제였다. 아무리 선배 장교가 강요하더라도 비행단 전 장병이 지켜보는 가운데 규칙을 어긴다면 가장 정의로워야 할 청년 장교의 태도가 아니다. 내심 불안하였으나 심판에 열중하였다.

"야, 너 누구야? 경기 끝나고 내게로 뛰어와 새끼야!"

야대 관중석에서 통제실장은 길길이 날뛰었으나 들은 체도 하지 않았다. 무대 응원석과 다른 대대 응원석에서는 이 장면을 보고 파안대소하거나 응원의 목소리도 터져 나왔다.

"심판 잘한다. 규칙대로 해!"

"심판이 왕이다. 관중석 야유나 욕설은 무시해!"

내가 조금 일찍 끝낸다고 승부가 바뀔 리는 없다. 그래도 부당한 압력에 굴복할 수는 없다. 후반전 20분이 지나고 로스타임까지 몇 분 주고 종료 호각을 불었다. 마음속으로 야대가 패하기를 바랐으나 그래서 로스타임을 준 건 아니다. 아무리 계급이 하늘과 땅 차이라도 경기장 심판에게 한 욕설과 무리한 요구에 대한 반발이었다.

소위 조자룡은 마음속으로는 후환이 두려웠으나 겉으로는 태연하였고 용감하게 행동하였다. 경기가 끝나자 관중은 박수로 격려했다. 물론 나는 야대 통제실장을 찾지 않았다. 소나기는 피하는 게 상책이다. 잘잘못을 떠나서 분노한 사람을 찾는 건 용기가 아니라 무지 또는 만용이다. 몇 대 맞는 건 내게 자존심의 상처일 뿐아니라 때린 사람도 후회할 일이다. 그날 이후 야대 통제실장이 개인적으로 나를 호출한 일은 없었다. 원칙을 나무랄 사람은 흔치 않다. 소위 조자룡은 자존심을 지켰다.

베를린 장벽

제행무상, 만물은 늘 변하며 항상 그대로인 것은 없다. 당연한 진리지만 인간은 자신이 사는 동안 변하지 않는 사물은 일정하다고 믿는다. 이를테면 태양이나 바다, 거대한 바위도 변하지만 그 변화가 인간이 알아차리기에는 너무 느린 속도이므로 변함없는 존재라고 믿는다. 너무 오랫동안 그대로였기에 어느 순간 급격한 변화가 오면 충격을 받는다. 인간 이성은 생각만큼 논리적이거나 합리적이지 않다.

역사는 돌고 돈다. 영고성쇠는 생명체에만 해당하는 게 아니다. 무생물이나 실제 사물로 존재하지 않는 개념인 국가나 사회 이념도 생겼다가 사라지기를 반복한다. 다만 수명이 짧은 인간이 온전히 느끼기 곤란할 뿐이다.

대한민국 국민 다수는 남북 분단 상태가 당연하다고 여긴다. 대부분의 국민은 한국전쟁 후에 태어났다. 어려서부터 남북 대치 상태를 보아왔으므로 현 상황이 정상이다. 어떤 일로 남과 북이 하나가 된다면 오히려 그게 경천동지할 충격으로 다가올 것이다.

1989년은 충격적인 한 해였다. 개인적으로도 변화가 컸다. 7년간의 준군인 신분에서 현역 군인으로 바뀌었고, 고정 수입 없이 간신히 연명하다가 매달 월급 받는 보통 사람이 되었다. 세상의 변화는 더 컸다. 소련의 개혁개방으로 공산권 사회가 크게 흔들렸고 반세기 가까이 이어진 냉전 체제가 무너지기 일보 직전이었다. 중국에서는 실패하였으나 한국을 본뜬 민주화 운동이 이어졌다. 가장 극적인 곳은 베를린이었다.

베를린은 동서 냉전 체제의 상징이었다. 2차 대전 승전국인 미국, 프랑스, 영국과 소련이 점령한 독일 영토를 분할하여 자신의 입맛에 맞는 정부를 세웠다. 서독은 자본주의, 동독은 공산주의 국가가 됐다. 동독 내에 있는 베를린도 동서로 나뉘었다. 서베를린은 공산주의 사회에 둘러싸인 자본주의 섬이 되었다. 독일은 대한민국과 더불어 2차 대전 결과로 분단된 유이(唯二)한 국가였다.

휴전선으로 분단되어 완벽하게 차단된 한반도와는 달리 동독과 서독은 비교적 자유롭게 왕래할 수 있었으나 마셜 플랜에 의한 미국의 경제 지원으로 서독이 앞서가자 상황이 달라졌다. 동독의 젊은이는 일자리를 찾아 계속 서독으로 넘어갔으며 그 출구가 주로 베를린이었다. 인구 유출에 골머리를 앓던 동독 정부는 1961년 8월 13일 베를린에 장벽을 설치한다. 베를린 장벽은 체제 경쟁 실패의 증거라는 측면에서 공산권 내에서도 반대가 있었지만, 체제 유지를 위한 동독 정부의 어쩔 수 없는 선택이었다.

서베를린에 온 미국 대통령 존 F. 케네디는 "제1세계와 제2세계 간의 가장 큰 문제가 뭔지 모르겠다는 자, 공산주의가 미래의 물결이라는 자, 공산주의와 협조해나갈 수 있다는 자, 공산주의가 적어도 경제적 진전을 가져다준다고 생각하는 자는 베를린에 와보라. 자유에도 문제가 많고 민주주의가 완벽하지는 않지만 적어도 우리는 벽을 세워 사람을 가두어야 할 필요까지는 없다"라며 베를린 장벽을 강하게 비판했다.

베를린 장벽은 동서 냉전의 상징이었으며 공산권의 폐쇄성을 강조하는 뜻으로 '철의 장막'으로 불렸다. 핵으로 무장한 미국과 소련이 전쟁으로 판가름낼 수 없는 상황에서 동서 냉전 체제와 철의 장막은 영원할 것처럼 여겨졌다.

1989년 9월 라이프치히에서 시작된 월요 시위가 기폭제가 되어 동독 전체로 민주화 시위가 확산했다. 한번 일기 시작한 시위는 요원의 불길처럼 번져 수그러들 기미가 보이지 않았다. 언론과 여행의 자유를 요구하는 시위가 매주 벌어졌고 인접 국가를 통한 동독 탈출 물결도 이어졌다. 시위대를 달래려 1989년 11월 9일 오후 6시 58분경 기자회견을 통해 여행 자유화 정책을 발표하였는데 이에 대해 전 세계 언론이 '베를린 장벽이 무너졌다'라고 긴급 속보로 타전했다.

정확한 소식은 아니었으나 동서 베를린 시민은 각기 연장을 들고 베를린 장벽으로 달려들어 해체작업을 시작하였다. 동독국경경비대원은 막으려고 하였지만, 어마어마한 인파를 통제할 방법은 없었다. 유일한 방법은 발포였으나 상부 지시 없는 학살은 자살행위였다. 어쩔 수 없이 그저 시민들이 장벽을 부수는 장면을 구경할 수밖에 없었다.

인류는 베를린 장벽 붕괴 소식을 생방송으로 지켜볼 수 있었다. 대대본부에 있는 TV로 현장을 지켜보는 사람 모두 충격이었다. 거대한 시류와 몇 가지 우연이 겹쳐 독일은 예기치 않은 통일을 맞았다. 서독도 동독도 준비하지 않은 일대 사건이었다. 영국과 프랑스는 강력한 통일 독일의 탄생을 우려하였으나 독일 시민들은 열광하였다. 패전으로 나뉜 국가와 국민이 하나 됨을 축하하였다.

대부분의 대한민국 국민은 전율하였다. 흥망성쇠와 이합집산의 역사를 돌이켜볼 때 언젠가는 통일이 될 것이란 확신은 있었으나 그 시기는 오리무중이었다. 경제력에서는 남북 격차가 벌어지기 시작했으나 김일성이 굳건하게 권력을 틀어쥐고 있는 북한 체제가 흔들리리라고는 예상할 수 없었다. 생전 통일은 어렵겠다고 포기하려던 찰나 베를린 장벽이 무너지고 독일 통일이 급격히 이루어지고 있었다.

유이(唯二)한 분단국가에서 유일(唯一)한 분단국가가 된 대한민국 국민은 희망에 부풀었다. 미래는 아무도 모른다. 어떤 사소한 일이 계기가 되어 막을 수 없는 거대한 물결이 될지 알 수 없다. 믿을 수 없지만 독일 통일을 보고 있지 않은가? 불과 한 달 전만 해도 이러한 사태를 예견한 사람은 아무도 없었다. 지금은 남북이 첨예하게 대립하고 있지만, 어느 순간 장벽이 사라질지 모른다. 베를린 장벽이 그랬듯 휴전선도 연기처럼 사라질 수 있다.

대한민국 통일이 가져올 결과를 예측할 수 없고, 나에게 어떤 영향을 줄 것인지 짐작조차 할 수 없었지만 적잖이 흥분되었다. 초등학교 때부터 입이 닳도록 배운 말이 평화통일 아니었던가? 체제 유지를 위한 세뇌 교육이었는지는 알 수 없으나, 대한민국의 발전과 번영을 갈망하는 내게 남북통일은 무엇보다도 더 큰 가치였다. 베를린 장벽 붕괴와 통일 독일에 대한 감상이 저마다 다를 터이나 한국인이라면 대동소이할 것이다. 통일이 이루어지리라는 기대, 통일이 성큼 다가왔다는 희망, 그 기대와 희망은 벅찬 감동이었다.

10장

1990

가난한 사람은 굶주림이 가장 큰 고통이지만,

바로 그러한 이유로 배부르게 먹으면 즉각 행복해진다.

부자는 행복한 요소를 두루 갖추었으나 행복하기 어렵고,

빈자는 늘 불행에 노출되어 있으나

아주 간단하게 불행에서 벗어날 수 있다.

- 본문 「회식」에서

3당 합당

1990년 1월 22일 충격적인 소식이 전해졌다. 당시 집권 여당이었던 민주정의당과 통일민주당, 신민주공화당이 합당하여 거대 여당인 민주자유당이 탄생한 것이다. 3당 합당으로 13대 총선에서 만들어진 여소야대는 여대야소로 바뀌었고, 정치적으로 호남은 고립되었다.

국민, 특히 군부독재를 반대하고 민주화를 열망했던 개혁 세력이나 젊은이들의 충격은 컸다. 원조 군사정권의 주역이었던 신민주공화당과 김종필은 그러려니 하였으나 민주화 투사로 알려졌던 김영삼은 민주화 세력에게 배신자로 낙인찍혔다.

국민은 충격을 받았으나 정계개편은 어쩌면 당연하였는지도 모른다. 1987년 야권 분열로 민정당 노태우 후보가 어부지리로 대통령에 당선되었으나, 이듬해 4월 치러진 총선에서 과반 획득에 실패하여 국내 헌정사상 처음으로 여소야대 국회가 되었다. 이러한 여소야대 상황과 강해진 민주화 분위기 속에서 사회 각계각층의 다양한 목소리가 분출하였다.

여당과 검찰, 군부, 보수 언론 등 기득권은 이러한 상황을 불안하게 바라보았다. 더구나 여당인 민정당에는 차기 대권 주자가 없어서 정권 연장을 기대하기 힘든 분위기였다. 5공 비리 공개와 서울 올림픽과 함께 들이닥친 부동산 가격 폭등, 물가 상승으로 여당 지지율은 지지부진하였다. 여기에 '대통령의 위엄이 사라졌다', '정부가 사회 불만 세력에 끌려다닌다', '국회가 경제 발목을 잡고 있다', '공권력이 땅에 떨어졌다'라는 등 보수 언론의 비판이 이어지면서 노태우는 '물태우'라는 조롱 섞인 별명을 얻는다. 이에 여당은 상황을 바꿀 해결책을 연구하는데 그것이 합당을 통한 정계개편이었다.

처음 구상은 김영삼, 김대중, 김종필과 모조리 다 합치려고 하였다. 보수 대연합으로 일본의 자유민주당을 본떠 당을 통합하고, 의원내각제로 바꾼 후 계파별로 돌아가면서 권력을 잡는 걸 구상하였으나 군부 세력 탄압의 피해자를 지지 세력으로 둔 김대중은 이를 받아들일 수 없었다.

노태우 정권은 김대중의 평화민주당과 합당을 먼저 구상했다. 성공하면 지역감정 해소라는 명분을 얻을 수 있고, 군사독재 정권이라는 색채를 지울 수 있으며, 민정당 129석과 평민당 71석으로 단독 개헌선인 200석에 이를 수 있다. 당총재를 비롯하여 김대중과 평민당에 온갖 유리한 조건을 제시하였으나 김대중이 받아들일 수는 없었다. 자신의 지지 기반은 5공이 짓밟았던 호남인데, 좋은 조건이라도 5공 세력과 손을 잡는 게 지지층에게 어떻게 보일 것인가는 불문가지(不問可知)였다. 김대중은 한마디로 거절하였다.

"국민이 만든 여소야대가 불편하다고 바꾸려 해서는 안 된다. 그것은 민주주의를 후퇴시키고 정치 윤리를 망치는 일이다. 당신도 불행해지고 나라도 불행해진다. 야당으로 국민의 심판을 받고 싶지, 합당으로 정권을 잡고 싶지 않다."

한편 제2야당으로 전락해 숙명의 라이벌 김대중에게 밀리던 김영삼은 노태우의 합당 제의에 명분이 없다는 이유로 논의를 질질 끌었으나 결국 승부수를 던져 수락했다. 단독으로 정권을 잡을 가능성이 없던 김종필의 신민주공화당은 불감청이언정 고소원이었다.

이런저런 이해관계가 얽히고설킨 게 세상사지만 자본주의와 사회주의라는 이념보다는 군사독재와 민주주의로 구분되었던 당시 국민 정서상 3당 합당은 천지개벽과 같은 충격이었다. 아무리 어제의 적이 동지로 바뀔 수도 있다지만 어제까지 총질하던 적이 우군이 된 것이다. 노태우와 김영삼과 김종필은 합당해야 할 충분한 이유가 있었으나 국민이 납득(納得)할 만한 명분은 없었다. 이익을 위한 야합일 뿐이었다.

3당 합당의 폐해는 컸다. 첫째 대구·경북, 부산·경남, 충청, 호남 넷으로 나뉘었던 정치 구도는 호남 대 비호남으로 단순해졌다.

5·18 광주 민주화운동 피해자층이 오히려 정치적으로 고립된 것이다. 지역감정이 해소되긴커녕 오히려 더 공고해졌다.

두 번째는 영남의 보수화다. 해방 후 정치 구도는 여촌야도였다. 정보 수집이 쉬운 대도시는 야당 성향이었고 정보가 차단된 촌일수록 여당 지지율이 높았다. 박정희 전 대통령 암살의 계기도 부마항쟁이었다. 부산과 마산은 보수적이었을지는 몰라도 민주화의 성지였다. 민주정의당과 신민주공화당과 통일민주당의 합당으로 충청과 영남은 일시에 보수색으로 바뀌었다.

세 번째는 기회주의 문화의 만연이다. 이전에도 철새 정치인은 있었다. 이익에 따라 움직이는 건 철새만이 아니다. 모든 동물의 숙명이다. 그래도 여야를 대표하여 대권을 놓고 자웅을 겨루던 거물급은 항상 제 위치를 지켰다. 3당 합당으로 그러한 전통은 사라졌다. 이제 선거철마다 급조된 당으로 이합집산을 거듭한다.

3당 합당은 노무현을 부각하였다. 노무현은 김영삼의 권유로 정치에 입문하였다. 당연히 김영삼계로 분류되었고 김영삼의 영향력으로 국회의원이 되었다. 노무현은 원칙론자다. 3당 합당에 절망하여 분노하고 격렬하게 반발하였다. 노무현은 김영삼과 결별하였다. 노무현은 이후 '원칙과 통합'을 기치로 험난한 탈 보스 정치, 지역주의 타파 노선을 걷는다.

현역 소위가 정치 행태나 정치인이 마음에 들지 않는다고 할 수 있는 일은 별로 없다. 학생 때는 김영삼과 김대중을 민주화 투쟁의 영웅으로 추앙하였으나, 김영삼이 별 볼 일 없는 범인(凡人)으로 바

꿰었을 뿐이다.

군인은 근본적으로 보수다. 보수가 무엇인가? 전통을 중요시하고 바꿀 건 바꾸더라도 최대한 지켜나가자는 주의 주장 아니던가? 국가와 국민, 체제를 수호하는 걸 사명으로 하는 군인의 본질은 보수다. 보수답지 않은 보수정치 지도자의 행태에 청년 조자룡도 노무현처럼 분노하였다. 아무것도 할 수 없었고 표현조차도 하지 못하였으나 3당 야합으로 덩치를 키운 보수는 오랫동안 내 마음속 그림자였다.

커피포트

어느 날 아침 출근하자 대대장이 커피포트 하나를 주며 관리하라고 했다. 전날 당직사령을 서면서 장교 독신자 숙소 순찰 중 불법 전열기를 압수한 것이다. 군에서는 화재 예방을 위하여 전열기 관리를 철저히 한다. 부대 내 모든 전열기를 등록하여 관리하며, 등록되지 않은 전열기를 사용하다 적발되면 부대와 개인 모두 문책한다. 전열기 사용은 화재 예방뿐만 아니라 전력의 무제한 사용을 막기 위해서도 필요하였다.

보통 비행단 감찰실 또는 안전관리실에서 인허가 업무를 주관하며 사무실별로 커피포트 한 개 외에는 허가하지 않는다. 특히 겨울철 난방용 기기는 전력을 많이 소모하므로 여간해서는 허락하지 않았다. 겨울철에 전기난로를 몰래 사용하다가 걸리는 사람이 허다하였다. 숙소에서는 공동으로 사용하는 전열기 외에 쉽게 인가하지 않는다. 조종사 한 명이 허가받지 않은 커피포트를 사용하던 중 당직 순찰하던 무장대대장이 발견하고 압수한 것이다.

일주일쯤 지나서였다. 행정계에 전화가 왔는데 전화를 받은 선임부사관이 조종사라면서 나에게 바꿔주었다. 아마도 행정계장을 찾는 모양이었다.

"조 소위입니다, 통신보안!"

당시 군에서는 보안을 철저히 해야 한다는 경각심을 심어주기 위하여 전화 받을 때 관등성명 뒤에 반드시 '통신보안'이라는 구호를 붙이도록 하였다.

"122대대 이 중원데 얼마 전에 대대장이 커피포트 가져간 거 있지?"

"필승! 예, 제가 맡아서 관리하고 있습니다."

"그거 내 건데 122대대로 가져오도록."

"죄송합니다만 그건 좀 곤란합니다. 대대장 명령으로 보관 중인 물건을 주인이라고 해도 돌려줄 수는 없습니다. 나중에 대대장이 물으면 제가 뭐라고 대답합니까?"

"뭐? 가져오라면 가져오지 웬 말이 많아? 너 당장 이리 와봐!"

"왜 제가 거기 갑니까? 가야 할 일이 없으므로 가지 않겠습니다."

"뭐, 못 와? 나중에 보자."

몇 마디 나누다가 제 분을 못 이겨 전화를 끊는 것이었다. 옆에서 듣고 있던 선임부사관이 적잖이 걱정스럽다는 표정으로 말했다.

"계장님, 그냥 가져다가 주십시오. 조종사 잘못 건드렸다가 나중에 복잡해집니다. 이전 대대장들도 조종사 함부로 대했다가 비행대대장에게 불려가 곤욕을 치른 적이 한두 번이 아닙니다. 그저 좋은 게 좋습니다. 대대장님도 일주일이 지났으니 기억하지 못하실 겁니다."

"그러다가 대대장님이 허락 없이 줬다고 불호령이라도 떨어지면 어떻게 합니까? 나는 그렇게는 못 합니다."

"그러다가 큰일 나요. 찾아와서 행패를 부리거나 때리기라도 하면 어쩌려고요. 나중에 후회하지 마시고 그냥 주세요. 여기 놔둬 봐야 우리가 쓸 수도 없잖아요?"

선임부사관 말에 은근히 걱정되었다. 요즘도 조종사 위세가 세지만 1990년 이전만 해도 비 조종 장교 지휘관도 조종사를 함부로 대하지 못하는 분위기가 있었다. 군이 상명하복 집단이지만 계급이 모든 걸 해결하지는 않는다. 조종사는 공군 내에서 귀족이었다. 귀족끼리는 서열과 위계질서가 엄격하지만 다른 분야에서 범접하지 못하도록 공동으로 방어막을 쳤다. 비행단장과 주요 지휘관이 조종사다. 팔이 안으로 굽고 가재는 게 편이라는 말이 있듯이 무슨 일이 발생하면 조종사에게 유리하다. 함부로 조종사를 대한다는 게 소문이라도 나는 날이면 지휘관 참모라도 곤란하였다.

후환이 두려웠으나 이미 엎질러진 물이었다. 못 준다고 큰소리쳐놓고 뒤늦게 가져다주는 일도 우스웠다. 선임부사관은 세상 물정 모르는 소위 탓이라면서 용기가 아니라 만용이라고 걱정하였다. 조종사라고 하지만 한 기수 차이였다. 한 기수 차이가 가장 무서운 건 사실이지만 나도 장교 아닌가? 잘못 없는 장교를 어쩌랴 싶었고 시간이 지나자 잊었다.

그로부터 며칠 후였다. 원피스를 입은 중위 한 명이 행정계 문을 박차고 들어왔다. 원피스는 조종사 전투복이다. 다짜고짜 내게로 다가와서 외쳤다.

"네가 무장대대 행정계장이냐? 내가 엊그제 전화한 이 중위다. 못 주고 못 온다고 했나?"

"필승! 죄송합니다. 제 마음대로 처리할 수 있는 일이 아니지 않습니까?"

"가져간다. 대대장이 물으면 직접 와서 가져갔다고 해!"

사무실 책상 위에 놓인 커피포트를 보더니 더 말할 것도 없다는 듯이 들고 사라졌다. 아마 절대 가져갈 수 없다고 말렸으면 몇 대 쥐어박았으리라. 선임부사관 말대로 좋은 게 좋은 건 아니지만 세상은 내 마음대로 되는 게 아니다. 맞아서 좋을 건 없다. 다이아몬드 계급이 두 배 차인데 어쩌겠는가? 중위 조종사가 직접 와서 가져간 걸 대대장이 알더라도 소위 행정계장 탓하지는 않으리라.

선임부사관 말대로 대대장은 이후 커피포트에 대해서 아무 말도 없었다. 122대대 이 중위와는 악연으로 시작하였으나 이듬해 내가 122무장지원중대장으로 보직을 받으면서 다시 만나서 무던하게 지냈다. 커피포트를 못 주겠다고 실랑이하다가 내가 폭행이라도 당했다면 순탄하지 못했으리라. 세상을 향하여 당당하고, 불의를 참지 않는 정의의 사도가 되려는 마음이 있었으나 굳건한 건 아니었다. 조종사라는 신분과 중위라는 계급에 소위 조자룡은 움츠러들었다.

중위 진급

　소위(少尉)는 외롭다. 삶이 고해라는 붓다의 말대로, 인간으로 태어나 외롭지 않은 사람이 있을까마는 갓 임관한 소위는 특히 고독하다. 물론 어떤 지원도 없어서 거지 생활에 가깝던 대학 생활과는 차원이 달랐다. 용돈 떨어질 때가 되면 귀신같이 알고 부식비나 월급이 나오고, 임관하자마자 소대장이나 중대장이 되어 많은 휘하 장병을 거느린다. 겉으로 보기에는 부와 명예가 화려하지만, 딱 겉으로 보기에만 그렇다.

　소위도 장교이기에 준위, 부사관, 병사들은 보는 족족 거수경례를 올리지만 완전한 형식이다. 경례하지 않으면 나이 어린 청년에게 지적받는 수모를 당할 위험이 있기에 마지못한 겉치레에 불과하다. 의무 복무가 3년이던 당시에는 준사관이나 부사관뿐 아니라 사실 상병이나 병장도 소위보다 연상인 경우가 종종 있었다.

　소위는 서툴다. 사관학교나 대학에서 군사학을 배우고 병영훈련을 다녀왔지만, 기본 소양에 불과하고 부대 생활에 대해 아는 건 거의 없다. 부대 업무뿐 아니라 비행단 내 타 부서 위치나 식당 매점도 누군가의 도움을 받아야 찾는다. 아는 건 아무것도 없으나 계급이 높다고 경례를 받고 대대장 회의에 참석하고 일과를 지시한다. 대부분의 사람이 아니꼽게 생각하고 속으로 멸시하는 마음이 있다.

소위도 사람인데 상대의 표정이나 태도로 그 마음을 모를 리 없다. 상대 무시가 불쾌하지만 별다른 도리가 없다. 사실 직무 지식이나 하는 일에 비하면 지나치게 우대받는 건 사실 아닌가? 방법은 단 하나다. 소위 계급을 탈피하는 것이다. 타인보다 앞서고자 하는 인간이 고독한 건 사실이나 낯선 군 생활이 처음인 이병, 하사, 소위와 비교할 바가 아니다. 아무도 제대로 사람 대우하지 않는 이병, 하사, 소위는 외롭다.

진급은 중요하다. 어느 계급이라도 진급은 좋은 것이지만 일병, 중사, 중위는 서툴러서 전력 외로 취급하는 데서 벗어난다는 점에서 좋다. 상관이나 부하가 어느 정도 인정한다. 1990년 3월 1일 임관 후 정확히 1년 만에 중위 진급하였다. 부하가 지시에 따르기보다는 안타까워서 도와주려는 햇병아리 장교 신세를 면한 것이다.

3월 1일 임관한 사관학교와 ROTC 출신 소위 전체가 단장에게 진급 신고하였다. 이후 군수부장과 정비과장에게 군수부 진급자가 함께 신고하였고 대대별로 흩어졌다. 무장대대 햇병아리 소위 동기 3명은 무장대대장에게 진급 신고하였다.

"신고합니다! 소위 권형준 외 2명은 1990년 3월 1일부로 중위 진급을 명받았습니다. 이에 신고합니다!"

군대는 신고에서 시작해서 신고로 끝난다는 말이 있다. 임관도 전역도 법이 인정하는 형식은 신고다. 아무리 서류에서 인정하더라도 지휘관에게 신고하지 않으면 효력이 없다. 무장대대 소위 세 명은 대대장 신고를 끝으로 중위가 되었다. 소위 계급장은 임관하고 1년이 채 안 된 햇병아리라고 머리에 표시하고 다니는 형국이었으나, 중위는 몇 년 차인지 구분할 방법이 없다. 함부로 무시하지 않는다.

대대장 신고 후 대대 서열 두 번째인 통제실장에게 보고한 후 군수부 산하 대대장에게 진급 인사를 하고 흩어졌다. 점심 식사를 마치고 오후 일과를 시작하려는데 전화벨이 울렸다.

"행정계장, 오늘 중위 진급하지 않았나?"

탄약중대장 윤 대위였다. 당시 무장대대에는 통제실장을 제외하고는 탄약중대장이 유일한 대위였다.

"필승, 근무 중 이상 없습니다. 예, 오늘 진급했습니다."

"진급했으면 선배 장교에게 보고해야지, 오전이 지나도록 보고가 없나? 1년 동안 배웠다는 게 그거야? 당장 달려오도록!"

때아닌 노성(怒聲)에 적잖이 당황하였다. 1년 선배인 중위 네 명에게는 별도로 보고하지 않고 점심시간에 같이 식사하면서 인사로 대체하였다. 윤 대위는 장교 식당에서 식사하지 않고 도시락으로 해결하였다. 간부 식당은 600원, 장교 식당은 1,500원으로 상대적으로 비싸서 장교 식당을 이용하지 않는 장교가 상당수였다. 장교 식당은 메뉴가 훌륭하였으나 시내 일반 식당과 비슷할 정도로 비싼 편이었다. 탄약중대는 멀리 떨어져 있었고 함께 식사도 하지 않아 까맣게 잊었다.

부리나케 육 중위에게 연락하여 탄약중대장에게 갔다. 탄약중대 소속이던 권 중위는 혼자서 이미 중대장에게 보고한 후였다. 육 중위와 자전거를 타고 땀을 뻘뻘 흘리며 탄약중대에 도착하자 탄약중대장은 언제 화를 냈느냐는 듯 웃는 얼굴로 맞았다. 이런저런 덕담을 건넨 후 정성스럽게 포장한 선물을 주는 것이었다.

중위 진급은 노력의 대가가 아니다. 어떠한 노력이 없더라도 시간이 지나면 달아주는 계급이다. 비록 이마에 '나는 군사 업무 초보자입니다. 서툰 업무를 이해하세요'라고 쓴 딱지를 뗄 때 내는 의미는 있지만, 누구도 진급에 의미를 부여하지는 않는다. 월급도 별 차이가 없다. 그러나 소위의 서러움을 잘 아는 윤 대위는 진심으로 중위 진급을 축하하였다.

부끄러웠다. 장교라는 사람이 같은 대대 선배에게 인사해야 한다는 것조차 깨닫지 못했다는 점과, 진심으로 축하하려는 사람이 있다는 사실을 알아차리지 못한 내가 한심하였다. 삶에 의미는 없다. 강물이 묵연히 흐르듯 그저 시간에 얹혀 흘러갈 뿐이다. 스스로 어떤 의미를 부여할 때 삶은 뜻깊어진다. 중위 진급을 보고하지 않아 받은 선배의 꾸지람으로 무의미한 삶은 없다는 걸 깨달았다. 아무리 하찮은 일이라도 의미를 부여한다면 축하하거나 슬퍼할 일이 된다.

행정계장은 대대 인사 업무를 총괄하는 자리다. 진급, 전속, 전역하는 장병이나 외출, 외박, 휴가 장병 그리고 심지어는 입원이나 퇴원하는 사람의 행정처리와 대대장 보고를 도맡아 한다. 매일 하는 일과가 보고나 신고를 중재하는 일이었으나 거기에 어떤 의미를 두지는 않았다. 늘 하던 일이니 기계적으로 했을 뿐이다. 비로소 지휘관에게 하는 보고나 신고의 중요성을 깨달았다. 사람이 아무리 많아도 각 개인은 소중하다. 개인의 사소한 신상 변동도 지휘관은 반드시 알아야 한다. 대대원 중 하찮은 사람은 없다. 그것이 중위 진급한 날 깨달은 것이다.

회식비 공제

대한민국은 대표적인 술 권하는 사회다. 요즘은 많이 달라졌지만 50년 전만 해도 시골에서는 쉬는 참에 마시던 막걸리를 아이에게도 권했다. 알코올 도수가 낮고 일할 때 음료수처럼 마시기는 하지만 막걸리도 엄연한 술이다. 땡볕에서 같이 일하는데 아이만 마실 게 없는 것이 안쓰러웠는지도 모른다.

"너도 막걸리 한잔 마셔라. 쭉 들이키면 시원할 겨. 괜찮여, 술은 어른한테 배우는 겨. 마시고 나면 한참을 든든헌 게."

이런 말로 술을 권했다. 그래서 초등학교 입학 전부터 막걸리 맛을 아는 게 당시 시골 아이들이었다. 명절 때 인사차 가면 다과상에 빠지지 않는 게 술이었다. 물론 마시라고 준 게 아니라 구색을 갖춘 것인지는 몰라도 우리는 사양하는 법을 몰랐다. 고등학교 다니던 어느 설날 동네 30여 집을 친구와 둘이 세배 다니며 주는 술을 몽땅 마시고 만취하여 1주일을 앓아누운 적도 있었다. 집안 내

력인지 형제 모두 술을 좋아하였다.

음주는 흥을 즐기는 우리 민족 특성인지도 모른다. 신분이나 지역을 막론하고 즐길 때는 음주 가무를 최고로 친다. 옛날에 술과 농악을 즐기던 것이 음주 후 노래방으로 변했을 뿐이다. 전 세계 알코올 섭취량은 북구권 유럽이 상위 그룹이었다. 추운 지방과 잘사는 나라에서 술을 많이 마시는 걸 알 수 있다. 우리나라는 아시아에서 압도적인 1위다. 백인과 문화가 다른 황인 중에는 한국인이 가장 술을 좋아한다. 병 수 기준 수십 년 전부터 변함없는 세계 최대 술 판매량 1위는 진로(眞露)다.

술을 좋아하였으나 가난하여 용돈을 받을 수 없었기에 고등학교, 대학교 때는 마실 기회가 적었다. 어쩌다 잔치나 축제 등 공짜로 마실 기회가 있으면 최대한 마셔서 대취하였다. 호주머니에 얼마간 돈이 생기면 술로 탕진하기 일쑤였다. 대학교 때 적은 돈으로 만취하고 싶어 포장마차에서 소주 한 병을 시켜서 한 잔 마시고 담배 한 대 피우기를 반복한 적도 있다. 술 마시고 담배 피우면 취하는 속도가 훨씬 빠르다.

그렇게 좋아하는 술이었으니 소위 임관 후에는 그야말로 살판난 셈이다. 매달 꼬박꼬박 봉급이 나오는 데다 돈이 떨어질 만하면 중간에 부식비가 나왔다. 봉급이 적을 때라 한꺼번에 주면 월급 받기 전에 굶주릴 걸 염려해서 나눠 줬는지도 모른다. 어쨌든 매일 술 마실 수 있어서 좋았다. 더구나 외상이 되던 시절이었다. 현금 주고 술 마시는 일은 거의 없었다. 1차, 2차, 3차 모두 외상이었다.

주로 중·소위끼리 어울려 술을 마셨는데 형편이 비슷하여 누가 혼자서 계산하기에는 부담이었으므로 특별한 일이 없는 한 공동 분배였다. 누군가 대표로 외상을 달아두고 나중에 돈을 걷어 갚는 식이었다. 행정계장이던 내가 주로 계산하고 다음 달 월급에서 공제하였다. 월급이 현금으로 지급되던 시절이어서 모든 공제는 장부로 정리되어 행정계로 제출하였다. 행정계에서는 개인별 공제 금액을 계산하여 공제 후 월급을 지급하였다.

행정계에 회계 담당 병사가 따로 있었는데 그건 보통 일이 아니었다. 중대 회식이나 장교 회식 명목으로 공제 건수나 금액이 엄청났다. 개인으로 십여 건 이상인 사람도 많았다. 그걸 일일이 십 원 단위까지 계산해서 본인 봉급에서 공제하였다. 남을 리는 없고 계산 착오가 발생하면 개인이 변상하는 일이 비일비재했다. 아무것도 모르는 병사 부모는 사무실 근무하는 행정계 청원이 많았으나, 정작 실정을 아는 병사 중 행정계를 선호하는 사람은 거의 없다.

함께 임관한 공군 ROTC 16기 동기 중에 육창혁이 있었다. 다른 사람은 외상값 공제를 대개 다음 달에 하기 마련인데, 이 친구는 본인이 가능한 달에 하였다. 거의 매일 만찬이 회식이었으므로 월 공제금이 엄청나다. 본인 공제 금액이 봉급을 넘을 것 같으면 미뤘다가 보너스 나오는 달에 계산하곤 하였다. 당시 보너스는 분기 말인 3월, 6월, 9월, 12월에 나왔다.

대개 3개월 이내 외상값을 공제하기 마련이었는데 이 친구가 보너스 달에도 돈이 모자라면 다음 보너스 달에 공제하는 일이 종종

    얼룩무늬 청춘 3 - 광주 편

있었다. 거의 매일 하는 회식이라 한 달 전 일도 기억이 희미한데, 6개월 전 회식비를 공제하는데 문제가 생기지 않을 리 없었다.

"창혁아, 이게 뭐냐? 6개월 전에 나는 이런 술 먹은 적 없는데?"

행정계장이므로 내 공제는 회계 담당 병사가 미리 보고하였다. 전혀 기억에 없는 6개월 전 회식비를 공제하는 동기생이 어처구니없었고, 실제로 기억에 없으므로 내가 확인하기 마련이었다. 본인 장부에 날짜와 참석 인원 명단이 작성되어 있지만, 당시 어떤 상황이었는지 기억할 수 없는 건 친구도 마찬가지였다. 확실하게 설명하지 못하고 우물쭈물 어정쩡하게 답변하기 일쑤였다.

"그래? 너도 있었을 건데… 명단에는 있는데…."

"아냐, 무슨 착오가 있었나 보네. 나는 그때 다른 사람과 식사했는데?"

일단은 뻗대고 보았다. 일부러 골탕 먹이려고 그런 건 아니고 기억할 수 없는 회식 공제였으므로 확인하는 차원이었다.

"그럴 리가 없는데… 명단에는 분명히 일곱 명 이름이 적혀 있거든?"

"몰라, 나는 참석하지 않은 게 확실해. 공제에서 내 이름은 뺀다?"

엄포를 놓고 몇 시간 흐르면 전화벨이 울린다.

"야 자룡아, 너 2차에서 이 중위가 술 취해서 아가씨하고 다툰 거 기억하지? 네가 이 중위 허리 잡고 뜯어말렸잖아? 그게 그날이야. 기억하느라고 혼났다. 빠질 생각 하지 마."

내가 공제금을 낼 수 없다고 뻗대니 이 사람 저 사람에게 수소문하여 그날의 정황을 파악한 게 틀림없다. 아무리 오래된 일이라도 보통 때와는 다른 일이 있기 마련이고 누군가는 그 일을 기억하게 마련이다.

"야 임마, 그러니 회식비 공제는 다음 달에 해라. 6개월 전 회식비를 공제하면 누가 기억하니? 그냥 네 용돈이 부족해서 가짜로 공제하는 줄 알지…."

회식에 참석하지 않았다고 뻗댄 게 머쓱해져서 한마디 타박으로 끝내곤 하였다. 매달 빼놓지 않고 나오는 봉급은 고마웠지만, 술값으로는 부족하였다. 세상은 아이러니하다. 가난한 사람은 가난한 대로, 부유한 사람은 부유한 대로 언제나 돈이 부족하다. 누구에게도 용돈 받지 않던 대학 생활과는 비교할 수 없도록 풍족하였으나 여전히 가난하였다. 굶주릴 정도는 아니었기에 가난이라는 표현이 정확한지는 알 수 없지만.

방위병과 손금

1980년대는 방위병의 전성시대였다. 전성시대라고 하여 방위병이 특권을 누리거나 우대받았다는 게 아니라 어딜 가도 눈에 띌 정도로 흔한 존재였다는 것이다. 1969년 도입된 방위병 소집제도는 수요보다 많은 입영 대상자가 누적되는 상황을 개선하고 향토방위를 강화하기 위해 시행한 복무 형태로, 방위병은 기초군사교육을 마친 후 집에서 출퇴근하며 군부대나 경찰서, 국가 행정기관 등에서 복무했다. 방위 소집제도는 1995년 상근예비역과 공익근무요원(현 사회복무요원)이 신설되며 폐지됐다.

우리나라 근현대 역사는 베이비부머 세대의 성장과 함께 변해왔다. 우리나라 베이비부머는 한국전쟁 뒤 1955년부터 1963년 사이에 태어난 사람을 지칭한다. 베이비부머가 성장하면서 온갖 문제가 불거졌다. 초등학교에 입학할 때가 되자 학교가 모자랐고, 대학 진학할 때는 입시 열풍이 몰아쳤으며, 결혼 적령기가 되자 부동산

광풍이 일어났다. 입대할 시기가 되자 의무 복무할 병역자원이 넘쳐나게 되었다.

이런저런 이유로 입대를 제한하는 것도 한계가 있고 형평성 논란이 일게 마련이다. 정부에서는 남는 병역자원을 사회에서 활용할 목적으로 방위병 소집제도를 만들었다. 지금은 병역자원이 부족해서 해결책을 마련하느라 골치를 썩지만, 1990년대까지만 해도 병역자원이 남아돌았다. 방위병은 현역병이 근무하는 군대에도 배치되어 온갖 허드렛일을 도맡아 하였다. 공군에서는 외곽 경비하는 헌병대대나 취사와 숙소를 관리하는 지원대에 많았다.

1990년 봄이었다. 어느 날 무장대대 위관장교끼리 식사하는데 방위병이 화제가 되었다. 예비군 훈련소에 근무하는 방위병이 손금을 보는데 기막히다는 것이다. 공군 비행단에서는 매년 수차례 일주일 단위 예비군 훈련을 하였다. 일과를 진행할 장교, 부사관, 병을 차출하여 운영하는데 그중 방위병 한 명이 손금만으로 지난 일과 앞날을 기막히게 맞춘다는 것이다. 돈을 내고 보는 점이라면 사양하였지만, 상대가 방위병이므로 공짜다. 호기심이 발동하여 장교가 떼로 몰려갔다.

"내가 장가를 가긴 가냐? 늙어 죽을 때까지 혼자 사는 것 아냐?"

생명체의 본성은 생존과 번식이다. 중위 월급을 제때 받았으므로 생존에는 지장이 없었다. 고등학교 대학교 때부터 마음에 드는 이성을 사귀고자 노력하였으나 뜻대로 되지 않았다. 운명을 탓하였으나 실상은 과대망상으로, 자존망대(自尊妄大)한 내 사고방식이 문제였다. 스스로 인식하는 만큼 다른 사람이 나를 알아주기를 바랐으나 우매한 대중은 전혀 알아차리지 못했다. 내가 위대한 사람인 걸 아는 사람은 오직 나뿐이었다. 그러니 이성 교제가 제대로 되겠는가?

"예, 결혼합니다. 빠르지도 않지만 남보다 많이 늦지도 않겠습니다."

내 손금을 보면서 방위병은 질문에 대답하였다. 생명선이 어떻다느니 재산이 어떻다느니 하면서 내가 묻지도 않은 걸 열심히 설명하였다. 다른 것에는 그다지 관심이 없었을 뿐 아니라 손금이니 관상이니 운명이니 하는 걸 믿지 않았기에 제대로 듣지도 않았고 기억하는 것도 없다.

"지금까지 마음에 드는 여자를 만난 적이 드물고, 어쩌다 만나면 유부녀던데 마음에 드는 여자를 만나서 결혼한다는 게 사실이냐? 마음에 드는 여자는 나를 싫다고 하고… 지금 같아서는 결혼하기 힘들 것 같은데…"

자기가 하는 말을 귀담아듣지 않고 결혼한다는 말을 못 믿는 듯한 나를 방위병은 빤히 쳐다보았다. 마치 자신의 말을 확신하지 못하는 내가 어처구니없다는 표정이었다. 그러거나 말거나 나는 내가 궁금한 걸 계속 물었다.

"결혼하면 애는 생기냐? 몇이나 되는고?"

"결혼은 분명히 합니다. 금방은 아니지만 늦지는 않을 겁니다. 아들딸 모두 갖게 되는데 장년에 애 때문에 고생 좀 할 거 같습니다."

믿든 말든 내 생각과 무관하게 방위병은 자기 할 일에 충실하였다. 애가 여럿 생기는데 나이 들어 걱정거리가 생긴다는 말이었다. 애 때문에 고생하든 말든 일단 결혼에 성공하고 애를 갖는다는 말에 안도하였다. 주변의 많은 여자가 도무지 마음에 들지 않아 고민이었다. 그런데 결혼한다니 언젠가 마음에 드는 여성을 만나게 되리라. 사실 마음에 드는 여자가 없어 고민이었지만, 마음에 드는 여자가 생기면 더 많은 고민(?)이 생길지도 모른다.

태어나서 처음으로 본 점, 손금은 맞았다. 우여곡절 끝에 서른에 결혼한 것이다. 방위병 말대로 딸 둘과 아들 하나를 두었다. 자식 여럿 두는 것까지 맞춘 것이다. 자식이 성장한 후 장년에 고생할 것이라는 말이 은근히 신경 쓰였으나 까마득히 잊었다. 나는 종교도 믿지 않지만, 운명 따위는 일체 염두에 두지 않는다. 사람뿐만 아니라 그 많은 생명체에 운명이 있다는 게 믿어지지 않는다. 하루살이나 개구리에게 운명이 있을 것인가? 그렇다면 미생물은?

현재 아파트에 애 셋과 다섯이 거주하고 있다. 34평으로 작지 않은 아파트지만 어른 다섯이 종일 틀어박혀 살다 보니 복잡하다. 따로 살다가 모이다 보니 애들 짐도 만만치 않다. 아파트에 여유 공간을 찾기 어렵고 애 엄마는 세끼 밥과 빨래 등 뒤치다꺼리에 등이 휠 지경이다. 한 명은 휴학으로, 한 명은 공익근무 준비차, 한 명은 취업 준비 명목으로 함께 살고 있다.

늘그막에 자식 고민수가 있다더니 취업을 빨리하지 않는 게 손금에 나왔었나? 어쩌면 당시 방위병이 취업이 늦어 자식 뒷바라지

해야 하는 걸 손금에서 찾았을지도 모른다. 신통한 일이지만 내가 고민한다는 말은 틀렸다. 보통 부모라면 진학과 취업과 결혼을 걱정하리라. 나는 전혀 걱정하지 않는다. 자식의 미래가 부모 걱정으로 달라지지 않는다는 걸 알기 때문이다. 내가 걱정하는 건 스스로 통제 가능한 것이다. 이를테면 내가 즐기는 독서, 글쓰기, 운동, 등산, 음주 등이다.

예전 같으면 자식 취직 걱정이 당연했으리라. 남이 하는 취업을 못 하면 걱정이지만 대부분 제때 하지 못하는 취직을 내 자식만 반드시 해야 할 이유가 있는가? 그건 세상을 제대로 이해하지 못하는 것이며 지나친 이기심이다. 아마 얼마간 고생하다가 언젠가 취업할 것이다. 결혼은 다른 사람과 마찬가지로 확률이 반반이다. 본인이 간절히 원한다면 언젠가 결혼할 것이요, 그렇지 않다면 혼자 살아갈 것이다. 그건 부모가 노력할 일이 아니라 본인 몫이다.

뒷바라지하느라 아내가 고생하는 게 마음에 들지 않는 부분이지만, 사실 나는 아이들과 사는 게 좋다. 아이가 어려서는 조출만퇴(早出滿退)가 일상이어서 함께한 시간이 거의 없다. 서로를 몰랐는데 이제라도 알 기회가 생겨서 다행이다. 손금을 본 방위병은 이런 상황을 염려하였는지 몰라도 나는 오히려 다행이라고 생각한다. 세상만사 생각하기 나름이다. 그래서 불교에 일체유심조(一切唯心造)라는 말이 있지 않은가? 행복이나 불행은 마음먹기 달렸다.

웅천사격장 파견대장

장교 인사이동은 보통 연말연시에 이루어진다. 11월에 인사계획이 작성되고 12월 발표와 동시에 통상 상위 계급부터 하위 계급으로 부대 간 교차 보임한다. 초급장교인 중·소위는 다르다. 초급장교도 부대 간 이동할 때는 공군본부 인사계획에 포함하나 비행단 내 이동은 소위가 임관하여 자대에 배치되는 5월경에 이루어진다.

공군 장교 임관 후 첫 보직은 광주 비행단 무장대대 행정계장이었다. 중대장은 얼굴마담 격으로, 정비 업무는 준사관을 중심으로 돌아가므로 스트레스를 받을 일이 적다. 행정계장은 소속 부서원은 적지만 대대 행정 업무를 도맡아 해야 하므로 할 일이 많고, 특히 대대장을 가까이에서 보좌하는 참모다. 대대원뿐만 아니라 대대장 뒤치다꺼리 일이 적지 않다. 주로 소위가 맡아 하는데, 그런 이유로 행정계장직을 선호하지 않는다.

함께 임관한 동기 2명은 단기 장교였는데 장기 근무할 장교는 행정 업무에도 능숙해야 한다는 이유로 내가 행정계장으로 발탁되었다. 장병 인사이동, 회계, 보급, 사격, 교육 훈련, 정훈, 대대장 판공비 및 차량 관리까지 정비관리를 제외한 모든 업무를 담당하였다. 귀찮고 번거로운 일이 많았으나 그만큼 직무 지식 습득에 도움이 되었다. 세상에 공짜는 없다. 편하게 놀고먹으며 얻는 건 드물다. 심신이 피곤한 만큼 지식이 늘고 성장한다.

개인 직무 지식 향상에 도움이 되었고 크게 힘들지도 않았으나 서서히 싫증이 났다. 대대장 눈에서 벗어나 여유를 갖고 싶다는 마음도 있었고, 반복되는 소소한 일상이 지겹기도 하였다. 대대장 마음은 내 생각과 달랐다. 새로운 행정계장이 오면 적응할 때까지 귀찮은 일이 생기기 마련이다. 감언이설로 행정계장을 1년 더 하라고 권하였으나 나는 다른 보직에서 새로운 일을 배우고 싶다는 말로 보직 이동을 요구하였다.

당시 광주 비행단에서는 충남 보령에 있는 웅천사격장을 관리하였다. 육군이나 해군 사격장은 보통 부대 안에 위치하지만, 전투기가 이륙하여 공중에서 사격 훈련을 하려면 안전과 소음 문제로 민가에서 멀리 떨어진 광활한 면적이 필요하다. 비행단별로 유지할 수 없어 국내 오지에 몇 군데 사격장을 운영하였고 웅천사격장은 가까운 거리에 있던 광주 비행단에서 관리하였다. 중위가 파견대장이었는데 무장 특기였다.

비행단에서 관리하는 파견대가 몇 개 있었는데 대표적인 게 사격장과 비상활주로였다. 사격장은 전투기 사격 훈련을 위한 시설을 유지·관리하는 부대였고, 비상활주로는 전시 피폭 등에 따라 모 기지에 착륙할 수 없거나 전개가 필요할 때 사용할 목적으로 고속도로 일부 구간을 활주로로 사용할 수 있도록 관리하는 부대였다. 사격장이나 비상활주로 모두 소대급 병력이 주둔하여 시설물을 관리하였는데 사격장은 무장 특기가, 비상활주로는 정비 특기가 대장으로 파견되었다.

필수 보직이 아니었고 특별히 하고 싶은 마음도 없었으나 우선 행정계장 탈출이 목적이었기에 웅천사격장 파견대장을 강력히 희망하였다.

"소부대라도 관리해야 할 일이 많으므로 배울 게 많을 거 같습니다. 중위 계급에 실질적인 지휘관 경험하기가 쉽지 않으므로 사격장 파견대장을 꼭 하고 싶습니다. 장기 근무자라서 행정계장도 시켰으니 파견대장도 경험하게 해주십시오."

나로서는 그럴듯한 이유로 대대장을 설득하였지만 사실 지휘관은 임관 전부터 꿈꿔오던 자리였다. 중령, 대령이 목표가 아니라 공군에서 탁월한 지휘관 경력을 바탕으로 훌륭한 대통령을 꿈꾸었으므로 최대한 많은 지휘관을 경험해야 할 터였다. 지휘관이 되기 위해서는 거쳐야 할 참모가 여럿이었으나 어쩔 수 없는 과정에 불과하였고 나의 목표는 훌륭한 지휘관이 되는 것이었다.

대대장으로서도 쉽게 양보할 수 없는 것이, 행정계장이 관리하는 판공비만 해도 복잡하였다. 법에 저촉되거나 대대원에게 논란거리를 주지 않으면서 판공비를 관리하는 건 쉽지 않았다. 내가 다른 중대장을 원하였다면 어쩌면 행정계장직에서 탈출하지 못했을지도 모른다. 나는 행정계장직이 싫다는 소리는 입도 벙긋하지 않고 장래를 위하여 파견대장을 경험해야겠다고 끝까지 우겼다.

초급장교인 소위 중위 기간은 짧다. 채 4년이 안 된다. 그 짧은 기간에 많은 경험을 쌓게 해서 장교의 근간이랄 수 있는 유능한 대위로 양성해야 했으므로 중·소위 보직은 보통 1년이었다. 단기 장교의 경우 3년 후 전역이므로 활용 차원에서 길게 할 때도 있었으나 그건 예외적인 상황이었다.

논리적으로도 그렇고 통상적 사례에서도 보직 이동이 타당하였으므로 마침내 대대장도 웅천사격장 파견대장 보직을 허락하였다. 경험한 선배 장교로부터 파견대장의 불편한 점과 애로사항을 익히 들었으나 그런 건 문제가 아니다. 난관과 고충을 최대한 많이 경험해야 빨리, 그리고 크게 성장할 터였다. 훌륭한 공군 장교가 아니라 위대한 인간이 되기 위해서는 일부러라도 시련과 역경을 최대한 조우(遭遇)하여 극복해야 할 터였다. 스물다섯 청년 조자룡의 첫 지휘관 생활은 어떨 것인가?

웅천사격장

웅천사격장은 충남 보령시에 있다. 관리부대인 광주가 가장 가깝다고는 하지만 자동차로 두 시간 거리다. 광주 비행단 기지전대장의 지휘 통제를 받지만 멀리 떨어져 있어서 사실상 완전한 독립부대였다. 체계가 잡혀 있다면 즐거운 생활이 가능하였으나 체계를 잡을 사람이 없었다. 스물다섯 중위 능력으로 30여 명 부대원을 완전히 장악하여 정예전사로 만들기에는 어려움이 있었다.

파견대장이 중위였지만 지휘 관리와는 무관한 전투조종사가 사격 통제관으로 있었다. 사격장 관리는 대장 책임이었으나 전투기가 지상 표적에 대해 사격할 때 통제탑에서 조종사와 교신하여 진출입을 통제하였다. 계급이 대위로 파견대장보다 선임이었으나 사격 통제 임무만 띠었으므로 부대 지휘 관리에는 관여하지 않았다.

파견대는 병력 규모만 작을 뿐 여느 부대와 다를 바 없다. 숙식을 자체 해결해야 하는 독립부대였으므로 갖춰야 할 건 모두 흉내를 내었다. 소속 부대와 교신을 위해 통신 시설을 갖추었으므로 통신 특기가 있었고, 사격장 시설관리를 해야 하므로 시설 특기, 식사와 군수품 보급을 위한 보급 특기, 차량 운전과 관리를 위한 수송 특기, 목적이 불분명한 무장전자 특기, 기지 경계를 위한 헌병 특기가 있었다. 대부분 특기별 한 명이었으나 설비가 많은 통신은 병과 하사 두 명이었고, 헌병은 넷으로 현역이 10여 명이었다. 여기에 사격장 정리정돈과 외곽 경비 목적으로, 방위로 불리던 단기 병 20여 명을 포함하여 파견대 병력은 총 30여 명이었다.

간부는 통제관을 제외하면 중위와 영내 하사가 전부였다. 병사부터 하사, 중위까지 나이가 비슷했다. 군기 잡는 데 나이가 중요한 건 아니지만 워낙 간부 숫자가 적고 권위를 내세우기에는 너무 어렸다. 방위도 비행단에서는 현역에게 괄시를 받았으나 파견대는 압도적인 숫자를 바탕으로 현역과 거의 대등한 지위를 누렸다.

대장보다 상급자가 없었으므로 사고가 없을 정도로 병사와 적당히 지냈으면 무난했을 것이다. 거창한 꿈을 가지고 있었고 온 세상의 공산당을 박멸하려면 모든 군인을 정예전사로 양성해야 한다고 생각했으므로 나의 외로운 투쟁이 시작되었다. 세상에서 가장 우수한 전사는 아니더라도 최소한 비행단 병사 수준의 군기는 유지해야 한다고 생각했다. 아침 여섯 시에 기상하여 일조점호와 구보로 하루를 시작했다.

자유롭게 소꿉장난하던 기분으로 지내던 파견대 병사들에게는 악몽이 시작되었다. 헌병과 방위가 교대로 정문을 지켰으나 모두가 아는 사이다. 내가 가기 전까지는 일과 전후를 막론하고 모두 외출이 자유로웠으나 출퇴근 때 외에는 모두 차단하였다. 야간에 긴급 전화를 받을 당번병도 세웠다. 밤새 근무 후 다음 날 하루를 쉬게 했다. 일반 부대와 비슷한 수준을 요구하고 지시하였으나 감시할 방법이 없었다. 혼자서 30여 명의 일거수일투족을 감시 감독할 수는 없었다.

이전과 다른 파견대장의 요구가 병사에게 악몽이었다면, 군인의 기본 임무를 망각하고 나태한 생활에 빠진 병사를 바로잡으려는 나에게도 악몽이었다. 2미터짜리 몽둥이를 손에 쥐고 밤낮으로 확인하고 적발하는 순간 무수히 난타하였으나 반항만 하지 않을 뿐 별무신통이었다. 돌아서는 순간 졸거나 딴짓이었다. 규정대로 하는 건 아무것도 없었다. 기상과 취침, 일과시간을 준수하지 않았고 허락 없이 외출, 외박하였다. 주 임무인 전투기 사격과 관련된 일 외에는 모두가 엉터리였다. 사격에 문제가 생기면 당장 상급부대 감사가 있으리라. '원하는 대로 하다가 걸리면 맞는다.' 이것이 병사 태도였다.

감시와 통제를 할 방법이 없었으므로 어쩔 수 없다고 포기하고 함께 어울렸으면 편안했으리라. 병사도 나도 행복했으리라. 그럴 수 없었다. 내가 거느린 부대원이 오합지졸이라는 걸 참을 수 없었다. 나이가 30대였으면 인간의 속성과 심리를 감안하여 어느 정도 자유를 허용하였을 것이다. 정의감이 투철한 새파란 초급장교가 쓴맛 단맛 다 겪은, 부패하고 노회한 관료처럼 할 수는 없었다.

춘추시대에 살았던 공자는 질서유지를 가장 큰 덕목으로 삼았다. 현대 기준으로 공자는 훌륭한 사람이 아니다. 신분제와 남녀차별에 찬성하였다. 군군(君君), 신신(臣臣), 부부(父父), 자자(子子)라는 말로 신분 유지를 주장하였다. 임금은 임금다워야 하고, 신하는 신하다워야 하며, 아버지는 아버지다워야 하고, 자식은 자식다워야 한다는 말로 해석하지만 임금은 임금이고 신하는 신하이며 아버지는 아버지, 자식은 자식일 뿐이라고 해석할 수도 있다. 고정불변의 신분과 계급과 직업을 주장하였다. 인권이나 평등보다는 질서를 위하여 현상 유지를 강조하였다.

현재 기준으로는 엉터리 같은 사상이지만 하극상이 밥 먹듯 일어나던 춘추시대였다. 극심한 혼란을 막는 게 최우선이었던 당시 상황에는 적당한 논리였는지도 모른다. 통제 불가능한 상태에서 이상적인 규율을 유지하기보다는 적당한 타협이 타당했을지도 모른다. 나는 정예 강군을 포기할 수 없었다. 언제 전쟁이 일어날지는 모르지만, 전투에서 반드시 승리하는 정예전사를 양성해야 했다.

모두가 비슷한 이십 대 초반 나이였다. 정의감과 자부심과 투쟁심이 치열했던 그 뜨겁던 시기에 모두가 불행했다. 자유로운 영혼을 억압하여 일사불란하게 상명하복하는 정예전사로 만들려던 나도 괴로웠고, 몽둥이와 욕설로 자존심을 짓밟는 애송이 대장에게 항거하지 못하는 신세인 병사도 가련하였다. 돌이켜 생각하니 당시 대원들에게 미안하다. 당시 내 행위가 조국의 발전이나 영광에 조금이라도 이바지했을지 의문이 든다. 다시 그 시절로 돌아간다면 욕설과 구타로라도 공군규정을 지키도록 강제하는 것보다 지킬 수 있는 수준으로 적당히 타협했을지도 모른다. 시비선악이 뚜렷하게 보이던 젊은이로서 있을 수 없는 일이었다. 사격장 파견 대원은 불행하였다. 규정을 지키려는 대장이나 자유를 억압당하는 대원이나 불행하긴 마찬가지였다.

탄피

파견대의 첫 번째 임무는 시설물 관리였다. 전투기 사격은 두 종류다. 공대공 사격과 공대지 사격이 있다. 공대공 사격은 공중전에서 적기를 격추하기 위한 사격으로, 인적 없는 공해상에서 사격 훈련이 이루어진다. 사격장에서 이루어지는 사격 훈련은 모두 공대지 사격인 셈이다. 공대지 사격은 기관총과 폭탄이 있는데 지상에 설치된 불사이(bull's-eye)라고 불리는 표적을 목표로 한다.

불사이(bull's-eye)는 반경 50미터 크기의 원으로 만드는데 폭탄이나 실탄이 반사되지 않도록 모래 위에 설치한다. 정중앙에 5미터 정도 넓이로 폐타이어를 쌓아두고 5미터 간격으로 폐타이어를 세워서 절반쯤 묻어 공중에서 봤을 때 표적이 정확하게 보이도록 관리한다.

폭탄은 30킬로그램 정도의 연습 폭탄(BDU-33)을 사용하였는데, 사격장에 폭탄이 많으면 폭탄에 부딪힌 기관총 탄두에 피해 우려가 있으므로 월 한두 차례 사격장 정비일에 수거하였다. 사격장 평탄 작업용 트랙터가 있었고, 시설 특기 병사가 중장비를 운전하였다.

유일한 운송수단으로 1¾톤 트럭이 있었는데, 쓰리쿼터라고 불리는 군용 트럭이었다. 수송 특기 운전병이 운전과 차량 관리 일체를 책임졌다. 모 기지가 멀어서 부식을 자체 조달하였는데 매주 한두 차례 취사병과 운전병이 차량을 이용하여 웅천읍에서 반찬거리를 사 왔다. 사격장 작업을 나갈 때는 병력수송용이고, 폭탄을 수거할 때는 화물차가 되었다.

한번은 내가 자는 동안에 쓰리쿼터에 현역병 전부를 태우고 군산 시내 나이트클럽에 다녀왔다가 적발되었다. 1¾톤 트럭은 병력 수송용이 아니고 화물운반용이다. 당연히 짐칸에 사람이 타고 다녀서는 안 된다. 파견대 내에서는 편의상 타고 다녔지만, 군산시는 웅천에서 수십 킬로미터 떨어진 곳이다. 사소한 사고라도 발생하면 보통 큰일이 아니었다. 더구나 외출 외박이 아닌 군무이탈이다. 파견대 병사들은 타성에 젖어 군법 무서운 걸 몰랐다.

상부에 보고하여 모두 처벌할 수도 없었다. 어쩌면 통제하지 못한 파견대장 잘못이 더 클지도 모른다. 다른 방법이 없었다. 가혹하게, 무자비하게 몽둥이질할 수밖에 없었다. 웅천읍에서 몰래 음주하는 것도 큰일인데, 군산은 위수지역 밖이었다. 군인정신이 충일(充溢)한 나로서는 상상조차 할 수 없는 범죄행위였다. 실제로 적발되었다면 모두 영창감이었다. 세상 물정 모르는 젊은 병사 지휘 관리는 만만치 않았다.

사격장 시설물 관리와 더불어 또 하나의 임무는 사격장 안전관리였다. 전투기에서 기관총을 발사하는 사격장인 만큼 언제라도 민간인 피해가 발생할 우려가 있었다. 사격 중에는 민간인이 사격장 근처에서 작업하지 않도록 사전에 계도(啓導)하고 통제해야 했다.

사격장은 바닷가에 위치하였는데 사격장으로 이어지는 구간은 바다도 철조망으로 폐쇄하였기에 완전한 청정구역이었다. 인적이 뜸하였기에 온갖 해양동물이 번성했다. 맛살이나 소라, 조개뿐만 아니라 세발낙지도 흔하였다. 그 좋은 먹잇감을 주민들이 노리지 않을 리 없었다. 사격 시작 한 시간 전에는 사격장 양 끝 바닷가에 방위 두 명씩을 배치하여 주민의 접근을 막았다.

더 큰 문제는 사실 바다가 아니었다. 전투기가 기관총 사격하면 탄두는 표적으로 날아가지만, 탄피는 전투기 비행 궤적에 따라 자유 낙하한다. 탄피는 청동 제품이었는데 당시 가격으로 개당 100원이 넘었다. 100개를 주우면 만 원이 넘는 소득이었다. 사격장 주변에 철조망이 쳐져 있지만, 수 킬로미터에 달하는 산속까지 경비할 방법은 없다. 사격 중에 통제탑에서 내려다보면 사격장 전투기 이동 경로에 주민이 숨어 있는 게 보였다. 수백 미터 상공에서 자유 낙하한 20㎜ 탄피는 흉기다. 머리에 맞는다면 즉사다. 사람을 발견하면 사격을 중지할 수밖에 없었다.

사람을 발견하여 사격 훈련이 중단되는 것도 문제였지만, 숨어 있다가 탄피에 인명이 살상된다면 더 큰 문제였다. 아무리 시장과 면장에게 하소연해도 소용없었다. 잠깐 위험을 감수하면 엄청난 불로소득(?)이 생기는데 주민이 마다할 리 없었다. F-5 전투기는 한 번 사격에 이삼십 발이 발사되어 지상에 수십 미터 간격으로 탄피가 떨어졌으므로 소득이 별무신통하였으나, F-4 전투기는 한 번에 백 발 이상 발사되어 사오 미터 간격으로 이어져 그야말로 노다지였다. 주민은 형태와 소음으로 전투기 기종까지 파악하여 팬텀(F-4) 사격 중에 모여들었다.

사격 중에 부대원을 곳곳에 매복시켜 사격이 끝나고 탄피를 주워 돌아가는 주민을 체포하여 종일 사무실에 가둬두고 온갖 회유와 협박을 하기도 하였으나, 군대 무섭게 알던 예전의 주민들이 아니었다. 박정희 전두환 군사정권 시절에는 사유지에도 말뚝과 철조망을 설치하고 '접근금지, 접근하면 발포함'이라는 문구만으로 통제되었으나 그건 옛말이었다. 어떠한 이유로도 국민을 함부로 살상할 수 없다는 걸 민주화 이후 전 국민이 실감하였다.

주민이 불법으로 부대에 잠입하였더라도 법에 따르지 않고 임의로 종일 부대에 붙들어둔 사실만으로도 법에 저촉될 수 있었다. 다시는 부대에 허락 없이 들어오지 않겠다는 다짐과 각서를 받아두고 돌려보냈지만, 며칠 후에는 여전히 머리에 수건을 두른 시골 아낙이 사격장 억새 사이에서 어른거렸다. 탄피 주우러 오는 남자는 없었으나 아주머니는 끊임이 없었다. 가족의 생계를 위해서 생명의 위협이나 수치에 아랑곳하지 않는 어머니, 위대한 여성들이었으나 파견대장으로서는 골칫거리였다.

경험을 강조하여 행정계장을 그만두고 파견대장이 되었는데, 그 말대로 다양하게 경험하였다. 파견대장은 지역 유지다. 인근 초등학교 졸업식에는 노트 몇 권을 사 들고 참석해서 성적이 우수한 학생에게 '파견대장상'을 주었다. 파견대장 교체 때는 보령시장과 경찰서장, 웅천면장에게 인사하는 것이 관례였다.

거창한 꿈을 이루는 데 다양한 경험이 도움이 되겠지만, 기강이 흐트러진 부대 관리는 나이 어린 초급장교에게 쉬운 일이 아니었다. 강력한 군사독재 정권이 아니라서 주민도 몰래 부대를 안방 드나들 듯하였다. 세상은 항상 과도기다. 흔히 사람은 자신이 과도기에 살아서 힘들었다고 말하지만, 누군들 과도기에 살지 않았겠는가? 변하지 않는 시대에 사는 사람은 없다. 그렇더라도 1990년은 너무 많은 게 변하고 있었다. 스물다섯 청년 장교도 세상의 변화에 그대로 노출되어 허덕일 수밖에 없었다.

회식

회식은 인간 사회에서 중요한 윤활유다. 회식이 무엇인가? 모여서 먹는 것이다. 생명체에게 생명 연장보다 더 중요한 일이 있던가? 아무리 배불리 실컷 먹어도 몇 시간 후에는 다시 먹을 걸 찾아야 하는 게 생명체의 숙명이다. 먹는 것은 즐겁다. 혼자 먹는 것도 즐겁지만, 누군가 제공하는 음식이라면 더 흥겨워진다. 거기다가 반주까지 없는다면 금상첨화다.

어느 단체든 이끄는 사람이라면 소속 인원의 화합에 골몰한다. 일의 성패는 리더의 솔선수범과 창의적인 아이디어가 좌우하기도 하지만 팀원이 자발적으로 참여하여 협력할 때 최상의 결과가 나온다. 대장은 감시 감독보다는 오히려 전우를 위하여 기꺼이 희생하려는 인화단결을 유도하는 것이 효과적이다. 소원한 사람을 가깝게 하는 묘약, 바로 술이요 회식이다.

회식을 자주 한다면 부서원은 언제나 환영이다. 공짜로 하는 회식이라면 더 그렇다. 군대는 계급사회다. 부서원 수가 같더라도 부서장 편제계급에 따라 운영비가 다르다. 중위 계급에 나오는 파견대장 판공비나 운영비는 보잘것없다. 월 10여만 원이 전부다. 그 돈으로는 30명 한 번 회식비로도 부족할 판이다. 돈이 없다고 회식하지 않을 순 없다. 없는 살림에도 잘 먹이는 게 훌륭한 리더 아니겠는가?

규율이 엉망인 파견대 병사였지만 항상 윽박질러서 해결될 일이 아니다. 채찍만 휘둘러서는 호미로 막을 사소한 일이 가래로도 막지 못할 큰일로 돌변할 수 있다. 채찍과 당근은 교대로 사용해야 하고, 채찍은 최대한 짧고 강하게 쓰되 당근은 최대한 길게 자주 사용할 필요가 있다. 군대서 욕설과 구타가 채찍이라면 회식은 당근이다. 당근은 자주, 많이 줄수록 효과적이다.

웅천사격장 파견대장이 쓸 돈은 보잘것없었지만, 환경이 준 선물은 컸다. 사격장에 접한 바다는 그야말로 황금어장이었다. 전 세계와 연결된 바다는 먹거리 천지지만 그걸 음식으로 바꾸기는 쉽지 않다. 바닷가에는 먹을 게 흔치 않다. 큰 배를 타고 먼 바다로 나간다면 짧은 시간에 회식 먹거리를 준비하겠지만 불가능한 일이다. 바닷가에 서식하는 생물은 다양하지만, 인간의 남획으로 쉽게 먹거리를 장만하기란 쉽지 않다.

사격장과 이어진 바다는 달랐다. 철조망을 쳐서 출입을 통제한 덕분에 갯벌에는 온갖 생물이 지천이었다. 인적이 끊긴 사격장 해안은 청정지역이다. 서해안은 긴 갯벌이 특징이다. 썰물 때 한두 시간이면 전 대원이 실컷 먹을 해산물을 얻을 수 있었다. 주민이 사격 중에도 한사코 통제구역으로 들어오려고 기를 쓰는 이유다.

맛살이란 게 있다. 길이 십여 센티미터로 연필같이 길쭉한 모양인데 데쳐서 속살을 초장에 찍어 먹으면 그 맛이 기막혔다. 그래서 이름이 맛살인지도 모른다. 이걸 잡는 방법이 묘했다. 바닷가 갯벌에 구멍이 숭숭 뚫려 있는 곳에 소금을 살짝 뿌리면 그 긴 몸이 쑥 올라왔다. 갯벌 밖으로 나온 몸을 얼른 잡아당기면 그만이었다. 소금을 뿌리면 올라오는 이유가 바닷물이 들어온 것으로 착각해서라고 한다.

보통 바닷가에서는 좀처럼 보기 힘든 소라나 큰 조개도 흔했다. 소라가 갯벌에 드러난 채로 있는 건 드물다. 갯벌 속에 숨어 있는데 아주 작은 숨구멍이 있고 미세하게 두드러져 보인다. 보통 사람은 구별하기 어려우나 파견대 소속 방위는 보령 사람이다. 내가 보기에는 전혀 구분되지 않았지만, 걸어가면서 손을 쑥 집어넣으면 소라가 하나씩 올라왔다. 역시 전문가의 안목은 날카롭다.

낙지는 현지민도 쉽게 잡지 못하는데, 개체 수가 드물기도 하지만 서식 환경이 독특하여 방위 중에서도 몇몇만 잡을 수 있었다. 어쨌든 한 달에 두세 차례 사격장 정비일에는 회식하는 날이었다. 연습 폭탄을 수거하고 트랙터로 사격장 노면을 고르고 나면 바닷가에 나가 회식 먹거리를 장만하였다. 푸짐하게 맛살, 소라, 조개, 낙지를 데쳐놓고 나는 소주만 두어 상자 사주면 만사 오케이다.

해 질 무렵 퇴근 전 맛살과 소주 한잔 걸치면 힘든 노동으로 지친 심신의 피로가 말끔히 사라진다. 인간이 발견한 신의 음료, 술의 효과다. 심신의 피로를 잊을 뿐만 아니라 근심 걱정이 사라진다. 천하를 제압한 영웅호걸이라도 된 양 의기양양해진다. 고지식한 대장과 자유분방한 대원의 고달픈 하루가 그렇게 지나갔다.

세상은 의외로 공평하다. 힘들고 불편한 점이 있으면 그 반대로 즐겁고 편리한 점이 있게 마련이다. 부잣집 자녀가 마냥 행복할 것 같지만 천만의 말씀이다. 원하는 걸 쉽게 하다 보니 웬만한 일로 만족하여 행복하기 어렵다. 가난한 사람 처지에서는 상상하기 어려운 좋은 일에도 그저 심드렁하다. 가난한 사람은 굶주림이 가장 큰 고통이지만, 바로 그러한 이유로 배부르게 먹으면 즉각 행복해진다. 부자는 행복한 요소를 두루 갖추었으나 행복하기 어렵고, 빈자는 늘 불행에 노출되어 있으나 아주 간단하게 불행에서 벗어날 수 있다.

굳이 열심히 감시 감독하지 않고 적당히 어울렸으면 상하가 두루 편했으련만 엄정한 군 기강을 확립하기 위하여 노심초사한 청년 장교는 불행하였다. 대원도 운이 없었다. 그러나 없는 살림에도 풍성한 회식을 즐길 수 있어서 좋았다. 술에 취해 기고만장한 대원에 대장은 기분 좋았고, 술 좋아하는 대장 덕분에 잦은 회식으로 대원은 울적한 마음이 사라져서 좋았다. 방위가 퇴근한 토요일 오후나 일요일에는 소주 대병 두세 병이면 파견대 현역 장병 회식으로 충분했다. 단돈 몇만 원으로 모두가 행복할 수 있었던 웅천사격장, 몸과 마음이 고달플 때가 많았으나 대원들과 갯벌에서 잡은 해산물로 나누었던 회식은 아름다운 추억이다.

존경하는 사람

그는 특별한 사람이 아니었다. 학력 미달로 현역 입영을 하지 못하고 지역에서 방위 생활하던 그는 외모가 훤칠하거나 푸근하여 사람을 끄는 매력도 없었고, 우람하거나 날카로운 눈매로 두드러지지도 않았다. 특별하지 않은 외모에 남루한 차림은 한눈에도 궁핍한 삶을 떠올리게 했다.

웅천사격장 파견대에는 군용 전화가 한 대 있었다. 핸드폰이 없던 시절이기에 그 한 대의 전화가 외부 세계와의 유일한 연결 통로였다. 군용 전화였지만 통신대대 교환을 통하여 외부와도 통화가 가능하였다.

어느 날 새벽 전화가 왔다고 깨웠다. 나는 원래 전화 통화를 싫어한다. 어쩌다 통화하면 학교에서 배운 대로 용건만 간단히 1분 이내에 마친다. 다른 사람에게서 전화 오는 것에 알레르기 반응을 일으킨다. 좋은 일로 전화 오는 경우는 드물다. 특히 대장이나 대대장 지휘관일 때는 더 그렇다. 대부분 누군가가 사고를 쳐서 오는 연락이다. 일과 중에는 타 부대나 상관이 찾는 일이 간혹 있었으나 일과 후에 오는 전화는 거의 사고 전화다.

기분이 언짢은 상태로 전화를 받았는데 아니나 다를까 역시 사고였다. 이목을 끌지 않던 방위 김건중이 졸음운전으로 사고를 내서 출근할 수 없다는 것이었다. 다행히 크게 부상하지 않았고 피해자도 생명에는 지장이 없었다. 군대는 보고로 시작해서 보고로 끝낸다는 말이 있다. 보고만 제대로 해도 후환이 없다. 보고하는 순간 모든 책임은 상관에게 넘어간다. 보고 시기가 늦거나 내용에 차이가 있으면 큰 문제가 생긴다. 초도 보고가 맨 위까지 그대로 이어지기에 여러 사람이 허위 보고한 결과가 된다.

육하원칙에 따라 드러난 현황만 기지전대장에게 간단히 보고하고 자세한 사고 경위를 조사하였다. 건중이네 집은 겉으로 보인 남루한 행색 그대로 극도로 빈곤한 가정이었다. 어려서 모친을 여의고 아버지와 동생과 셋이서 사는데, 아버지가 몸이 불편하여 일할 수 없는 상태였다. 중학생 남동생이 하나 있는데 생계를 책임질 사람이 없었다. 입대 전에 하던 트럭 운전을 야간에 몰래 하고 있었다.

군인은 다른 직업을 가질 수 없다. 원칙은 그렇지만 가족이 굶주리는 꼴을 눈 뜨고 볼 수 없어서 낮에는 방위로 출근하고, 퇴근 후 야간에 트럭 운전을 계속한 것이다. 주야로 일하는 꼴이니 피로하지 않을 수 없다. 새벽에 졸음을 이기지 못하여 사고를 낸 것이다. 처음에는 졸음운전이라는 말에 분노하였으나 어느덧 연민으로 바뀌었다. 사고 경위 보고가 번거로웠으나 그의 가정환경이 가슴 아팠고, 낮에 병역 의무를 지면서 가족 생계를 책임져야 하는 건중이가 안타까웠으며, 사고 후에도 아무것도 바뀌지 않을 현실이 슬펐다.

내가 도울 수 있는 일은 없었다. 유일하게 할 수 있는 일은 그의 생계를 위한 야간 아르바이트를 묵인하는 것이었다. 사고 재발 위험이 있었으나 일을 그만두라고 강제할 수 없었다. 더 큰 문제가 생긴다면 방지 노력 소홀로 책임질 일이 생기리라. 그래도 어쩔 수 없었다. 중학생 남동생이 학업을 중단하고 일할 수는 없지 않은가? 나도 가난하게 자랐으나 세상에는 불우한 사람이 많다. 죄지은 일 없이 힘겹게 살아가는 사람이 의외로 많다. 어려움을 내색하지 않고 묵묵히 맡은 일을 하면서 가정까지 책임지는 건중이를 다시 보게 되었다.

어느 날 직속상관인 기지전대장이 사격장 순찰을 왔다. 내가 근무하던 기간 중 처음이자 마지막일 것이다. 두 시간 거리를 자주 찾을 수는 없다. 시설물을 꼼꼼히 점검하던 기지전대장은 사격장 주변 배수로 정비를 지시하였다. 바다까지 이어진 하천에는 갈대와 부들이 우거졌고 곳곳에 빗물에 쓸려온 쓰레기가 쌓여 있었다.

배수로 정비라는 게 말이 쉽지, 만만치 않은 일이었다. 폭 사오 미터에 깊이가 허리까지 이르는 배수로는 흐르는 물이 아니라 고인 물이다. 바닷가 평지라서 비가 올 때만 넘쳐서 흐르는 늪이었다. 물에서 역한 냄새가 났고 부상이 염려되어 옷과 군화를 벗고 들어갈 수도 없었다. 그래도 어쩌겠는가? 굴착기가 없는 이상 누군가 들어가서 작업을 해야 했다. 나는 내키지 않는 명령을 하지 않을 수 없었다.

"배수로 정비를 해야 한다. 들어가지 않고는 갈대와 부들을 제거하고 쓰레기를 치울 수 없다. 몇 명이 들어가서 낫으로 제초작업 후에 쓰레기를 들어내야 한다. 누가 들어가겠는가?"

현역 병사는 특기별로 주어진 임무가 뚜렷하다. 보조작업이나 허드렛일은 방위가 맡아 하였는데 서로 눈치만 볼 뿐 선뜻 나서는 사람이 없었다. 더러운 시궁창에 들어가서 작업하고 싶은 사람이 있겠는가? 옷도 군화도 세탁이 번거롭다. 아무도 들어가려는 사람이 없어서 강제로 지명하려던 순간, 낫 하나를 움켜쥔 건중이가 텀벙 뛰어들었다. 그제야 몇몇 방위가 따라 들어가 늪에서 갈대와 부들을 베어내고 쓰레기를 들어 올렸다.

건중이가 자발적으로 나서지 않았다면 군번 순으로 몇 명을 지명해서 작업했을 것이다. 일은 마찬가지로 마쳤을지 모르나 시키는 나나 하는 대원의 마음이 유쾌하지는 않았으리라. 궂은일에 솔선해서 모범을 보인 건중이가 고마웠다. 아니, 존경스러웠다.

사람이 사람을 존경하는 건 쉽지 않다. 상관에게 존경한다는 말을 쉽게 하지만 그건 아부에 가깝다. 자신이 할 수 없는 걸 하는 사람을 대단하게 여기고, 누구도 할 수 없는 일을 해내는 사람에게 감탄하지만 그렇다고 존경하는 건 아니다. 존경은 그의 사고와 태도와 행동이 바르고 한결같을 때나 할 수 있다. 나는 이제까지 존경하는 사람을 만난 게 다섯 손가락으로 셀 수준이다. 그중 한 명이 웅천사격장 방위병 김건중이다.

그는 특별한 사람이 아니다. 학력은 중졸에 불과하고 체격이 뛰어나지도, 잘생기지도 않았다. 남루한 옷차림에 시커멓게 그을린 시골 촌놈이다. 유심히 보지 않으면 눈에 띄지도 않는 사람이었으나, 알고 보니 병든 아버지와 동생을 보살피는 가장이었다. 주어진 일을 소홀히 처리하지도 않았으며, 누구도 하기 싫은 궂은일에 자원하였다. 나 스스로 돌아보아도 쉽지 않은 일을 그는 스스럼없이 하고 있었다. 이 정도면 사고와 태도와 행동이 바르고 한결같지 않은가? 나는 부하 방위병 김건중을 존경하였다.

훌륭한 사람은 신분이나 계급과 무관하다. 재산이나 외모와도 상관없다. 바른 생각과 겸손한 태도와 모범적인 행동이 한결같은 사람이다. 그런 사람을 발견하는 건 쉽지 않다. 수천 명이 상주하는 비행단에서는 찾을 수 없었던 존경할 만한 사람을 30여 명이 근무하는 사격장 파견대에서 만났다. 못생겼으면 어떤가, 남루하면 어떤가, 촌놈이면 어떤가. 순박하고 과묵한 남자 김건중을 존경한다.

고독한 이유

사람은 누구나 고독하다. 독립한 영혼을 소유한 인간이 타인의 정신세계를 알 수 없듯, 누구도 자신에게 진정으로 공감할 수 없다는 데서 고독할 수밖에 없다. 사람이 없어서 외로운 게 아니다. 아무리 주변에 사람이 득실거려도 교감이 어려울 때 외로워진다. 자신의 사고와 판단이 옳다고 확신함에도 누구도 인정하지 않고 동의하지 않을 때 마음속 깊이 찬바람이 인다. 사회적 동물인 인간은 교감이 차단될 때 절망한다.

웅천사격장 파견대장은 외로웠다. 같은 시대를 사는 또래임에도 서로 다른 상황 인식과 사고방식에 사무치게 외로웠다. 영내 하사한 명을 제외하곤 모두 병사다. 마음속으로 대한민국의 번영과 영광을 바라는지는 모르겠으나 일단 겉으로는 국방부 시계가 빨리 돌아가기만 바라는 의무 복무자다. 철통같은 국방태세 완비나 공군 발전에는 관심이 없다. 그런 부대원의 심리를 헤아려 적당히 사고가 생기지 않을 수준에서 어울렸으면 좋았을 것이다.

머릿속이 엉뚱한 생각으로 가득 찬 오만한 청년 장교가 쉽게 타협할 리 없다. 대통령이나 장군이 되기까지, 또는 된 이후에도 난관은 이어질 것이다. 소대 규모 병력조차 잘 설득하여 통솔하지 못한다면 장군이나 대통령이 된 후에는 더 문제가 되리라. 이 정도 수준은 완벽히 장악하여 어느 부대에 뒤지지 않는 정예 강군으로 양성해야 하리라. 규정대로 생활하는 게 당장은 괴롭고 불만이더라도 먼 훗날 제대 후에는 달리 평가하리라. 오히려 부대원과 타협하여 안일하게 생활한다면 부조리한 청년 장교로 기억하리라.

매일 정신교육하고 규칙을 어기는 사람을 몽둥이로 타작하듯 하였으나 생각도 행동도 바뀌지 않았다. 불침번은 언제나 끊겼고 이웃 민가에 다녀오기를 밥 먹듯 하였다. 초병이 정문을 지키고 있었으나 초병 모르게 담을 넘을 때도 있었고, 초병의 묵인하에 당당하게 다녀오기도 하였다.

부대원의 생활 태도만 바로잡아서 해결될 문제는 아니었다. 군인다운 태도를 유지해야 한다는 건 내 신념이었고 부대에 주어진 임무는 별개였다. 사격장 시설물 관리와 제반 행정처리는 정상을 유지해야 한다. 주 임무를 소홀히 한다면 당장 비행단에서 알아차릴 것이다. 파견대장이 깊이 관여하지 않아도 기본 임무는 하였다. 통신, 보급, 수송, 무장, 시설, 헌병 등 각자 맡은 임무는 수행하였다. 그러니 생활 태도를 문제 삼아 지나치게 몰아붙인다면 임무를 소홀히 할 수도 있다. 당근과 채찍을 적절히 사용해야 하나, 부하를 달랠 자원도 파견대장의 경험도 너무 모자랐다.

사람은 적응하는 동물이다. 어려우나 쉬우나 시간이 지나면 적응한다. 비행단이나 해병대에 갔더라도 그 부대 상황에 적응했을 것이다. 사람의 본성 문제가 아니라 환경 탓이다. 구조와 인원이 촘촘하게 짜인 큰 부대에서는 상상할 수도 없는 일을 태연하게 저지르고 있었다. 물론 알려진다면 모두 영창감이다. 파견대에 온 순간부터 파견대 생활에 적응했으므로 딴 부대 상황은 알 수 없다. 아니, 알려고 하지 않는다. 편하고 즐겁게 군 생활을 마친다면 그보다 좋은 일이 어디 있겠는가? 병사 마음은 한결같다.

웅천사격장 파견대에는 딱 두 종류의 사람이 있었다. '나부터 솔선수범하여 대한민국 군인의 모범을 보이고 비상하는 조국의 주춧돌이나 기둥이 되자. 조국의 번영과 영광을 내 손으로 일군다면 그보다 보람된 일이 있겠는가? 그게 우리의 사명이다'라는 생각을 하는 사람과, '편하게 지내다 건강하게 제대하자'라는 생각을 하는 사람이었다. 불행하게도 나같이 생각하는 사람은 없었다. 내가 말할 때는 고개를 끄덕였지만 돌아서면 언제 그랬냐는 듯 원래대로 돌아갔다.

어쩌면 웅천사격장 부대원들의 생각이 옳았던 것인지도 모른다. 옳지는 않더라도 보통 사람들의 의식일 수 있다. 사십여 명 파견대가 열심히 일한다고 대한민국 번영이나 공군 발전에 얼마나 티가 나겠는가? 파견대가 정예 강군이 된들 대한민국 군대가 세계 최강이 되겠는가? 물론 파견대가 아무리 정예 군대가 되더라도 대한민국 군대가 세계 최강이 되는 건 아니다. 하지만 최소한 세계 최강이 될 가능성은 생긴 셈이다. 나머지는 다른 부대 몫이다. 내 할 일은 해야 하지 않겠는가?

생각이 바뀌지 않는 부대원과 파견대장 탓에 부대원은 괴로웠고 대장은 외로웠다. 서로 양보하여 중간 선에서 타협했다면 다소라도 편했을 것이다. 개인의 행복보다 대한민국의 번영과 영광이 더 중요하다고 생각하던 나는 태도를 바꿀 수 없었다. 내 힘으로 세상 자체를 아름답게 개조할 수 있으리라고 믿던 내가 병사의 안일한 자세를 용서할 수는 없었다. 병사 처지에서는 대장이 말하는 공군 규정대로 소중한 청춘을 고통스럽게 보낼 수는 없었으리라. 6개월간의 파견대장 생활은 고독하였다. 중위 조자룡은 뭇 부대원 속 절해고도였다.

11장

1991

정경민 소령은 전투기에서 내리면서

풀이 죽은 감독관과 나를 향하여 한마디 하였다.

"마이 미스!"

경천동지할 일이었다.

어떤 핑계로 후환을 최소화할 건가에 골몰하던

나와 감독관에게는 광명의 소리였다.

조종사 본인의 실수라는 것이다.

- 본문 「사이드와인더」에서

제122무장지원중대장

웅천사격장 파견대장직을 마치고 비행단에 복귀하자 새로운 보직으로 제122무장지원중대장직이 주어졌다. 형식상 다음 희망 보직을 묻지만 큰 의미는 없다. 장교 직책은 계급이 정해져 있고 규모나 중요도에 따라 선임 위주로 보직을 정한다. 기수가 같다면 장기 복무 여부나 사관학교 출신 여부도 참작한다. 군에서는 장기 복무자를 우대한다. 당연한 일이다. 3년 마치고 제대할 사람은 아무리 유능해도 써먹을 기회가 없다. 이삼십 년 유용하게 활용하려면 초급장교 때부터 적절하게 보직 관리하여 다양한 경험으로 충분한 지식을 쌓게 해야 한다.

무장대대는 대대본부에 대대장, 통제실장, 행정계장이 장교 직책이고 비행단 규모에 따라 대여섯 명의 중대장이 있다. 탄약중대장, 무장전자중대장, 무장야전중대장, 무장지원중대장이 있다. 무장지원중대장은 비행대대 수에 따라 달라진다. 부대 규모나 중요도 순서는 탄약중대장, 무장전자중대장, 무장지원중대장, 무장야전중대장 순이다. 장교 수가 부족하면 무장야전중대장은 공석일 때도 드물지 않다. 중요도에 무관하게 비행대대에서 일선 무장지원중대장 보직을 요구하므로 무장지원중대장이 공석일 때는 거의 없다.

나는 사관학교 출신은 아니지만 의무 복무 기간이 십 년이다. 또 군에서는 금오공고, 금오공대 출신 선배 장교나 부사관이 능력을 인정받아 금오공고 출신을 선호하였다. 살아오는 과정은 복잡다단하고 비참하며 치열했으나 유능한 선배 덕택에 군에서는 유리한 환경이었다. 그래서 내 의사와는 무관하게 행정계장직을 거쳐야 했다. 일 년의 행정계장직은 군 행정과 문서처리 전반을 이해하는 소중한 기회였다.

당시 전투비행대대와 훈련비행대대가 있었는데 훈련비행대대는 무장 임무가 적다. 적을 뿐만 아니라 실무장이 없다. 훈련비행대대는 훈련탄만 사용하고 실제 폭탄은 사용하지 않는다. 같은 무장지원중대라도 중요도에서 차이가 난다. 내가 처음 받은 중대장 직책은 전투비행대대 무장 임무를 지원하는 제122무장지원중대장이었다.

웅천사격장 파견대장과는 다르게 촘촘하게 짜인 정규부대여서 신경 써야 할 일은 확연하게 줄었으나 바쁜 건 여전하였다. 하긴 할 일 없는 직책에 비싸게 양성한 장교를 보임하게 할 리 있는가? 중대장의 주요 임무는 병력 관리다. 한마디로 개인 사건 사고를 미리 방지하여 무위 전력손실을 막아 최상의 항공기 무장 임무 지원

기반을 조성하는 일이다.

공군은 항공기를 주 무기체계로 운영하는 군이다. 항공기는 공중에서 작전하므로 사소한 결함도 대형사고로 이어진다. 탱크나 함정이 고장이 나도 사람이 죽고 사는 문제는 아니다. 항공기 결함은 공군에서 가장 심혈을 기울이고 막대한 예산을 투자하여 양성한 조종사의 생명과 직결된다. 항공기 자체 가격도 엄청나다. 항공기 안전을 위해 직접 작업하는 사람은 공군의 정비사와 무장사다. 고도의 기술력을 요구하는 정비 무장 분야 업무는 감독관 위주로 돌아간다. 감독관은 부사관에서 진급한 준위의 다른 이름이다.

여느 집단과 마찬가지로 부대원 사이에 묘한 분위기가 감지되었다. 서열상으로 중대장이 제일 높지만 해마다 바뀌는 처지였으므로 권위가 없었고 감독관의 발언권이 컸다. 감독관이 완벽하게 장악한 중대는 겉으로 불협화음 없이 돌아가지만, 중대장이나 선임부사관이 반발하면 양상이 달라진다. 당시 정영민 감독관은 다소 독선적이고 자기보다 무능한 사람을 업신여기는 성향이 있었다. 업무처리 미흡으로 자주 지적당하는 선임부사관이 종종 불만을 표출하였다.

지도부 갈등은 부대 분위기를 어색하게 한다. 무장지원이나 행정 업무에 권한이 큰 감독관과 선임부사관의 갈등이므로 다른 중대원은 누구 편을 들 수도 없어 전전긍긍할 수밖에 없었다. 아직 이십 대 중반 나이였으나 사십 대 간부 간 갈등을 무마하는 게 내 임무였다. 중대원이 아무리 잘하면 뭐 하겠는가? 감독관이나 선임

부사관이 어깃장을 놓는 날이면 만사 도루묵이다. 이쪽저쪽 눈치를 살펴 평화로운 하루를 만들어야 했다.

덕분에 술자리 기회는 늘었다. 남자는 겉으로 당당한 체 큰소리치지만 맨정신으로는 속마음을 드러내지 못하는 미숙아다. 거친 세파와 싸워 이기려다 보니 본의 아니게 씩씩한 체할 뿐이다. 칭찬도 서툴지만 다른 사람 험담도 맨정신으로는 쉽지 않다. 술이 한잔 들어가야 천상천하 유아독존인 양 의기양양해진다. 선임부사관은 술 한잔하면 신세 한탄이요, 감독관은 미덥지 못한 중대원에 대한 고충을 토로했다.

장교는 만능이다. 아니, 만능이어야 한다. 장교도 사람인 이상 특별할 게 없지만, 권한을 부여받고 책임을 지다 보니 모든 일에 앞장서지 않을 수 없다. 처음 소위 임관할 때 다소곳한 처녀 같던 사람도 몇 년 지나면 물불 가리지 않는 열혈남아로 변신한다. 사무실 일만 잘해서 될 일이 아니다. 사격장에서는 사격을, 운동장에서는 운동을, 술자리에서는 술을 잘 마셔야 한다. 평소 지휘 관리를 위한 심리 파악이 뛰어나야 하고 적절한 당근과 채찍으로 부대원이 빗나가지 않도록 해야 한다.

한마디로 장교는 임무를 할 때는 아버지가 되고, 평소에는 어머니가 되어야 한다. 신이나 가능한 일로 보이지만 사람은 닥치면 한다. 상명하복이 엄격한 군에서 살아남으려면 가진 재능 이상을 발휘해야 한다. 편협한 국수주의자의 가치관을 가진 경험 없는 청년이었지만 조자룡은 성장하고 있었다. 타자는 거울이다. 타인의 말과 행동에서 자신을 발견한다. 보통 때는 모나게 행동하지 않는 사람도 대처 곤란한 특별한 상황에서는 어떻게 바뀔지 알 수 없다.

젊은 날 집단에서는 파벌이 발생할 수밖에 없다는 사실을 알았다. 특별한 이유 없이도 사람은 갈등하고 곧 죽을 사람인 양 번민할 수 있다는 걸 알았다. 어린 나이와 부족한 권위로 반박할 수 없던 청년 장교는 경청으로 사람을 사로잡고 지도자의 위치에 설 수 있다는 사실을 알게 되었다.

만나는 모든 사람이 스승이다. 사람은 시비, 선악, 진위로 재단할 수 없다. 사람의 본성은 절대적인 게 아니라 상황에 따라 달라진다. 잘하는 사람이든 못하는 사람이든, 거친 사람이든 온화한 사람이든 배울 건 있다. 가르치고 설득하려 하지 않고 경청한다면 본연의 모습을 볼 수 있다. 안타까운 자신의 처지를 설명하면서 그는 스트레스를 해소했고 나는 사람을 이해했다. 사소한 일로 속상해하던 예전의 감독관이나 선임부사관이 그립다. 당시는 세파를 헤쳐나가기 위한 노심초사며 신세 한탄이었으나 그들은 청년 조자룡의 인생 스승이었다.

사랑과 영혼

122무장지원중대장 보임 얼마 후였다. 단체 미팅을 하였다. 과정에 대한 것은 정확한 기억이 없다. 비행단 동기 모임이었는지, 무장대대 총각 장교 행사였는지 기억에 없고 미팅 상대도 대학생이었는지 선생님이었는지 생각나지 않는다. 기억에 남는 건 하나다. 함께 '사랑과 영혼'이라는 영화를 봤다는 사실이다.

사람은 자신의 기억을 과신한다. 다른 사람 지식이나 경험에는 반신반의하면서도 자신이 직접 목격하거나 행동한 사실은 믿어 의심치 않는다. 어찌 그렇지 않겠는가? 상대는 거짓말을 할 수 있으나 자신의 의식은 거짓이 아님을 확실히 알 수 있지 않은가? 자기 생각이 거짓은 아닐지라도 기억의 확신은 오류다. 사람은 보고 싶은 것만 보고, 듣고 싶은 것만 들어서 기억할 뿐만 아니라 심지어 왜곡하기까지 한다. 그때그때 심리 상태에 따라서 다르다. 보통 미팅이 끝나면 가장 예뻤던 여성과 그 파트너가 된 행운의 남자를 기억하지만, 다른 건 대체로 기억하지 않는다. 사람은 강한 충격을 받으면 다른 건 삭제한다. 인간의 기억 용량에 한계가 있고 망각의 동물인 게 이유일 것이다. 중요한 건 기억하고 쓸데없는 건 즉각 잊어버려라. 그것이 인간의 기억회로 작동 방식이다.

남녀 십여 명이 광주 시내 모 커피숍에서 미팅하였는데 그날은 웬일인지 즉각 파트너를 정하지 않고 단체 행동하기로 하였다. 파트너를 정하면 한 명의 남자 외에는 거의 모두 예외 없이 실망하였으므로 긴 시간 관찰하고 각자 마음에 드는 파트너에 대하여 의견을 모으기로 했는지도 모른다.

커피숍에서 다음에 할 일은 영화를 보는 것으로 결정하였다. 남자는 액션 영화나 전쟁 영화를 보자고 하였지만, 여자는 하나같이 '사랑과 영혼'을 보자고 하였다. 영화 관람을 싫어하진 않았지만 형편상 자주 볼 수는 없었다. 본다면 '벤허', '쿼바디스' 같은 대작이나 '대부', '록키', '람보' 같은 액션 영화를 선택했을 것이다. 남자는 의견이 갈렸고 여자는 하나로 모인 이유도 있었으나 목적이 마음에 드는 여자를 정하여 유혹하는 데 있었으므로 볼 영화는 '사랑과 영혼'으로 정해졌다.

문제는 영화관 앞에서 발생하였다. 나는 평생을 줄 서는 걸 싫어한다. 아무리 좋은 거라도 줄 서서 기다리는 걸 질색한다. 먹는 것과 보는 것뿐 아니라 등산해서 정상석(頂上石) 기념 촬영도 마다한다. 처음 가는 산이 드물어서이기도 하지만 무언가를 위하여 기다린다는 건 시간 낭비라고 생각한다. 빠르고 정확한 효율을 중시하는 내 사전에 기다림은 없다. 그런데 영화관 앞에는 관객이 수십 미터나 길게 장사진을 치고 있었다.

"다른 거 봅시다. 무슨 대단한 영화라고 이렇게 줄을…."

"그럽시다. 이럴 때는 그저 신나는 홍콩 영화 보는 게 최곱니다."

기회를 놓칠세라 내가 의견을 말하자 남자들이 맞장구쳤다. 엄청난 줄을 보면 마음이 변할 만도 하련만 여자들의 고집은 만만치 않았다.

"사랑과 영혼이 엄청나게 재밌다는데 그냥 봅시다."

"이렇게 표 끊는 데 긴 줄을 섰다는 사실 자체가 최고의 영화라는 증거예요. 기회를 놓치면 나중에 후회할지도 몰라요."

여자들이 그렇게 나오는 데야 방법이 없었다. 결혼 후에는 어떨지 모르겠지만 여자와 다퉈서 이기는 건 쉽지 않다. 남자의 저의가 무엇이겠는가? 흑심을 품은 남자는 아량이 넓은 듯, 배포가 큰 듯 보여야 한다. 속 좁은 밴댕이 소갈딱지 같은 남자를 좋아할 여자는 없다.

30여 분을 기다린 끝에 어렵게 표를 구하여 영화관에 들어가니 완전 난장판이었다. 그야말로 입추 여지없이 꽉꽉 들어찼다. 당시 영화관은 좌석제가 아니었다. 좌석이 찬 정도가 아니라 통로에 앉을 수조차 없었다. 좌석 외에는 콩나물시루 같은 전철 안 풍경이었다. 무슨 일이 생긴다면 대형사고로 이어질 수 있는 상황이었다. 은근히 화가 치솟았지만 때가 때인지라 참을 수밖에 없었다. 나에게는 흑심이 있지 않은가?

마침내 영화가 시작되었다. '사랑과 영혼'이라는 제목만 듣고는 흔한 주말연속극 같은 사랑 타령이러니 했다. 뜻밖이었다. 영화가 시작하자마자 이전의 불만은 완전히 사라졌다. 남자가 좋아하는 전쟁이나 폭력 영화가 아니었으나 화면에서 눈을 뗄 수가 없었다. 신비한 마력 같은 힘이 의식을 사로잡았다.

'사랑과 영혼'은 1990년 11월 개봉한, 패트릭 스웨이지와 데미 무어 주연의 영화다. 주인공 샘과 몰리는 사랑하는 연인 사이였으나 샘이 강도에게 총을 맞고 사망하면서 영화가 시작된다. 육체는 죽었으나 샘의 영혼은 세상을 인식한다. 몰리 주변을 배회하는 샘은 모든 원인이 동업자 친구 칼 부루너의 모략임을 간파한다. 재산을 가로채기 위한 계략에 의해 자신이 살해된 것이다.

샘은 연인 몰리를 악당으로부터 지키기 위하여 고군분투한다. 다른 유령으로부터 벽을 통과하고 물체를 움직이는 법을 배우고 사기꾼 영매사를 통해 몰리와 소통한다. 그녀는 영매사의 말은 믿지 않았지만, 그가 살았을 때 사랑한다는 말 대신 쓰던 말 "동감한다"를 영매사를 통해 듣게 되어 그를 믿게 된다. 샘은 영매사를 통해 계좌의 돈을 모두 찾도록 한다. 돈이 사라진 것을 알게 된 동업자 친구는 샘의 연인까지 넘보는 나쁜 사람이 되어 결국 죽게 되고 지옥으로 끌려간다. 이제 샘은 천국으로 가야 할 시간이 되었다. 더 함께할 수 없는 두 남녀는 안타까운 이별을 해야 할 때가 왔다. 아주 잠깐이지만, 영매사의 도움을 받아 둘은 서로를 느끼고 보게 되며, 마지막 키스를 나누게 된다. 샘은 몰리에게 "사랑해", 몰리는 "동감이야"라는 말을 끝으로 영화는 막을 내린다.

줄거리만으로는 특별할 게 없으나 영화는 큰 감동을 주었다. 나는 원래 감수성이 예민하다. 겉으로 남자 사나이 군인임을 외치지만 불의한 사람이 잘사는 데 분노하고 비참하게 사는 사람이 더 큰 어려움에 처했을 때 쉽게 연민에 빠진다. 죽은 샘의 영혼과 몰리의 안타까운 사랑, 죽은 자와 산 자의 이루어질 수 없는 사랑이 쉴 새 없이 눈물을 흐르게 했다. 캄캄한 영화관 속이라서 누가 볼 수 없었지만, 행여 누가 볼까 두려워 연신 눈시울을 찍어내야 했다.

안타깝고 슬프기만 한 게 아니었다. 그랬다면 영화는 흥행에 실패했을 것이다. 초보 귀신 샘이 겪는 에피소드와 몰리에게 접근하는 과정이 코미디였다. 우피 골드버그가 열연한 영매사와의 밀고당기기도 흥미진진했다. 영화 본 지가 30년이 지나서 자세히 기억할 수는 없지만, 하여튼 영화 시작부터 끝날 때까지 화면에서 눈을 뗄 수 없었다. 오줌이 마려웠으나 끝까지 참았다.

알 수 없는 일이었다. 1980년대 말 유행하였던 주윤발, 유덕화, 주성치 주연의 홍콩 영화가 유쾌하고 신났으나 큰 감동은 없었다. 그냥 오락 영화였다. 나는 눈물 빼는 신파 영화를 좋아하지 않는다. 1970년대, 1980년대 한국 영화와 TV 드라마를 좋아하지 않았던 이유다. 그런데 '사랑과 영혼'은 불가사의한 감동으로 나를 사로잡았다. 그러니 당시 함께했던 동료와 미팅 상대 여자를 전혀 기억하지 못하는 것이다. 충격적인 사실은 더 큰 충격에 지워진다. 인간의 기억은 믿을 게 못 된다.

사랑 영화를 좋아하지 않는 내가 그 정도로 충격을 받고 감동하였으니 다른 사람들은 어떻겠는가? '사랑과 영혼'은 그야말로 대박이 났다. 아마 당시 기록을 모두 갈아치웠을 것이다. 그 영화 한 편으로 패트릭 스웨이지와 데미 무어는 세계적인 할리우드 스타로 떠올랐다. '사랑과 영혼'은 잊을 수 없는 청춘의 한 페이지다.

장기 복무

　제행무상(諸行無常), 변하지 않는 건 없다. 보이는 사물뿐만 아니라 보이지 않는 원자도 바뀐다니 옛사람의 예지력이 놀랍다. 지금은 공무원이나 군인, 교사가 안정적인 직업으로 인기가 있지만 1990년대에는 아니었다. 연평균 십 퍼센트 가까이 경제성장률을 기록할 때다. 일자리는 넘쳐났고 임금 상승률이 경제성장률을 앞질렀다. 공무원, 교사, 군인 봉급은 일반 기업을 따라갈 수 없었다. 공무원, 교사, 군인은 비인기 직업이었다.

　상명하복 규율을 강조하는 군에 적성이 맞는 사람은 드물다. 봉급이라도 비슷해야 장기 복무를 고려할 텐데 민간기업과 차이가 컸다. 장교든 부사관이든 장기 복무 희망자는 가뭄에 콩 나듯이 드물었다. 장교와 부사관에게 장기 복무를 많이 시킬수록 부대장은 능력을 인정받았다. 부대 근무 분위기가 좋아야 계속 일할 맛이 나지 않겠는가?

1년 전인 1990년 공군에 큰 사고가 있었다. 대구 기지에서 부사관 전역 신청을 받지 않았다는 이유로 공군참모총장을 상대로 소송을 벌인 것이다. 매년 전역 신청 공문이 하달되는데 대구 기지 정비부대에서 전파하지 않은 것이다. 전역 대상 부사관 전원이 신청하지 못해 계속 복무해야 하는 상황이 벌어졌다. 참지 못한 당사자들이 모여 소송을 벌였는데 주동자는 금오공고 1년 후배들이었다.

군인은 상관을 대상으로 소송할 수 없다. 꼭 하려면 가족이 대신해야 했는데 법을 제대로 몰라서 그런 일이 벌어진 것이다. 소송을 벌인 일은 잘못이지만 그 원인이 소속 지휘관이었으므로 소송자를 처벌할 수는 없었다. 행정처리가 되지 않았으므로 1년 더 복무하는 선에서 타협하고 사건은 마무리되었다. 장기 복무 실적을 올리기 위한 지휘관의 무리한 술책이 부른 사건이었다. 인력이 귀했던 시절이었다.

비 사관 출신인 ROTC와 학사 장교가 대부분 제대하니 대위 인력이 부족하였고, 부사관은 가장 일 많이 하는 중사, 상사가 모자랐다. 모든 지휘관은 장기 복무를 독려하였고 대대장은 중대장에게 그 임무를 부여하였다.

중대장이라고 해야 부사관 5년 근무 후 전역하는 하사, 중사와 동년배였다. 설득할 지식과 논리가 부족했을 뿐 아니라 그들의 심정을 충분히 공감하였다. 상부 지시니 전하기는 하였으나 정성을 다하여 설득하거나 강요하지 않았다. 공군과 중대 발전도 중요하지만, 개인의 인생은 어쩌란 말인가? 나로 인하여 그의 삶이 엉망이 되면 되겠는가?

만약 나에게 미래를 내다보는 선견지명이 있었다면 결사적으로 전역을 만류했을 것이다. 단군 이래 최대 호황은 오래가지 않았다. 불과 몇 년 후에는 IMF라는 미증유의 대참사가 대한민국을 덮친다. IMF 이전과 이후는 완전히 다른 세상이다. 엄청나게 많은 사람이 실직하였고 거리로 내몰렸다. 노숙자라는 말이 생겼다. 직장을 잃은 사람이 집에도 가지 못하는 상황이 발생한 것이다. 직업에 대한 개념이 바뀌었다. 봉급 많이 주는 기업이 최우선이었으나 안정성을 중시하게 되었다. 봉급 적다고 쳐다도 보지 않던 공무원, 교사, 군인의 인기가 높아졌다. 경제성장률이 낮아지고 실업자가 늘자 쫓겨날 걱정이 없는 직장을 선호하게 되었다.

지금은 사관학교가 인기다. 사관학교 출신 외에는 장기 복무를 확신할 수 없다. 부사관도 인기다. 장교나 부사관이 되는 건 쉽지만 장기 복무는 하늘의 별 따기다. 모든 장교와 부사관이 장기 복무를 희망하므로 경쟁이 치열하다.

장기 복무 많이 시키는 지휘관이 능력을 인정받고, 전역 신청을 못 하게 해서라도 실적 올리려던 때와 비교하면 격세지감이다. 인생사 새옹지마다. 오늘 좋았던 일이 항상 좋을 수 없고, 오늘 기분 나빴던 일이 어느 날 좋은 결과를 가져올 수 있다. 그러니 호사다마나 전화위복이란 말이 있지 않은가? 최선을 다하되 결과에 일희일비(一喜一悲)하지 않을 일이다.

주식

전 세계가 경제위기라고 법석이다. 1980년대 경제가 폭발하듯 성장하던 때를 제외하면 늘 위기라고 떠들어대서 실제로 위기인지 확실치는 않으나 폭등하는 물가와 13개월째 이어지는 무역적자와 최고 3,000을 넘겼던 종합주가지수의 2,000선 붕괴를 우려하는 목소리가 커지는 걸 보면 위기는 위기인 듯하다.

물가 폭등은 서민은 뜻밖일지 몰라도 전문가의 눈에는 기정사실이 드러난 것뿐이다. 2019년 말 발생한 코로나바이러스 창궐로 세계 경제는 마비되었다. 사람끼리 접촉으로 전염되는 바이러스 차단을 위하여 인간 활동이 급격히 위축되었다. 생산과 소비가 이루어지지 않는 상황에서 모든 나라가 경기침체를 막기 위하여 무제한 돈을 풀었다. 엄청난 돈이 풀렸음에도 물가는 상승하지 않았다. 소비가 이루어지지 않아서다. 바이러스가 잠잠해지고 경기가 풀리자 쌓였던 물가가 폭등했다. 현상은 폭등이지만 정상으로 돌아가는 중이다.

미·중 무역전쟁으로 불확실해진 경제 상황에서 코로나바이러스로 위축되었다가 풀려가는 과정에 우크라이나 전쟁이 발발하였다. 군사력 세계 2위인 러시아의 위협만으로 쉽게 끝나리라 예상되었으나, 천만뜻밖에도 우크라이나는 결사 항전을 선언하였다. 1주일이면 작전이 종결되리라는 예상은 빗나갔다. 1년이 지나도록 전쟁 중이다. 우크라이나 전쟁은 농산물과 에너지 가격을 급등하게 하였다. 유럽의 곡창 우크라이나의 농산물 창고가 닫히고 에너지 생산 대국 러시아의 공급이 흔들리자 모든 물가가 일제히 뛰었다. 에너지 가격 급등은 한국 무역적자의 원흉이다.

경제가 제대로 돌아가지 않으면 주가 하락은 당연한 일이다. 주가는 회사의 미래 이익 기대치에 따라 움직인다. 과거나 현재 실적이 아니다. 6개월이나 1년 후 이익이 증가할 것인가가 주가 상승 여부를 결정한다. 보통이라면 1년에 이삼십 퍼센트 내외로 움직이지만, 세계 시장과 밀접하게 연결된 오늘날에는 예측을 불허한다. 주가 하락 요인은 일부 있었으나 오십 퍼센트 가까운 폭락은 의외다.

무제한 양적 완화로 풀었던 돈을, 급등하는 물가를 잡기 위해 미 연준이 금리를 올리며 회수하자 전 세계의 돈이 미국으로 몰렸다. 달러화 외에는 모든 화폐가 약세다. 파운드, 유로, 위안, 엔화 가치가 급락하였다. 당연히 원화 가치도 떨어졌다. 자체 시장이 좁고 무역으로 먹고사는 대한민국에 환율 급등락은 치명타다. 회사가 생산가와 판매가를 확정할 수 없다면 무엇으로 이득을 얻겠는가?

언론은 특종을 원한다. 주목할 기사가 없다면 창조해서라도 이목을 끌어야 한다. 그래서 늘 과잉 정보가 넘친다. 정반대 기사도 버젓이 존재한다. 전쟁, 경제, 건강, 환경은 늘 위기다. 지금은 진짜 위기인 듯하다. 언론의 과장 보도가 아니라 미·중 패권 경쟁의 한가운데 낀 한국의 경제안보 위기는 실제로 심각하다. 언제 어떤 형태로 끝날지 알 수 없지만, 그때까지는 외풍에 시달리리라. 현재 주가가 오십 퍼센트 가까이 추락했으나 그 끝은 여전히 짐작할 수 없다.

1991년도에 무슨 일이 있었는지 정확히 기억하지 못한다. 한 가지 확실한 건, 몇 달에 걸쳐서 종합주가가 지속해서 폭락했다는 사실이다. 나는 당시 주식이 무엇인지 몰랐다. 주식은 재산을 증식하기 위한 투자다. 생계유지도 버거운 주제에 투자에 관심이 있을 리 없었다. 하지만 뉴스마다 주가 하락을 우려하는 통에 무관심할 수도 없었다. 당시에는 1980년대 주택 투기 붐에 이어 주식이 인기였다. 소 팔아 주식 투자해서 대박 났다는 소문이 꼬리를 이을 때였다.

대대에서도 부사관 몇몇이 주식 투자를 하였다. 요령은 간단하였다. 증권회사에 돈을 맡기고 유선으로 매수와 매도 주문을 하면 수수료 일 퍼센트로 모든 일을 대행하였다. 평소에는 이익이 대수롭지 않지만 어떤 이유로 급등락을 하면 큰 이익을 얻거나 손실을 보게 된다. 회사 상황을 정확히 알 방법이 없으므로 말이 투자지,

사실 투기요 일종의 도박이었다.

투기든 도박이든 돈 버는 데 방법을 가릴 이유는 없다. 불법이라면 망설일 이유가 있겠으나 법으로 허락한 행위인데 쉽게 돈 버는 걸 마다할 사람이 있겠는가? 문제는 도박이라는 점이 아니라 큰 이익을 얻을 수도 있으나 한순간에 거지가 될 수도 있다는 점이었다. 주식 경험이 있는 사람은 '무릎에서 사서 가슴에서 팔아라'라는 말을 금과옥조로 삼는다. 그러나 현재 주가가 무릎인지 가슴인지 발바닥인지 머리 꼭대기인지 누가 알겠는가? 옥상으로 알고 팔았는데 수십 층 빌딩 높이로 치솟기도 하고, 바닥으로 알고 샀는데 수십 층 지하로 추락하기도 하는 게 주가다.

위험과 이익은 비례한다. 그러니 큰 판에 사람이 모인다. 어떤 사람은 주가가 급등할 때 관심이 있지만 나는 반대다. 정확히 기억나지 않지만, 당시 주가가 700선에서 300선으로 폭락했던 것 같다. 소소한 오락은 마다하지 않지만, 큰돈을 건 투자나 투기를 백안시했던 나로서도 마음의 갈등이 일었다.

'잘은 모르지만, 주가라는 게 갑자기 오십 퍼센트나 떨어지는 것이 타당한 일인가? 나라에 전쟁이 난 것도 아니고, 당장 망하지 않는다면 언젠가 원래대로 회복하지 않겠는가? 나라가 망한다면 투자 여부가 무슨 의미가 있는가? 내가 끌어모을 수 있는 돈이란 게 몇 푼 되지 않으니 연습 삼아 한번 투자해보자.'

이것이 내 생각이었다. 결심하자 즉각 은행에 인출 가능한 금액을 알아보았다. 당시 유행하던 마이너스 통장을 개설하였는데, 봉급이 약 20만 원이었던 내가 쓸 수 있는 상한이 35만 원이었다. 증권회사가 일과 중에만 운영하였으므로 대대에 외출증을 끊어서 35만 원을 들고 광주 시내에 있던 대우증권에 갔다. 계좌 개설 후 투자상담원의 만류에도 주가에 가장 예민하게 반응하는 '현대증권' 주식을 전액 매수하였다. 주사위는 던져졌다. 이제 운명의 하회를 기다릴 차례다.

대박이었다. 최고가 대비 오십 퍼센트가 하락하였으므로 언젠가 두 배 상승할 것을 기대하였으나, 그것이 한두 달 이내일 것이라는 예상은 하지 않았다. 주식을 산 게 목요일이나 금요일이었을 것이다. 웬일인지 알 수 없으나 다음 주 월요일부터 주가가 급등하기 시작했다. 전 세계 금융전문가도 주가를 정확하게 예측하지 못한다. 온갖 지수와 데이터를 컴퓨터로 관리하는 현재도 그렇다. 그러니 당시에 누가 주가 하락과 상승의 이유를 알겠는가? 그저 자신이 가진 주식이 오르면 좋아하고 떨어지면 실망할 뿐이다. 복불복이다. 대충 사놓고 하느님께 기도하는 격이다.

주가가 매일 급등하는데 내가 산 '현대증권' 주식은 상한가였다. 당시 상한가는 십오 퍼센트였다. 지나친 주가 급등락을 방지하기 위하여 하루 등락 한계를 법으로 정한 게 상한가와 하한가다. 2주간 매일 상한가를 치니 35만 원이 정확히 75만 원이 되었다. 종합주가지수는 아직 이전 최고치에 이르지 않았으나 내 이익은 이미 백 퍼센트를 넘어섰다. 다른 종목보다 증권주 가격이 폭등하였기 때문이다.

무릎에서 사라는 게 증권가의 금언이었으나 나는 완전한 바닥에서 산 것이다. 머리 꼭대기까지 기다렸다가 팔면 가장 이상적이나 나는 가슴에서 팔라는 증권가의 금언을 지켰다. 월급의 두 배가까이 이익을 얻었는데 더 욕심을 부리는 건 만용이라고 생각하였다. 아니, 다음 날 오를지 떨어질지 알 수 없는 상황에서 계속 버틸 수 없었다. 사실 상한가 행진을 2주나 버틴 것 자체가 비정상이었다. 보통 사람은 이삼십 퍼센트 이익에 만족한다. 기세 좋게 오르던 주식이 어느 날 곤두박질치기 시작하면 매매 자체가 안 되며 급락하는 일이 허다하다.

조자룡의 첫 주식 투자는 대성공이었다. 어떠한 증권 투자 귀재도 이룰 수 없는 기적이리라. 2주 만에 두 배 이익이라니 상상할 수 있는가? 그 후 계속 투자에 성공하였다면 오늘날 거부가 되었으리라. 약간의 이익과 손실이 이어졌으나 언급할 만한 극적인 상황은 없었다. 극적인 상황은 IMF 때 펼쳐졌다. 첫 투자가 기적적인 성공이었다면 IMF 때는 참담한 실패 정도가 아니라 빚쟁이 신세로 전락할 뻔했다.

역시 행운의 여신은 내 편이 아니었다. 아니, 행운의 여신은 내 편이었는지도 모르지만 재물의 신은 확실히 내 편이 아니었다. 대학교 때 1억 2천만 마리의 돼지꿈을 꾸고도 1억 2천만 원짜리 주택복권에 당첨되지 않았으니 내 편일 리 없었다. 나에게 맞는 금언은 '무릎에서 사서 가슴에서 팔아라'가 아니라 '송충이는 솔잎을 먹어야 한다'였다. 나는 투자에 서투르다. 아니, 어쩌면 거저 얻는 이익을 거부하는 것인지도 모른다. 나오는 봉급만으로 알뜰하게 살라는 신의 계시인 듯하다.

처음 투자했던 주식의 대박 이후 기회를 노리기 위하여 돈이 생기는 대로 투자금을 늘렸다. 의미 있는 이익이나 손실은 없었으나 IMF 때 곤욕을 치른다. 자본주의의 꽃이라는 주식시장을 이해하게 하려는 신의 배려였을까? 출발이 좋았던 만큼 관심을 가지고 신문을 읽고 투자를 늘려서 주식에 관한 한 평범한 수준은 되었다. 자본주의 사회에 사는 보통 사람이라고 해야 할까?

타 기지 전개 훈련

1991년 4월 122무장중대장으로 부임하고 얼마 되지 않아서 특별한 경험을 하였다. 직업군인으로 30년 이상을 복무한다고 모든 걸 경험하는 건 아니다. 기본 군사훈련이나 소총 사격, 수류탄 투척 정도는 대부분 경험하지만 공군 전투조종사 출신이라도 유도탄 실사격을 해보지 않은 사람이 더 많고, 무장장교라도 행정계장과 사격장 파견대장을 모두 경험할 수는 없다. 장교 수보다 적은 한정된 보직이기에 그렇다. 인생이란 그가 산 경험이다. 비슷한 기간을 살더라도 다양한 경험을 한 사람이 삶의 농도가 짙고, 영혼이 성장하기 마련이다. 시간과 체력과 비용이 허락한다면 최대한 많이 경험하는 게 좋다. 진정한 장수(長壽)는 오래 산 자가 아니라 더 많은 경험과 추억을 간직한 사람이다.

공군에는 '타 기지 전개 훈련'이라는 게 있다. 전쟁 중 적국의 비행장을 점령하였을 때 아군 전투기가 적 비행장에서 작전을 수행하기 위하여 최소한의 장비, 물자, 병력을 전개한다. 전투비행대대 1개 대대 또는 몇 개 편대가 전개하면 항공기 정비와 무장을 위한 장비, 물자, 병력이 필요하다. 1991년 4월 1개월간 강릉 기지로 1개 전투비행대대 전개 훈련이 계획되었고, 우리 중대 전체가 전개 훈련을 하게 되었다.

부대 단위 전개가 말같이 간단한 게 아니다. 하긴 개인이 여행을 떠나더라도 한 달이라면 준비할 게 엄청나리라. 한 달 의식주를 해결하려면 등산 배낭 정도로는 어림없다. 중대원 30여 명이 한 달간 생활하려니 얼마나 많은 물자가 필요할 것인가? 게다가 놀러 가는 게 아니라 전투기에 무장장착을 해야 한다. 폭탄운반 장비, 폭탄장착 장비와 각종 공구 자재를 선별하여 포장하는 데만 일주일 이상 걸렸다.

사실 강릉 기지도 동일 기종을 운영하므로 필요한 장비나 물자를 빌릴 수 있었다. 그러나 적지에 있는 비행기지 점령을 가상하여 전개하는 훈련 아니던가? 긴급한 상황이 발생하지 않는 한 강릉 기지의 도움을 받아서는 안 된다. 짐을 분류하는 것뿐만 아니라 수송기에 실을 수 있도록 싸는 것도 큰일이었다.

전쟁은 절대 있어서는 안 될 참혹한 일이지만 평화를 원하는 마음만으로는 방지할 수 없다. 완벽하게 전쟁 준비를 완료했을 때 감히 도전하는 무리가 없으리라. 승부를 예측할 수 없는 수준이어서는 안 된다. 선제공격으로 상대에게 엄청난 타격을 주더라도 무자비한 보복으로 전멸할 수밖에 없다는 걸 확실하게 알려줘야 한다.

'평화를 원하거든 전쟁을 준비하라!' 그것이 군의 존재 이유요, 평소 갖춰야 할 태세다.

1991년 당시에는 태어나서 해외에 가본 적이 없었다. 외국이 아니라 가까운 제주도나 남해안에 펼쳐진 섬에도 가본 적이 없다. 당연히 여객선이나 여객기를 타본 적이 없다. 군사작전으로 처음 비행기를 타게 된 것이다. 지상에서 떨어져본 적이 없었기에 하늘에 오른다는 설렘도 있었으나 사실 두려웠다. 세상일은 알 수 없다. 천재지변이나 사건·사고를 사람이 모두 예측할 수는 없지 않은가? 전투기가 추락하면 조종사는 비상 낙하산으로 탈출할 수 있지만, 수송기는 달리 방법이 없다. 그대로 추락할 뿐이다.

강릉 기지 전개는 CN-235 경수송기(輕輸送機)를 이용하였다. 수송기 중앙에 화물을 싣고 사람은 양 측면에 마주 보는 형태로 앉았다. 나는 경험이 없어서 멀미 걱정하지 않았으나 배나 비행기를 타면 멀미한다는 사람은 미리 멀미약을 먹는 등 준비하면서도 걱정하였다. 처음 이륙할 때 몸이 허공에 뜨는 느낌이어서 긴장하며 두려워하였으나 고공으로 날아오르자 두려움이 사라졌다. 공중에서 사람을 식별할 수 있는 높이에서는 무서웠으나 사람이 개미 떼같이 보일 정도의 고공으로 오르자 오히려 편안해졌다.

이륙 후 처음 30여 분은 특별한 일 없이 흘러갔다. 수송기가 대관령을 지나칠 즈음이었다. 조종석에서 안내방송이 흘러나왔다.

"지금 대관령을 넘고 있습니다. 산맥에 가까워서 기류의 영향을 받을 수 있으니 안전벨트를 착용하고 이동하지 마시기 바랍니다."

무슨 뜻인지 알 수 없었으나 모두 안전벨트를 착용하고 시키는 대로 자리를 지켰다. 그때였다. 갑자기 추락하는 느낌으로 몇 초간 떨어졌다. 추락을 멈추는가 싶더니 갑자기 덜컹거리기 시작했다. 하늘에는 눈에 띄는 장애물이 없다. 그런데도 1970년대 자갈 깐 신작로를 시내버스가 갈 때처럼 시끄러운 소리를 내며 흔들렸다. 알 수 없는 일이었다. 공중에 보이지 않는 물체라도 있다는 말인가?

강릉은 대관령 넘어 지척에 있다. 착륙을 위하여 급강하하면서 대관령을 넘는데 지상에 가까울수록 불규칙한 기류가 발생한다. 경험 많은 조종사가 안내방송을 했음에도 항공기가 하늘에서 그렇게 흔들리는 데 모두 놀랐다. 멀미가 심한 사람은 참지 못하고 이내 토하기 시작했다. 대관령을 지나는 시간은 불과 몇 분에 불과하였으나 십년감수하였다. 고소공포증으로 조종사가 될 마음은 추호도 없었으나 다시 생각해보니 정말 잘한 선택이었다. 하늘을 나는 자체가 불안한데 이렇게 자갈 깔린 시골길 시내버스 달리는 듯한 항공기에서 어떻게 생활한단 말인가?

강릉 기지에서는 멀리 온 전우를 반기며 정성을 다해 도왔으나 불편한 게 한둘이 아니었다. 점령기지를 가상한 훈련이므로 기존 건물을 사용하지 않았고, 군용 천막에서 생활하였다. 사무실도 천막이고 침실도 천막이었다. 4월이라 낮에는 따뜻하였으나 밤에는 기온이 급격히 내려갔다. 추위에 개인별로 장만한 침낭에 들어가야 겨우 잘 만하였다.

문제는 잠들기 전이었다. 40여 명 단위로 한 천막에서 잤는데 잠자는 사람의 습관이 가지가지였다. 잘 때 코 고는 사람이 있다. 나이가 들면 목젖이 늘어져서 기도를 막게 되어 코를 골게 된다고 한다. 젊어서도 피곤하면 코를 골 때가 있다. 나이가 이십 대부터 오십 대까지 천차만별인 사람들이 함께 자려니 별의별 사람이 다 있었다. 점잖게 코 고는 사람이 있는가 하면, 그야말로 기차 화통을 삶아 먹은 듯한 괴성을 내는 사람도 있었다. 그뿐만 아니라 어떤 사람은 무슨 철천지원수를 만나기라도 한 듯 이를 갈았다.

"드르렁드르렁~."

"아푸~ 아푸푸푸푸~."

"으드득으드득~."

가관인 것은 코 고는 템포가 일정하지 않은 사람이었다. 한참 크게 코를 골다가 어느 순간 소리가 멈춘다. 잠을 자다가도 갑자기 큰 소리가 들리지 않으면 잠결에 긴장한다. 알 수 없는 불안감이 몰려온다. 아니나 다를까 십여 초 후 참았던 숨을 몰아쉰다. 아마 목젖이 기도를 막아 잠시 숨이 멈췄으리라. 한참 동안 큰 소리로 코를 골다가 잠시 멈췄다가 다시 골기를 반복한다. 잠이 깊게 들면 문제가 되지 않았으나 일단 잠들기가 쉽지 않았다. 나이대가 다양한 사람과의 집단 합숙은 쉬운 일이 아니었다.

집 떠나면 고생이라는 말이 괜히 있는 게 아니다. 간이 화장실과 세면대를 이용하고 야외에서 하는 생활이 일견 낭만적으로 보이지만 그런 건 없었다. 일과 놀이의 차이가 무엇인가? 딱 하나다. 자유의지에 따른 것인가만 다를 뿐이다. 돈을 받고 하느냐 내고 하느냐의 차이도 있다. 친구와 야영은 즐거운 놀이지만 강제하는 훈련은 고역이다. 같은 야영 생활이지만 돈 내고 하는 놀이와 월급 받으며 하는 훈련은 달랐다. 놀이는 즐겁고 일은 괴롭다.

한 달간의 전개 훈련을 마치고 돌아오려니 흔들리던 수송기 생각에 걱정하였다. 멀미가 심한 사람뿐만 아니라 보통 사람도 대관령을 넘을 때 기류에 휩쓸려 추락하다 기체가 심하게 요동치는 걸 경험하였기에 모두 두려워하였다. 다행히 광주 기지로 복귀할 때는 시골 버스 타는 듯한 느낌은 없었다. 복귀할 때는 C-130 대형 수송기였다. 경수송기(輕輪送機)에서 중수송기(重輪送機)로 바뀌어서인지, 조종사가 기류를 능숙하게 회피하였는지, 아니면 기류 자체가 없었는지는 모르겠지만 강릉 갈 때 놀랐던 경험을 다시 하지 않았다.

세상은 넓고 모르는 건 많고 상상할 수조차 없는 일이 허다하다. 하늘을 나는 항공기가 자갈투성이 시골길을 달리는 시내버스에 탄 느낌이라니 놀랍지 않은가? 공기밖에 없는 허공을 나는데 말이다. 처음 타본 항공기가 여객기가 아니라 화물을 운반하는 수송기였지만, 추락하는 듯한 느낌과 곧 추락할 듯 요동칠 줄은 몰랐다. 비록 훈련이었으나 강릉 기지 전개 훈련은 실제 상황을 방불케 하였다.

중사 홍정의

세상은 단조롭지 않다. 세상이 뚜렷하게 보이는 건 미숙아뿐이다. 자랄 때는 부모나 선생 말을 절대 신뢰하므로 세상만사가 단순명료하다. 복잡하게 생각하지 않고 원인, 배경, 이면을 염두에 두지 않으므로 시비(是非), 선악(善惡), 진위(眞僞)가 확실하다. 젊은이는 쉽게 감동하고 분노한다. 우주의 섭리와 자연법칙과 인간의 심리에 무지한 젊은이는 순수하다. 사악한 어른의 부정부패와 부조리한 행위를 즉각 응징하려는 정의감이 뜨겁게 타오른다.

사실 세상은 복잡하다. 모든 사람이 주장하는 바가 있지만 바라보는 시각에 따라 판단은 달라진다. 같은 일에 정반대로 결론을 내기도 한다. 확실한 것 같으나 한 꺼풀만 벗기면 상황은 완전히 달라진다. 동서양을 막론하고 효는 모든 사회에서 권장하는 덕목이다. 부모를 공경하고 정성을 다하여 보살피는 사람을 추앙한다.

누군가 아버지를 살해했다고 하면 용서할 수 없는 패륜아로 단정 짓는다. 이유가 무엇이라도 아버지를 살해할 수 있는가? 이것이 보통 사람의 생각이다. 아버지가 어머니를 살해하려는 순간 정당방위 차원에서 아버지를 살해한 게 극악무도한 행위인가? 생각이 복잡해진다. 어쩌면 아버지를 살해한 게 오히려 옳아 보이기도 한다.

모자가 부친 살해를 공모한 사실을 알게 되어 일어난 사건이라면 어떤가? 아버지의 행위도 정당하지 않은가? 아버지가 딴 살림을 차리고 허구한 날 처자식을 폭행하여 도저히 견딜 수 없어서 살인 공모하였다면 어떻겠는가? 확실해 보여도 상대의 몇 마디 변명에 벌써 아리송해진다. 아들과 아버지가 교대로 몹쓸 사람이 되었다가 구분이 모호해진다. 세상은 단순하지 않다. 단순하지 않을 뿐만 아니라 모든 사물은 사실상 시비, 선악, 진위를 구분할 수 없다. 보는 사람과 기준에 따라 달라질 뿐이다.

1991년 당시 공군에는 '타 기지 방문 교육'이라는 게 있었다. 공군은 여러 종류의 전투기를 운영하는데 동일 기종 운영부대에서는 비교 분석을, 타 기종 운영부대에서는 차이점과 신기술 습득을 목적으로 하였다. 규정 절차가 아니라 관행에 따른 정비행위는 큰 사고로 이어질 수 있다. 타 기지 정비 과정을 참관함으로써 잘못된 정비 습관을 제거하고 다른 기종에 대한 새로운 기술을 얻을 좋은 기회였다.

122무장중대에도 교육 인원이 할당되어 홍정의 중사가 대구 기지로 출장을 갔다. 3박 4일 출장이었으나 웬일인지 하루가 지나고 복귀하였다. 사고가 난 것이다. 대민 마찰로 경찰에 신고되었고 군 헌병대대에 이첩되어 초도수사 후 교육을 중단하고 돌아온 것이다.

경위는 이러했다. 첫날 일과 후 출장 인원에 대한 대구 비행단 해당 중대 환영 회식이 있었다. 같은 특기로 유사한 업무를 하더라도 기지가 멀리 떨어져 있어서 교류가 어려웠기에 타 기지에서 출장을 오면 중대나 반 단위 또는 동기생이 회식을 베푸는 게 관례다. 봉급이 충분하지 않을 때여서 회식이 잦은 편이 아니었기에 출장은 모처럼 멀리 떨어진 전우와 어울려 회포를 풀 좋은 기회다. 출장 가는 사람도 맞이하는 사람도 모처럼의 만남에 즐거워하는 낭만이 있던 시절이었다.

회식에서 적지 않은 술을 마셨으나 때가 언제인가? 한참 피 끓는 이십 대 청춘 아니던가? 중대 회식을 마치고 동기 몇몇과 이차 삼차가 이어져 자정을 넘기고 만취한 상태에서 대구 기지로 귀환하는 중이었다. 다리 위를 지나는데 어두침침해서 정확히 알 수 없었으나 남녀가 실랑이하고 있었다.

"왜 이래요? 이거 놓으세요! 사람 살려~"

괴한이 여성을 겁탈하는 게 틀림없었다. 홍정의 중사는 건장한 체격에 태권도 유단자였다. 착하고 순박하여 남에게 해코지하거나 웬만한 일로 다투지 않는 사람이었다. 하지만 정의감이 왕성하였다. 더구나 만취 상태 아니던가? 사람 살리라는 비명에 거두절미하고 달려들어 남성에게 이단옆차기를 날렸다. 쓰러진 남자를 완전히 제압하려고 달려들려는 찰나였다.

"어머, 왜 이러세요? 자기야, 괜찮아?"

분위기가 묘했다. 실랑이하며 사람 살리라고 외친 건 사실이지만, 일종의 사랑싸움이었다. 군화에 얼굴을 강타당한 남자는 분노하여 경찰에 신고했고 홍 중사가 현역 신분이었기에 헌병대대에 사건이 이첩되어 조사받은 것이다. 좋은 의도에서 벌인 일이었으나 결과는 대민 마찰이다. 군에서는 대민 마찰 방지를 위하여 최대한 노력한다. 군사정권 시절에는 문제가 되지 않던 일도, 민주화 이후 아무리 사소하더라도 언론에 노출되면 대응에 전전긍긍했다. 수만 명에 달하는 공군에서 문제가 생기면 참모총장이 곤란에 직면한다.

군이든 민간이든 사람 사는 사회이므로 다툼이나 사건·사고는 발생할 수밖에 없다. 군의 규모는 엄청나다. 실제 사건·사고 발생률은 민간보다 현저하게 낮다. 일사불란한 군 특수성과 군기가 엄정해야 함을 잘 알기에 언론에서는 군 기강 해이를 질타한다. 군에서는 약간 억울한 면도 있지만 사건·사고 자체가 좋은 일은 아니기에 변명하기 어렵다. 그저 가장 좋은 것은 사건·사고가 발생하지 않는 것이다. 모든 지휘관은 사고 예방을 위하여 최선을 다한다.

비록 가해자였으나 의도가 나쁘지 않았기에 처음에는 홍 중사를 나무라는 사람이 없었다. 용기를 내서 좋은 일을 했어도 오히려 대민 마찰로 사고 처리된 게 억울하다며 위로할 정도였다. 만사 생각하기 나름이다. 분위기가 바뀐 건 순식간이었다.

군은 보고에서 시작해서 보고로 끝난다. 아무리 사소한 일도 상급부대에 보고해야 상황이 종료된다. 상관이 납득(納得)하면 문제가 없지만, 시시콜콜 따지고 들면 보고자는 피곤해진다. 보고는 육하원칙에 따라 명확해야 한다. 조금이라도 논란거리가 있으면 당장 답변이 궁색해진다.

비행단장이 작전사령관에게 보고 과정에서 질책을 들은 듯하다. 질타를 받은 지휘관이 기분 좋을 리 없다. 단장한테서 감정이 전해진 무장대대장도 마찬가지였다. 처음에는 잘못을 나무라지 않았으나 단장 회의를 다녀와서는 안색이 좋지 않았다. 아마 단장이 비행단 지휘관 참모에게 모종의 지시를 내렸으리라. 대대장은 중대장에게 정신교육을 지시하였다.

"사건 자체의 잘잘못을 떠나서 시간부터가 문제다. 자정이 넘은 시간에 술 마시고 싸돌아다녀서 되겠는가? 사건의 원인이나 과정, 결과보다 왜 그 시간에 그 장소에 있었는가? 자정을 넘기고 술 마신다면 다음 날 일과를 정상으로 진행할 수 있는가? 이건 사전 교육이 잘못된 것이다. 각 중대원에게 음주 관련 교육을 다시 하도록!"

비록 정의로운 일일지라도 다른 사람 일에 끼어들지 말라고 하고 싶은 말이 목구멍까지 치밀었으리라. 지휘관에게는 사고가 없는 게 최선이니까. 그래도 정의감을 버리라는 말은 차마 할 수 없었으므로 음주 행태를 지적한 것이다. 홍 중사는 금오공고 1년 후배였다. 나이는 같았다. 신분과 계급이 달랐을 뿐 사고방식에는 차이가 없었다. 그래도 어쩌겠는가? 군은 상명하복이 생명이다. 전 중대원을 모아놓고 교육하였다.

"아무리 기분이 좋고 동기생이 반갑더라도 회식은 1차에서 마쳐야 합니다. 모든 사고는 음주에서 출발합니다. 2차, 3차를 안 갔더라면 자정이 넘어서 사고 현장에 있을 일은 없었을 겁니다. 술은 1차에서 취하지 않을 정도로 마시고 끝냅시다. 또 우연히 사건·사고 현장에 있더라도 성급한 개입보다는 정확한 상황 판단이 우선입니다. 이번 일을 계기로 유사한 대민 마찰이 벌어지지 않도록 각자 노력합시다."

교육하면서도 얼굴이 붉어졌다. 중대원은 중대장을 잘 안다. 술을 얼마나 좋아하고 얼마만큼 마시는지도 안다. 스스로 지킬 수 없는 걸 교육하는 꼴이었다. 하긴 그래도 말이야 맞는 말 아닌가? 지키기 어려워서 문제지, 술은 1차에서 끝내는 게 맞다. 남 일에 성급한 개입보다 정확한 상황 판단이 우선이라는 말도 일견 맞는 것 같지만 사람 살리라는 긴급한 상황에서 '여보세요, 왜 그러는데요?' 하고 먼저 물어야 하겠는가? 일단은 뜯어말리는 게 우선일 것이다. 군화로 얼굴을 강타한 건 취해서라지만 좀 심하긴 했다.

나중에 홍 중사를 따로 불러 위로했다.

"군의 특성상 사건·사고를 최소화해야 하는 지휘관의 심정을 이해해라. 솔직히 정말 성폭행 상황이었다면 아마 영웅이 되었을 것이다. 자신의 이해와 무관한 일에 나서는 건 정의로운 일이요, 용기 있는 행동이다. 이번 일은 단지 운이 없었을 뿐이다. 너무 심한 측면은 있지만 나는 네 행동을 지지한다. 나라도 너처럼 행동했을 것이다."

좋은 의도였으나 결과는 좋지 않았다. 비행단 대민 마찰 사고 한 건만 늘렸을 뿐이다. 장교든 부사관이든 모두 제대하는 분위기여서 장기 복무시키는 지휘관이 인정받았지만, 홍 중사는 이후 전역하였다. 주변의 만류에도 군 생리가 불만이었으리라. 정의를 위해 적극적으로 나서라고 말하기 곤란한 장교나, 옳다고 판단하고 한 행위의 결과를 따져 질책을 받는 부사관이나 불편한 건 마찬가지였다. 세상은 정의롭지 않다. 정의를 추구하는 사람이 반드시 인정받는 것도 아니다. 그것이 젊은이에게 불만이리라.

무등야구장

1989년 소위 임관 후 원대한 꿈을 향한 첫걸음은 광주였다. 지금도 여전하지만, 광주 민주화운동 가해자인 전두환과 노태우가 연이어 집권하던 당시에는 지역감정이 극심하였다. 특히 친인척 인명 피해가 있었거나 직접 목격한 호남인은 집권 세력에 대한 분노가 컸다. 광주 비디오가 공개되기 전이었기에 대학생과 호남인 외에 대부분 국민은 광주 민주화운동 실태를 모르던 때였다. 지도자의 첫째 덕목은 공동체의 화합이다. 이유야 어떻든 지역감정을 해소할 방안을 찾아야 한다. 소위 조자룡의 포부는 자못 컸다.

광주 기지가 호남 한복판에 자리하여 말은 완전한 전라도 사투리를 사용하였으나 부대 내에서 지역감정을 느끼기는 쉽지 않았다. 그도 그럴 것이 부사관과 병사는 대부분 전라도 사람이었으나 장교는 출신 지역이 골고루 분포되어 있었다. 특히 영관급 장교는 지역색이 전혀 없었다. 주요 지휘관 참모가 지역감정과 무관하고 부사관과 병사는 전라도 사람이 대부분으로 다른 지역 사람과 부덮힐 일이 없었다.

지역감정이라는 게 대등한 세력일 때 표출될 때가 많다. 장교는 지역감정에 무관심하고 부사관과 병사는 전라도 사람이 압도적이었으므로 사실상 의견 충돌이 없었다. 지역감정이 존재한다는 건 투표 결과에서나 드러났다. 지역감정의 실체를 파악하여 해결 방법을 모색하기 위한 광주 기지 선택은 별무신통이 된 셈이다.

최동원의 한국시리즈 4승 이후 나는 열렬한 프로야구 팬이 되었다. 처음에는 해태 팬이었다. 당시 삼성의 압도적인 전력에 비하면 상대적으로 열세였던 해태는 정규리그에서는 형편없이 밀렸으나 코리안시리즈에서는 펄펄 날았다. 빈약한 전력으로 정규리그 절대 강자 삼성을 꺾는 해태 타이거즈 선수의 투혼에 반하였다. 약자를 응원하는 마음에다 광주 민주화운동의 피해자이면서도 정치적으로 소외되었던 전라도 사람에 대한 위로도 뒤섞였다.

1986년 충청도를 지역 연고로 하는 빙그레 이글스가 창단되었다. 이전에는 OB 베어스가 충청도 연고 팀이었으나 당시에는 야구에 관심이 적었고, 이후에는 해태 팬이었다. 빙그레 이글스가 창단된 후에도 계속 해태 팬이었으나 창단 3년 만에 준우승을 차지한 1988년 이후에는 상황이 달라졌다. 고향 팀이 선전하자 자연스럽게 빙그레 이글스 팬이 되었다.

1988년 이후 빙그레 이글스는 우승권을 넘보는 강팀이 되었다. 투수로는 이상군, 한희민 원투펀치가 강력하였고 타자로는 이정훈, 이강돈, 장종훈에 재일교포 타자 고원부까지 다이너마이트 타선을 구축하였다. 나중에 입단하는 한용덕과 송진우는 에이스 계보를 잇는다.

1980년대 말 우승을 밥 먹듯 하던 해태 타이거즈는 여전히 강팀이었다. 선동열을 정점으로 조계현, 문희수, 이강철, 김정수로 이루어진 투수진은 난공불락이었다. 관록을 자랑하는 김성한, 이순철에 한대화, 홍현우, 박철우가 가세한 타선도 만만치 않았다. 1991년 양강은 해태와 빙그레였다. 0점대 방어율을 자랑하던 선동열과 새로운 홈런왕으로 치솟던 장종훈을 앞세운 해태와 빙그레는 정규리그에서 용호상박 그 자체였다.

1991년 5월 어느 주말이었다. 빙그레 이글스가 광주에서 해태 타이거즈와 원정경기가 있었다. 빙그레 이글스를 응원하지만 현역 군인 신분으로 현장에서 응원하지 못하고 TV로만 관전하던 차에 직접 응원할 절호의 기회였다. 더구나 상대는 강력한 우승 경쟁자 해태였다. 무등경기장이 낯설었지만 혼자서 물어물어 시내버스를 갈아타며 경기장을 찾았다.

토요일 경기장은 만원이었다. 무등경기장 규모가 작은 탓도 있어서 평일에도 꽉 찰 때가 많았다. 토요일에다 화창한 5월이니 나들이하기에 얼마나 좋은가? 해태와 우승 경쟁 중이던 빙그레 이글스가 상대다. 직접 보는 경기에서 경쟁자의 코를 납작하게 만든다면 얼마나 통쾌할 것인가? 나와 동상이몽을 꿈꾸는 관중이 경기장에 꽉 들어찼다.

예상대로 경기는 팽팽하게 진행되었다. 해태가 선취점을 내어 아슬아슬하게 리드를 이어가던 5회 초 이정훈과 이강돈의 안타로 1

사 2루와 3루 기회에서 장종훈이 등장하였다. 경기장에는 아연 긴장감이 감돌았다.

1991년 장종훈은 떠오르는 거포였다. 장종훈은 1986년 빙그레에 연습생으로 입단하였다. 1987년부터 1군 무대에 출전하기 시작하였고, 기량이 일취월장하여 1989년 홈런 18개로 4위에 오르더니 1990년 28개로 홈런왕을 포함하여 타점, 장타율까지 타격 3관왕에 올랐다. 가장 좋은 기회에 가장 무서운 타자가 등장한 것이다. 침착하게 볼 두 개를 골라낸 후 3구째를 통타, 중전 적시타를 때려냈다.

"안타다! 장종훈 파이팅!"

일행이 없어서 조용하게 관전하던 나는 나도 모르게 흥분하여 자리에서 벌떡 일어나 환호했다. 한 점 차를 뒤집는 역전 적시타를 날렸으니 흥분하지 않을 수 있는가? 나는 일어서서 계속 손뼉을 치며 응원했다. 순간 등줄기가 서늘해졌다. 분위기가 심상찮았다. 주위를 돌아보니 주변 관중이 경기장이 아닌 나를 응시하고 있었다. 그 인상은 자못 험상궂었다. 표정이 말하였다.

'이것이 어디서 온 종자라냐?'

'시방 여그서 머 하는고? 누구 승질 테스트 하는 겨?'

'죽고 잡어 환장혔당가, 젊은 사람이 실성한 거 아녀? 이 동네 분위기 몰러?'

'용기가 대단허네. 계속 혀봐.'

소름이 쫙 끼쳤다. 소설 속 삼국지의 관운장이나 조자룡은 만부부당(萬夫不當)의 용맹을 자랑하였지만, 나는 소설 속 조자룡이 아니다. 만 명은커녕 두 명 상대하는 것도 버겁다. 이 많은 사람을 헤집고 달아날 방법도 없다. 나는 다소곳이 머리를 숙이고 자리에 앉았다. 죽을죄를 저질러 송구스럽다는 듯 쥐 죽은 듯이 침묵을 지켰다. 그 후 경기가 어떻게 진행하였는지 기억나지 않는다. 생명의 위협을 느끼는 마당에 응원이 가당키나 한가?

경기가 끝날 때까지 빙그레 이글스 응원을 하지 않은 것은 물론이고 해태가 안타를 치거나 득점하면 주위 사람과 맞춰 손뼉을 쳤다. 자존심이 밥 먹여주지 않는다. 위기는 벗어나는 게 상책이다. 누구 한 사람이라도 도발하면 사태는 걷잡을 수 없이 흘러갈 것이다. 청년 장교 조자룡은 숨죽였다. 웬만해서는 기세가 꺾이지 않는 편이었지만 만원 관중을 상대로 객기를 부릴 수는 없었다. 그건 용기가 아니라 자살행위였다.

어느 지역이나 프로야구 응원 팀은 있다. 관중은 대체로 그 지역 연고 팀을 응원한다. 부산 경남은 롯데 자이언츠를, 대구 경북은 삼성 라이온즈를, 충청도는 빙그레 이글스를 일방적으로 응원한다. 그래도 상대 팀을 응원할 수 없을 정도의 분위기는 아니다. 하지만 전라도는 달랐다. 광주 민주화운동 때 당했다는 피해의식 때문인지 전라도 사람이 아닌 모든 외지인을 경계했다. 지역감정은 완강했다. 무등야구장에서 지역감정의 공포를 확실하게 느꼈다. 이 완강한 집단의식을 무엇으로 타파한단 말인가? 대한민국이 걸어야 할 미래는 험난하다. 지도자가 되려면 반드시 해결해야 할 문제, 지역감정 해소는 조자룡에게 가장 큰 과제이리라.

사이드와인더

공군 전투기의 임무는 크게 두 가지다. 하나는 적 공중 전력을 무력화시키는 것이고 다른 하나는 육·해군 작전 지원이다. 현대전의 성패는 공중전에 달려 있다. 제공권 장악이 무엇보다 중요하다. 엄청난 예산을 들여 공군을 운영하는 이유다.

전투기가 현대전의 승패를 좌우하는 최신 무기체계지만 그 위력을 배가시키는 게 정밀 표적 공격이 가능한 유도탄이다. 적기를 요격하는 무기는 공대공 유도탄이고 지상군 공격용은 공대지, 함정 공격용은 공대함 미사일이라고 부른다. 핀포인트 공격이 가능한 미사일은 가장 효과적인 무기지만 그 대신 비싸다. 수천만 원에서 수십억 원에 이르는 유도탄을 시험평가 할 때 외에는 쉽게 실전 훈련에 사용할 수 없는 이유다.

미사일은 고가의 핵심 전력이므로 매우 중요하지만, 공대공 유도탄은 조종사에게 특히 중요하다. 적 전투기를 만났을 때 원거리에서 먼저 공격하여 명중시키는 게 전투에서 승리하는 길이요, 살아 남을 유일한 방법이다. 어떤 이유로 미사일이 작동하지 않거나 명 중하지 않는다면 적 반격의 위기에 처한다. 공대공 유도탄은 조종 사 자신의 생명을 좌우한다. 공대공 유도탄 운용 능력이 조종사의 생명과 공중전 승패를 좌우한다.

공대공 미사일 중 가장 유명한 게 사이드와인더다. 사이드와인 더는 미국 서남부 사막지대에서 서식하는, 맹독을 가진 방울뱀이 다. 뱀은 열로 사물을 식별한다고 한다. 사이드와인더가 적외선 추 적 미사일로 적기에 치명적인 무기이므로 사람이 한번 물리면 생명 이 위태로워지는 방울뱀 이름을 붙인 것 같다.

모델명 AIM-9인 사이드와인더는 대상 표적의 엔진 배기가스 및 표면의 열을 감지하여 추적하고, 근거리에서 빠르게 기동하는 목 표에 유효하며, 표적에 충돌하거나 목표 근처를 지날 때 감응신관 (感應信管)이 작동하면 탄두가 폭발하여 적기를 파괴한다. 1990년 대 당시 수천만 원에 달하는 가격 때문에 매년 전 군에서 실사격 훈련이 손에 꼽을 정도였다. 삼십 년 이상 근무하고 전역하는 조종 사도 미사일 실사격 경험이 없는 사람이 비일비재하다.

1991년 공대공 미사일 실사격 훈련이 우리 중대가 지원하는 비 행대대에 할당되었다. 당시 유도탄 실사격은 공군 전체 행사였다. 대내외 관심이 집중된다. 당연한 일이다. 수천만 원에 달하는 가격 도 가격이지만, 유도탄의 표적 명중 여부는 공군 전투 능력을 가늠 할 중요한 요소다. 명중한다면 언론과 국민은 공군을 신뢰할 것이요, 적은 위축될 것이다. 참모총장, 작전사령관, 비행단장, 군수전대장, 무장대대장 등 모든 직속상관이 실사격 진행 과정을 주시한다. 일선 무장중대에 공대공 유도탄 실사격은 연중 가장 중요한 임무였다. 어떠한 일이 있더라도 성공해야 한다.

보통 탄약은 선입선출 원칙에 따라 소모한다. 생산 연도가 오래된 탄약은 성능이 저하될 우려가 있으므로 사격 훈련에 먼저 사용한다. 연례행사인 유도탄 사격은 사정이 다르다. 성공 여부에 따라 워낙 적과 아군에 미치는 영향이 크므로 생산 시기를 따질 계제가 아니다. 지상에서 작동시험이 완벽한 미사일을 선정하여 지원한다.

사격 한 달 전부터 사격계획을 수립하고 탄약중대에서 수십 차례 점검을 거치며 전투기에 장착할 때는 대대장과 감독관이 현장 지휘한다. 작업조는 경험 많은 우수 무장사를 투입하며 일거수일투족 감시하에 작업한다. 실사격 전투기가 이륙하면 항공통신반으로 이동하여 조종사 간 통신내용을 청취한다. 중대 감독관과 함께 통신내용을 듣는데 긴장과 초조함이 대입 학력고사 치르는 수험생 못지않았다. 눈앞의 적을 조준 사격하는 심정으로 듣는데 마침내 조종사가 발사한다는 음성이 들렸다.

"레디~ 파이어!"

"노 히트."

'노 히트.' 우려하던 일이 벌어졌다. 노 히트란 발사는 되었으나 표적에 맞지 않았다는 신호였다. 여러 날을 노심초사하여 준비하였으나 물거품이 되는 순간이었다. 경험이 없었지만 이미 여러 차례 과거 사례를 감독관에게 들었기에 고통스러운 앞날이 환하게 보였다. 오랜 고장탐구 끝에 어떤 이유를 들어 군 차려를 하게 되리라. 대대 단위인지 중대 단위인지는 알 수 없으나 단체 기합은 피할 수 없는 운명이었다.

사격이 끝나면 조종사의 진술을 토대로 고장탐구를 진행하지만, 명중 실패 원인을 명확하게 규명하는 건 사실 불가능에 가깝다. 고장탐구 대상인 유도탄은 이미 발사되어 파괴된 상태고, 유도탄의 비행 영상과 항공기 무장 계통 이상 여부를 확인하여 추정하는 게 전부였다.

실패 원인은 크게 두 가지다. 조종사가 표적을 정확히 포착하지 못하고 발사했을 경우와 미사일 유도부 결함이다. 조종사가 실수를 인정하지 않는 이상 조종사 잘못으로 결론 내릴 수는 없다. 공군 주요 지휘관은 모두 조종사다. 공군과 조종사의 사기를 위해서라도 조종사 실수를 주장할 수 없는 분위기였다. 조종사 실수를 증명할 방법도 없다. 탄약 결함이나 무장사 취급 잘못으로 결정될 가능성이 크다. 탄약중대와 우리 무장중대는 특별 훈련을 피할 수 없었다.

전투기가 착륙하였다. 중대 감독관과 중대장인 나는 전투기와 조종사를 맞으러 주기장에 나갔다. 주요 임무 전후에는 중대장과 감독관이 직접 조종사 브리핑을 들었다. 당시 조종사는 편대장 정경민 소령이었다. 키는 작으나 눈매가 다부진 유능한 조종사였다.

정경민 소령은 전투기에서 내리면서 풀이 죽은 감독관과 나를 향하여 한마디 하였다.

"마이 미스!"

경천동지할 일이었다. 어떤 핑계로 후환을 최소화할 건가에 골몰하던 나와 감독관에게는 광명의 소리였다. 조종사 본인의 실수라는 것이다. 믿을 수 없었다. 군 생활 전체를 통틀어 한 번 쏠까 말까 한 미사일 실사격은 조종사의 주요 이력이었다. 표적에 명중시키지 못한 건 지워지지 않을 전투조종사 불명예였다. 그걸 감수하고 자신의 잘못을 인정한 것이다. 가슴이 울컥하였다.

나는 평생 존경한 사람이 손에 꼽을 정도로 드물다. 여간해서는 좋아하거나 따를지언정 존경하지는 않았다. 사실 사람이 사람을 존경한다는 게 얼마나 어려운 일인가? 아부할 때 쉽게 존경한다는 말을 하지만 상관이나 주변 사람을 실제로 존경하는 경우는 극히 드물다. 정경민 소령의 말 한마디에 갑자기 그가 위대한 사람으로 보였다. 전혀 기대하지 않았던 뜻밖의 선물은 사람을 감동하게 한다. 나는 감동하였다. 우리 중대원 전체가 일주일 이상 고생할 걸 각오하였는데 그 모든 걱정이 사라진 것이다.

전 공군과 언론이 주시한 공대공 미사일 사격이 실패하였는데도 무장대대와 무장중대는 무사하였다. 모두가 놀란 그날 미사일 사격 실패의 주인공 정경민 소령은 훌륭한 장교요 전투조종사였다. 당시에는 평범한 편대장이었으나 뒷날 공군참모총장이 되고 합참의장이 되었으며 국방부 장관에 이르렀다. 이양호 장관에 이어 공군에서 두 번째 배출한 합참의장이요 국방부 장관이었다. 크게 될 사람은 떡잎부터 달랐다. 책임을 회피하지 않고 자신에게 정직했던 정경민 소령은 나에게 영웅이었다.

사실 공군참모총장이 실력만으로 되는 건 아니다. 2년 임기이므로 모든 기수에서 배출되는 것도 아니다. 실력과 더불어 많은 행운도 따라야 한다. 정권에 따라 달라지고 육·해군참모총장 출신 지역을 고려하여 결정되기도 한다. 그렇더라도 적어도 최후의 2~3인 안에는 포함되어야 한다. 조자룡의 안목은 어둡지 않았다. 자신의 잘못을 만천하에 공개하는 용기에 감동하였던 내 마음속 영웅은 세상이 인정하는 거인이 되었다.

조종사 회식

공군 조종사는 전원 장교다. 훈련비행대대든 전투비행대대든 행정부사관 몇과 비행계획 관리 병사 십여 명을 제외하면 전원 장교다. 비행대대는 조종사 장교 집단이다. 해병대나 특전사가 군기가 세다고 하나, 실상 장교 집단 군기와는 비교조차 할 수 없다. 장교, 특히 조종사의 꿈은 비슷하다. 의무 복무 후 여객기를 몰거나 군에서 장군이 되는 것이다. 무엇을 원하든 일단 숙련된 조종사가 되어야 한다. 장교 집단인 만큼 기수 간 서열은 엄격하여, 한 기수는 넘을 수 없는 거대한 장벽 또는 건널 수 없는 큰 강이다.

군 대대 단위 이상 부대는 창설 기념일이 있다. 사람이 생일날 기념행사를 하듯 부대에서도 특별행사를 한다. 지원부대 개념인 일반대대는 일과를 전폐하고 특별행사를 할 수 없으나 비행대대는 다르다. 비행대대 운영이 목적인 공군 특성상 한 비행대대가 하루 쉰다고 다른 부대에 영향을 주지 않는다. 비행대대 창설 기념일은 비행대대 소속 전원이 푹 쉬며 잔치를 즐긴다.

무장대대 소속인 우리 중대는 비행대대 창설 기념일과 무관하지만, 하나의 비행대대만 지원하는 전담 무장중대이므로 비행대대 행사에 참석하였다. 항공기를 지원하는 정비중대도 마찬가지다. 비행대대와 지원 정비·무장중대는 비행대대 창설 기념일을 맞아 기념행사와 체육대회를 함께하였다.

일반대대는 최소 수백 명이다. 고유 임무를 위한 많은 부사관과 병사가 필요하다. 비행대대는 대부분 장교지만 숫자는 수십 명에 불과하다. 인원 대비 행사 예산이 풍부하므로 모처럼 정비중대와 무장중대 인원은 실컷 먹고 마시는 자리가 되었다. 계급은 중위였으나 중대를 대표하므로 비행대대에서는 손님 대접을 톡톡히 하였다. 대위인 정비중대장과 나는 시종 비행대대장 곁에서 행사에 참여하였다.

일과 마칠 무렵이 되자 이미 막걸리와 맥주를 계속 마신 탓으로 대부분 취기가 돌았고 마음은 풍성해졌다. 사람이 술 마시는 이유는 명확하다. 사람은 생존을 위하여 치열하게 경쟁해야 한다. 촘촘하게 짜인 사회 구조에 숨 막히지만 취하면 망각한다. 술은 신체뿐만 아니라 정신까지 마비시킨다. 제대로 사고하지 못하는 사람이 어떻겠는가? 모든 근심 걱정을 잊고 호탕해진다. 밴댕이 소갈딱지같이 속 좁은 사람도 천하를 얻은 듯 득의양양해지기 마련이다.

행사가 끝나고 모두 퇴근을 하자 비행대대 총각장(總角長) 주동으로 2차를 가게 되었다. 총각장은 결혼하지 않은 독신자 숙소 선임

장교다. 당시만 해도 결혼이 빨랐다. 대위 계급을 다는 스물일고여덟에는 대부분 결혼하였다. 대위 몇과 중·소위 십여 명이 일언반구 없이 따랐다.

선임의 2차 요구를 거부할 수 없는 분위기이기도 하였으나 술이 무엇인가? 술은 술을 부른다. 평소에는 돈 걱정, 몸 걱정, 시간 걱정에 2차를 부담스럽게 생각하는 사람도 있으나 그건 취하기 전까지 일이다. 일단 취하면 만사형통, 모든 걱정이 사라진다. 가지 말라고 해도 몰래 갈 판에 선임자가 가자고 하니 그보다 좋은 일이 있는가? 만약 무슨 일이 생긴다면 주동한 선임자 책임이다. 그저 모른 채 따라가서 즐기는 게 최고다.

총각이었던 나에게도 가자고 권하였다. 불감청이언정 고소원이었다. 술 마시는 것도 전투라고 생각해서 필승의 신념으로 달려들던 내가 사양할 리 없다. 정비중대장은 결혼한 데다 비행대대 총각 장교보다도 훨씬 선임이었으므로 초대 대상이 아니다. 술에 취해 고무된 조종사 회식에 얼결에 일반 장교로는 나만 참석하게 되었다.

2차는 당시 유행하던 룸살롱이었다. 인원이 많다 보니 접대 아가씨를 부를 수는 없었으나 그 비싸다는 양주에 맥주를 부어 폭탄주로 마셨다. 평소 말쑥한 복장으로 품위 있는 행동을 보이는 조종사가 술을 신사적으로 마실 것으로 알겠지만, 천만의 말씀 만만의 콩떡이다. 조종사는 궂은 날씨가 아닌 한 거의 매일 비행이다. 자동차 음주운전도 위험한데 3차원 공간에서 하는 음주비행은 얼마나 위험하겠는가? 비행대대장은 평소 음주 단속이 주 임무 중 하나다.

비행 자체가 생명을 건 임무이므로 평소 만취하는 일은 드물다. 다음 날 비행에 영향을 주는 음주가 잦아지면 상관이나 동료에게 신뢰를 잃는다. 조종사가 주중에 만취할 일은 드물다. 자주 실컷 마시지 못하기에 어쩌다 취하면 브레이크가 없다. 비행 수당이 높은 편이어서 봉급도 일반 장교와 비교할 수 없을 정도로 많았다. 그러니 이왕 취한 마당에 내일 일찍 비행할 수도 없으니 무서울 게 무어겠는가? 부어라, 마셔라, 끝장을 보자, 갈 데까지 가자는 태세였다.

'한번 무장은 영원한 무장'이라는 선배 무장장교의 구호와 신조 아래 누구에게도 질 수 없다는 필승의 신념으로 음주에 임하던 청년 조자룡은 결코 조종사에게 질 수 없다는 각오로 덤볐다. 조종사가 유약하리라던 내 예상은 빗나갔다. 가난한 가정에서 누구의 도움 없이 자라온 내가 보기에 세상 사람은 대부분 미숙아였다. 온실 속 화초가 아니고 무엇인가? 부모덕에 호의호식하며 자란 사람이 무슨 기개가 있겠는가? 자수성가한 사람의 가장 큰 착각이자 오만이다.

보통 사람이 자수성가한 사람보다 생존력이 낮은 건 맞다. 그 외에는 모두 훌륭하다고 보는 게 타당하다. 우주의 섭리, 자연법칙, 인간 세상이 돌아가는 원리, 인간애, 사람에 대한 배려, 지식, 체력 등 모든 면에서 뛰어나다. 부족한 건 고통을 견디는 인내력 단 하나다. 조종사는 인내력도 뛰어나다. 사관학교 4년과 비행 훈련 과정을 거치면서 혹독한 시련을 이미 경험한 사람들이다. 조종사가 범생(範生)이일 것이라는 내 예측은 엄청난 판단 착오였다. 조종사는 영어와 축구만 잘하는 게 아니라 술도 말술이었다.

2차에 와서 한 시간 이상 흘렀을 것이다. 만취한 조종사의 표정은 모두 천상천하 유아독존 그것이었다. 세상에서 제일이라는 자부심이 넘쳐흘렀다. 이성을 잃게 하는 술은 배포를 크게 한다. 모든 게 하찮고 마음은 신의 반열에 오른다. 흥청망청 모두가 기고만장하여 술을 들이마실 때 선임 장교가 한마디 하였다.

"한 잔, 해야지?"

"알겠습니다!"

말이 끝나기 무섭게 조종사 한 사람이 벌떡 일어나더니 군화를 벗었다. 군화에 맥주를 들이부으니 병맥주 한 병이 넘게 들어갔다. 그리고는 군화 속 맥주에 양말을 벗어 넣어서 주무르는 것이었다.

"선장님 양말도 주십시오."

자기 양말만 빼는 게 아니라 선임 장교 양말까지 받아서 군화 속 맥주에 넣고 주물렀다. 이물질이 잔뜩 섞인 군화를 선임 장교에게 주니 벌컥벌컥 들이켰다. 선임 장교가 마시고 옆 사람에게 주자 그도 몇 모금 마시고 옆으로 돌렸다. 서너 명이 마시고 술이 떨어지면 같은 동작을 반복하였다. 몇 번인가 맥주에 양말 빤 군화주(軍靴酒)를 돌려가며 모두 마셨다. 술 마시는 걸 좋아하고 여러 종류 폭탄주도 마셔봤지만, 양말 빤 군화주는 보고 듣느니 처음이었다.

술 취하지 않은 사람이 보면 기절초풍할 일이지만, 사실 양말 빤 술을 마시는 건 대단한 일이 아니다. 양말에 무슨 독약이 묻어 있는 게 아니지 않은가? 단지 맨정신에는 더럽다는 선입견으로 꺼릴 뿐이다. 만취하여 이성이 잃은 사람이 두려울 게 무엇인가? 이성을 잃은 사람이 못 할 일은 없다. 술 마시면 개라는 말은 완전히 옳다. 개가 아니라 개만도 못한 미생물도 하지 않을 행동을 태연히 하는 게 술 취한 사람이다.

세상은 복잡다단하다. 아주 적은 지식과 경험으로 도통한 사람 행세해서는 안 된다. 부잣집 자식이 유약하고 형편없으리라 여겨지지만 절대 그렇지 않다. 나는 힘겹게 살아남은 나와 금오공고 출신이 뭇사람보다 우월하다고 여겼다. 호의호식하며 부모덕에 인문계 고등학교 나와서 사관학교 간 사람은 몸도 정신도 유약하리라 여겼다. 풍족하게 산 사람도 나름대로 고난은 있다. 뭇사람이 우러러보는 우월한 삶을 살려는 마음도 마찬가지다. 조종사도 치열하게 경쟁하며 더 높은 데를 향해 질주하는 보통 사람이다.

내 생각은 잘못되었다. 조종사는 해병대 정신으로 무장한 무장 장교보다 훨씬 강한 장교였다. 겉으로 보이는 영광과 명예 이면에는 숱한 고난과 수모를 이겨내는 정신이 있었다. 처음 술자리를 함께한 조종사들은 나에게 새로운 사실을 알렸다. 세상에 만만한 사람은 없다는 것, 겉으로 보이는 게 다가 아니라는 것, 온화한 미소와 품위 있는 행동 뒤에는 처절한 자기 관리가 있다는 걸 알았다. 조종사는 약하지 않다. 조종사는 강하다.

MK-82 500파운드 일반폭탄

전투기가 사용하는 무기는 대략 세 종류다. 기관포와 일반폭탄과 유도탄이다. 기관포는 최후의 공중전이나 지상군 근접지원작전에 사용하고, 유도탄은 적기나 지상 목표물 정밀 공격에 사용한다. 가장 많이 사용하는 건 일반폭탄이다. 광범위한 지역의 지상군을 제압하기 위해 사용한다. 그중에서도 500파운드 폭탄이 가장 널리 사용된다. MK-82는 500파운드 일반폭탄의 고유 명칭이다.

비행장 전체를 통제하는 건 관제탑이다. 활주로 근처 가장 높은 장소에 위치해서 공중과 지상 상황을 감시하고 통제한다. 광주 기지 정비타워는 주기장 중앙에 있었다. 항공기 정비 무장 업무를 총괄하는 부서가 정비과 산하 정비타워다. 정비타워는 항공기 주기, 이동, 정비, 무장 등 항공기 관련 업무 전체를 통제하는 부서다. 주기장 중앙 격납고 2층에 자리하여 항공기와 정비인력을 감시, 통제한다.

어느 날 정비타워에 갔을 때였다. 용무는 기억나지 않는다. 당시 군수전대 전체에 복사기 한 대가 정비과에만 있을 때였으므로 복사하기 위해 갔는지도 모른다. 정비타워에서 보니 주기장 전체가 한눈에 내려다보였다. 특히 우리 122무장중대는 바로 지척이었다. 사람 얼굴까지 식별 가능할 정도로 뚜렷하게 보였다. 정비타워가 주기장 한가운데 2층 높은 데 있는 이유를 알 만하였다.

무심히 주기장을 내려다보니 마침 우리 중대 병사 두 명이 폭탄 장착 장비에 500파운드 폭탄을 싣고 이동하고 있었다. 어느 순간이었다. 갑자기 폭탄장착 장비가 기우뚱하더니 폭탄이 떨어졌다. 콘크리트 주기장 끝에는 20센티미터 깊이의 배수로가 있다. 배수로에 바퀴 하나가 빠져 폭탄장착 장비가 기울어지자 폭탄이 지면에 떨어진 것이다.

나는 깜짝 놀라 주변을 살펴보았다. 다행히 정비타워에 있는 사람 중 누구도 눈치채지 못하였다. 만약 누가 알게 된다면 부대 군차려감이었다. 폭탄이 무엇인가? 한번 터지면 반경 수백 미터 내를 초토화하는 가공할 무기가 아니던가? 조심하고 조심해서 다뤄야 할 게 폭탄이었다. 그 폭탄을 취급 중에 떨어뜨렸다면 누군가 큰 처벌을 받아야 할 문제였다. 물론 폭탄이 위험한 물건이기는 하지만 장전되지 않은 상태에서는 웬만한 충격으로 폭발은 없다. 그렇더라도 취급 부주의로 땅에 떨어뜨렸다는 걸 알게 되면 무사하지 못하리라.

누가 볼까 두려워 조바심하면서 사태를 주시하는데 놀라운 일이 벌어졌다. 장비에서 폭탄이 떨어진 후 채 3초도 지나지 않았다. 폭탄이 떨어지자마자 두 사람은 부리나케 달려들어 폭탄을 번쩍 들어 장비에 실었다. 단 3초 만에 원상회복하고 아무런 일이 없다는 듯이 유유히 걸어가고 있었다. 500파운드 폭탄 무게는 200킬로그램이 넘는다. 병사 둘이 손으로 들어 올릴 무게가 아니다. 우리 중대 병사 둘은 놀랍고 두려운 마음에 초인적인 힘을 발휘한 것이다. 쌀 한 가마가 80킬로그램이다. 혼자서 들어 올리기가 쉽지 않다. 위기에서 발휘하는 인간의 힘이란 놀라웠다.

　나는 우리 중대원이 한 실수라는 사실도 잊은 채 넋을 잃고 바라보았다. 인간의 잠재력은 놀랍다. 평소 도저히 할 수 없는 일도 자기도 모르게 해낼 때가 있다. 대대장이나 전대장이 알았으면 큰일이 벌어졌을 사고가 무사히 넘어갔다. 두 병사에게 간단한 훈계로 마무리하였다. 교육한답시고 소동을 부렸다가 혹여나 말이 새나간다면 큰일이다. 나는 아무도 모르게 일이 끝난 데 가슴을 쓸어내렸다. 운명은 나를 도왔다. 아니, 우리 중대 병사 둘을 도왔다. 운명의 여신이 돕지 않았다면 200킬로그램이 훨씬 넘는 폭탄을 둘이서 쉽게 들어 올렸겠는가?

프로야구 원정 관람

1988년부터 1992년까지는 프로야구 빙그레 이글스의 전성기였다. 타석에서는 이정훈, 이강돈, 장종훈이 맹활약했다. 특히 장종훈은 1990년 28홈런으로 홈런왕에 오르며 연습생 신화를 쓰면서 장타율과 타점 부문 포함하여 3관왕에 오르는 기염을 토했다. 이후 이승엽이 등장하기 전까지 홈런왕의 대명사는 장종훈이었다.

1986년 창단 때부터 선발 쌍두마차로 에이스 역할을 하던 이상군, 한희민이 건재했고 1989년 송진우의 입단으로 마운드는 더 높아졌다. 여기에 배팅볼 투수였던 한용덕이 에이스로 떠오른 빙그레 이글스는 1990년 막판까지 승승장구했다. 잔여 경기가 불과 18경기만 남은 1990년 9월 6일 시점에서 빙그레는 14경기만 남은 2위 LG에 4경기 차, 15경기 남은 3위 삼성에 5.5경기 차, 20경기 남은 해태에 7.5경기 차로 빙그레의 2년 연속 페넌트레이스 우승을 대부분 기정사실로 인정하는 분위기였다.

그러나 난데없이 언론을 통해 김영덕 종신 감독 계약설이 불거지면서 팀 분위기가 급격하게 가라앉았다. 종신 계약설로 인해 김영덕 감독과 강병철 수석코치 사이가 벌어져 성적이 곤두박질치기 시작했으며 시즌 종료 후 강병철은 롯데 자이언츠의 감독으로 떠난다. 빙그레 이글스가 뜻밖의 부진으로 비틀대자 멀리서 추격하던 LG, 해태, 삼성이 시소게임을 벌이며 치열하게 우승 경쟁에 돌입했다. 빙그레 이글스는 마지막 경기 패배로 1위 LG에 두 게임 차, 2위 해태에 반 게임 차로 최종 3위에 머문다.

어수선한 가운데 치른 삼성과의 준플레이오프에서는 1차전 홈에서 이만수에게 7회 결승 홈런을 허용하며 2대 0으로 패배, 대구에서 열린 2차전은 한용덕에 이어 마무리로 나온 한희민이 9회 말 김용철에게 동점 홈런, 이만수에게 끝내기 홈런을 허용하며 4대 5로 패배하면서 허무하게 2전 전패로 포스트시즌에서 탈락하고 말았다. 창단 후 첫 우승을 향하여 승승장구하던 팀에 찬물을 끼얹은 김영덕 종신 감독설은 천추의 한이 되었다.

1990년 시즌 막판에 뒤숭숭한 팀 분위기로 포스트시즌을 망쳤으나 1991년에도 빙그레는 여전히 강팀이었다. 이정훈이 첫 타격왕을 차지하였고, 장종훈은 35홈런, 114타점, 104득점으로 기록을 갈아치우며 타격 5관왕에 올랐다. 군 생활도 어려움 없이 즐거웠으나 빙그레와 장종훈의 활약이 삶의 큰 활력소였다.

1991년 여름, 휴가를 받아 부모가 사는 서울에 머물렀다. 매일 야구 소식을 보느라고 시간만 나면 스포츠 신문을 사서 보았는데 휴가 기간에 마침 빙그레 이글스와 LG 트윈스의 주중 경기가 펼쳐진다는 사실을 알았다.

나는 사실 서울에 사는 것을 좋아하지 않는다. 첫째 이유는 공기가 탁해서이고 둘째는 교통지옥이라는 데서다. 그런데 서울 사는 사람은 이유가 있다. 가장 큰 이유는 직장이겠지만 문화 혜택을 누리려는 목적이 크다. 영화는 중소도시에서도 관람할 수 있을 것이나 뮤지컬, 오페라, 서화전은 서울 외에서는 보기 어렵다. 다양한 문화 오락 행사도 대부분 서울 차지다. 당시 서울에는 프로야구 연고 팀이 둘이나 있어서 시즌 내내 무휴다. 전철만 타면 단번에 잠실야구장을 찾을 수 있었다. 망설이지 않고 야구장으로 향하였다. 야구장에 가면서 부모가 서울 산다는 데 처음으로 고마움을 느꼈다.

1990년대 초에는 LG 트윈스도 전성기였으나 빙그레 이글스에는 못 미쳤다. 특히 내가 관전한 휴가 기간에는 더했다. 방위 복무 중이던 송진우는 대전 경기 외에는 출전할 수 없었으나 한용덕과 한희민이 건재했고 장정순과 김대중이 뒤를 받쳤다. 타격은 이미 전구단 최고 수준으로 오른 이정훈, 이강돈, 장종훈 강타선에 강정길, 전대영, 강석천이 뒤를 받쳤다. 야구장에 간 보람이 있었다. 빙그레는 압도적인 경기를 펼치며 시원하게 승리했다.

관중이 경기장을 찾는 이유는 단순하다. 응원하는 팀이 이기면 더할 나위 없으나, 설령 패하더라도 함께 응원하는 응원단 속에서 일체감을 느끼며 희열을 만끽한다. 최종 결과는 승패지만 과정은 단순하지 않다. 역전에 역전을 거듭하기도 하고 한 점 차 짜릿한 승부를 연출하기도 한다. 투수의 공 하나하나에 일희일비하고, 외야수가 라이너성 타구를 전력 질주하여 다이빙 캐치하거나 홈런성 타구를 잡기라도 하면 관중석은 일순간 광란의 도가니가 된다. 축구든 야구든 현장에서 느끼는 감흥은 TV 시청과는 완전히 다르다.

서울은 지방과는 경기장 분위기가 또 다르다. 지방은 주로 연고팀을 일방적으로 응원하여 응원 상대가 없어 분위기가 덜 뜨거우나 서울은 지방에서 올라온 사람이 많아서 응원단이 정확히 둘로 나뉜다. 1루 쪽 관중석은 홈 팬으로 들어차고 3루 쪽 관중석은 원정 팬으로 꽉 찬다. 응원도 상대가 있어야 맛이다. 서울에서는 광주에서와 달랐다. 빙그레의 활약에도 쥐 죽은 듯이 있고, 오히려 해태를 응원하는 척해야 했던 괴로움 없이 열광적으로 빙그레를 응원할 수 있었다. 이정훈과 장종훈의 맹활약에 마음껏 이름을 외쳤다. 세뇌된 애국심에 차 있을 당시 애향심도 마찬가지였다. 진정으로 사랑하는 팀이 완벽하게 승리하고 수만 관중과 함께 일심동체로 응원하는 즐거움이 어떻겠는가?

빙그레 이글스는 LG 트윈스와의 3연전을 쓸어 담았다. 내 기분은 최고조였다. 다음 경기는 대전에서 벌어지는 해태 타이거즈와의 3연전이었다. 1991년 당시 선두는 해태였다. 최고 분위기를 타고 있는 2위 빙그레 이글스의 타격, 그리고 선동열을 위사하여 선두를 달리고 있는 해태 타이거즈 투수진의 대결은 상상만으로도 흥분되었다. 나는 휴가 중이었다. 보통 때라면 상상할 수 없겠으나 대전에서 대학에 다니던 친구 승태에게 연락해서 며칠 묵을 수 있느냐고 물으니 문제없다는 답이었다.

빙그레 이글스 선수단은 전용 버스를 이용하여 대전으로 이동하였으나 나는 경부선 열차에 몸을 실었다. 초유의 원정 응원을 감행한 것이다. 군 복무 후 한남대학교에 복학하여 학업 중이던 초등·중학교 동창 승태는 반갑게 맞아주었다. 오랜만에 만난 친구와 충분히 회포를 푼 후 이튿날 대전야구장을 찾았다.

선두를 다투는 팀의 대결이라 금요일임에도 경기장은 입추의 여지도 없이 들어찼다. 대전은 광주와는 분위기가 반대였다. 전라도 사람보다는 충청도 사람이 압도적으로 많았으므로 1루 측을 채운 후 3루 쪽에도 빙그레 관중이 들어찼다. 파도타기 응원은 끊어지지 않고 3루 쪽 관중을 거쳐 외야를 돌아서 1루 쪽으로 돌아왔다. 이곳은 빙그레 이글스 홈구장인 것이다. 전 관중이 한마음 한뜻으로 빙그레를 응원하였다.

경기는 관중의 일편단심과는 다르게 진행되었다. 선두 해태의 투수력은 놀라웠다. 선동열이 아닌 김정수였으나 무실점으로 버티었다. 빙그레는 방위 복무 중이던 에이스 송진우를 내세웠으나 초반에 2실점 후 좀체 기회를 잡지 못했다. 5회가 되자 부슬부슬 비가 내리기 시작했다. 6회 이후 경기가 곤란할 정도로 비가 내리면 강우 콜드 게임이 된다. 그때까지의 점수로 경기를 끝내는 것이다. 이대로라면 강우 콜드 게임 패로 경기가 끝날 수도 있다.

5회 말에 선두타자 이정훈이 기대대로 안타를 치고 나갔으나 2번과 3번 타자가 기회를 이어가지 못하고 투아웃이 되었다. 투아웃 1루에서 장종훈이 들어서자 관중은 기립박수로 환호하였다. 프로야구 원년 이후 홈런왕으로 군림하던 김봉연, 이만수, 김성한, 김성래를 제압하고 최초로 유격수 홈런왕이 되었으며 현재도 압도적인 홈런왕 레이스를 펼치고 있는 장종훈에 대한 기대감이었다. 하긴 프로야구 관중이 홈런왕이 타석에 설 때 환호하지 않는다면 언제 하겠는가?

큰 경기에 강한 해태 김정수는 위축되지 않았다. 타자를 응원하는 관중의 함성과 투수에 대한 야유에도 아랑곳하지 않고 강속구를 뿌려댔다. 볼카운트는 투 스트라이크 원 볼로 불리해졌다. 공 하나면 이닝이 끝날 수도 있다. 관중은 경기에 몰입했고 긴장감은 터질 듯 부풀어 올랐다. 장종훈이 4구째를 힘차게 때렸으나 높이 뜨지 않았다. 내가 앉은 높은 관중석에서 볼 때는 투수 머리 위를 스치는 듯한 라이너성 타구로 보였다. 그런데 볼에 힘이 실렸다. 라이너성으로 쭉쭉 뻗어가더니 중견수 이순철의 키를 넘겼다. 동점 투런 홈런이었다. 포물선을 그리지 않고 빨랫줄같이 직선으로 가장 먼 가운데 담장을 넘긴 것이다.

쥐 죽은 듯하던 관중석은 그야말로 난리가 났다. 가장 극적인 순간에 극적인 홈런이 나온 것이다. 빗줄기가 굵어지던 판에 아웃 카운트 하나만 더 잡으면 경기가 그대로 패배로 끝날 수 있는 상황에서 홈런왕 장종훈의 동점 홈런이었다. 군중의 기대에 보답하는 게 진정한 영웅이다. 다른 사람이 아니라 연습생 신화를 창조했던 충청도의 자랑 장종훈의 홈런이었기에 관중은 더 열광하였다.

"선동열!"

"선동열!"

"선동열 나와!"

"선동열 나와라!"

대전야구장에 때아닌 선동열을 연호하는 함성이 메아리쳤다. 당시 해태 김응용 감독은 절대 지존 선동열을 가장 효과적으로 사용하기 위하여 며칠 간격으로 등판해야 하는 선발투수 대신 마무리로 활용하고 있었다. 방어율 0점대를 자랑하는 선동열의 등판은 그대로 경기가 끝난다는 걸 의미하였다. 제아무리 장종훈이라도 선동열의 공을 홈런으로 만들 가능성은 희박하다. 그런데도 관중은 기고만장하여 선동열을 외쳤다. 동점 상황이고 경기 중간이기에 선동열이 나올 가능성이 없다는 걸 알고 해태를 약 올리는 것이다.

관중의 눈은 뛰어나다. 홈경기를 거의 모두 관전하는 열혈 팬은 타순과 선발투수 로테이션은 물론이고 상황에 따라 대타나 중간투수 교체 시점을 정확히 안다. 상대 팀에 대해서도 마찬가지다. 우천으로 강우 콜드 게임이 되리라는 것, 동점 상황에서는 절대로 선동열을 투입하지 않는다는 것을 정확히 알고 상대 팀을 조롱하였다. 하긴 천하의 해태 타이거즈를 상대로 언제 놀릴 기회가 올 것이며, 어떻게 선동열 나오라고 감히 외칠 수 있겠는가? 정확한 타이밍이 아니라면 절대 할 수 없는 객기다.

경기는 그대로 끝났다. 5회 말이 끝나고 빗줄기는 더 굵어졌고 30여 분을 기다리다가 심판은 경기 종료를 선언하였다. 빙그레가 이길 걸 기대하고 찾은 홈 관중이었으나 불만은 없었다. 경기를 끝까지 볼 수 없는 데 대하여도 불평하지 않았다. 그저 질 뻔한 경기에서 기대했던 장종훈이 빨랫줄 같은 동점 2점 홈런을 날렸다는 것만 기뻐하였다. 이기던 경기를 비기거나 진다면 슬퍼할 것이나, 지던 경기 아니었던가? 인간의 행복은 기대치에 따라 결정된다. 장종훈의 홈런에 모든 관중이 행복하였다.

예상외로 경기가 일찍 끝나서 승태와 늦게까지 술을 즐겼다. 승태는 프로야구를 처음 보았다고 했다. 나처럼 승부를 향한 욕망이 치열하지 않은 친구였다. 그래도 경기장 분위기와 처음 본 야구 경기가 너무 재미있다고 했다. 금요일 무승부 경기 후에도 이틀 연속 빙그레와 해태 경기를 관전하였으나 기억에는 없다. 분명 어떤 과정과 결과가 있었을 것이나, 장종훈의 동점 홈런 같은 강렬한 이미지가 없다. 1991년 휴가 중 관전한 빙그레 이글스 경기에서 투수가 점프하면 잡을 것같이 낮게 직선으로 날아가던 장종훈의 홈런 장면이 아직도 뇌리에 생생하다.

은행 여직원

내가 소위 계급장을 달고 광주에 갔을 때 비행단에는 많은 금오 공고 동문이 근무하고 있었다. 금오공대를 졸업하고 대위 계급장을 단 선배도 한 분 있었지만, 대부분 부사관이었다. 당시는 군인이나 공무원이 인기가 없을 때였다. 금오공고 출신 부사관은 군에서 능력을 인정받아 장기 복무를 권유받았지만 대부분 제대할 때였다. 하긴 사회에서 두 배, 세 배 봉급으로 유혹하는데 사람대접 제대로 받지 못하던 부사관을 누가 선호할 것인가? 1980년대까지 블루칼라는 인기가 없었다. 공자가 말한 입신양명은 화이트칼라를 지칭하던 때였다. 계급장이 절대 권력이던 시절 장교에게 숨죽여 지내야 하는 부사관을 원하는 동문은 드물었다.

그래서 1989년 광주에 갔을 때 부사관 5년 차인 동기생 한 명을 제외하면 모두 금오공고 후배였다. 예외로 금오공고 3회와 7회 선배 둘이 상사와 중사 계급장을 달고 근무하고 있었다. 자세한 건 알 수 없었으나 아마 전역할 수 없는 특별한 개인 사정이 있었으리라. 부사관 선배가 딱 둘이었는데 공교롭게도 특기와 성이 나와 같은 '무장'과 '조'가였다. 금오공고 출신은 보통 사람과 다른 성장 과정을 겪었다. 묻지 않아도 서로의 심정과 사정을 짐작했다. 공감과 교감이 빠를 수밖에 없다. 여러 우연이 겹친 세 사람이 가까워지는 건 시간문제였다. 바둑과 고스톱 등 오락 취향까지 닮은 셋은 곧 단짝이 되었다. 이런 우리를 광주 동문회에서는 '3조'라고 불렀다. 당시 유행하던 정치인 3김에 빗댄 비유였다.

광주를 근무지로 희망한 것은 망국적인 지역감정의 실체를 파악하여 해결할 방법을 모색한다는 거창한 것이었으나 바쁜 생활에 적응하다 보니 잊은 지 오래였다. 다만 대학 때까지 찢어지게 가난하게 살던 신세를 갓 면한 데다, 부대에서는 신분이 장교다 보니 인격적인 대우를 받았고, 광주에서 터를 잡은 수많은 동문의 환대와 지원이 있었으며, 성향이 비슷한 두 선배와 어울리다 보니 마냥 행복할 수밖에 없었다.

사람은 사회적 동물이다. 아무리 규모가 큰 공동체에서 근무하더라도 마음이 통하는 사람이 없다면 외롭다. 불행의 근원이 무엇인가? 지위나 돈이 아니다. 소통하지 못하는 외로움이다. 무장대대 위관장교와 금오공고 동문과 선배 부사관 둘이 있어서 외롭지 않았고 행복했다.

주중에는 각자 생활로 바빴으나 주말에는 외기러기 신세인 나는 한가했다. 가끔 멀리 있는 친구가 찾아오거나 대대 장교와 행사가 있었으나 대부분 홀로 기숙사에 머물렀다. 나는 계획 없이 나다니는 걸 좋아하지 않았다. 중·소위 총각이 거주하던 장교 숙소는 주말이면 텅텅 비다시피 하였으나 나는 숙소에 머물러 책을 읽다가 식사 때나 자전거를 타고 부대 밖으로 나가곤 하였다. 주말에는 부대 내 장교 식당이나 부사관 식당을 운영하지 않았다.

자연스럽게 관사 거주 중이던 두 선배 집을 찾는 일이 잦았다. 바둑이나 고스톱을 치다가 밥을 얻어먹는 일도 많았다. 오락이라는 게 실력 차가 크면 재미없는 법이다. 일방적으로 지거나 이기는 게임에 누가 흥미를 느끼겠는가? 바둑이나 고스톱 모두 3회 선배가 가장 셌으나 7회 선배나 나도 맞붙어 버틸 만하였다. 적게라도 내기를 해야 하니 실력 차가 컸다면 비용이 부담되어 어울리지 못했으리라.

자주 집을 찾다 보니 형수와도 곧 친해졌다. 7회 선배 형수는 당시 보험업계에 종사하였는데 나를 어여삐 여겨 마음에 드는 처녀를 여럿 소개해주었다. 물론 내 마음에 드는 여자가 아니라 본인 마음에 드는 여자였지만 말이다. 사람이 사람을 소개하는 건 쉬운 일이 아니다. 두 사람 모두 아는 처지에 잘 어울린다면 모르되 나중에 좋지 않은 일이라도 생긴다면 두고두고 원망받을 일이다. 이익은 거의 없되 위험부담은 크다. 가까운 사람을 소개했다가 둘 모두와 소원해지는 일이 비일비재하다.

나는 다른 남자와 마찬가지로 예쁜 여자를 원했다. 대학 때도 마찬가지였지만 배우자감이 아닌 여자와는 교제를 거부하였다. 사람 사귀는 일은 번거로운 일이다. 남자 처지에서 여자는 특히 그렇다. 남자는 술 한잔으로 서로 만족하지만, 여자라는 동물은 좀 다르다. 온갖 비위를 맞춰줘야 하고 잘 나가다가도 한번 삐지면 처치 곤란이다. 형제가 5남 1녀라서 여자에 대한 정보나 심리 상태에도 무지하다. 여자를 사귀는 건 시간과 비용이 많이 드는 작업이다. 여자와 즐기는 데 흥미가 없던 나는 딱 한 가지 목적으로 여자를 바라보았다. 평생 함께할 반려자를 찾는 것이었다. 그러니 처음 본 순간 아니다 싶으면 그걸로 끝이었다.

사실 여자에 대한 내 잘못된 편견은 역사나 영화에서 얻은 환상이었다. 역사든 영화든 주인공 위주로 사건이 전개된다. 주인공 곁에는 언제나 절세미녀가 득실거린다. 나는 내 인생에서 주인공이다. 당연히 주인공에 걸맞는 아름다운 여자를 아내로 맞아야 할 터다. 역사나 영화에서 아내를 잘못 만나 고생하는 사람도 부지기수다. 그러니 신중하게 판단하고 선택해야 한다. 그런데 정작 여자를 보는 조건은 단 한 가지였다. 예쁘고 늘씬한 여자였다. 거기에 똑똑하다면 자식을 위해 좋겠으나 그건 부수적이었다. 마음은 아무리 보아도 알 수 없으므로 얼굴 예쁘고 몸매 날씬한 여자가 최고였다.

모든 남자가 예쁜 여자를 찾지만, 그 기준이 모두 같은 건 아니다. 그러니 선배나 형수가 보기에는 예쁘고 착하더라도 내 마음에는 들지 않는 것이다. 이 여자도 싫다, 저 여자도 싫다고 하니 소개하던 형수가 골을 내었다.

"아니, 무슨 대단한 걸 가졌다고 다 싫다고 뻗대누? 도대체 얼마나 예쁘고 똑똑한 여자를 원하는 거야?"

듣고 있던 선배가 한마디 하였다.

"이 사람아, 본인이 싫으면 그만이지 웬 말이 많아. 왜 남의 집 소중한 자식을 가지고 이러쿵저러쿵 말이 많아, 말이 많기를."

나는 할 말이 없었다. 나도 왜 처음 보는 여자가 마음에 들지 않는지 알 수 없었다. 나도 모르는 내 마음에 대하여 무슨 말을 하겠는가? 남의 소중한 자식이라는 선배 말에도 동의하지 않았다. 나는 사람을 존중하지 않았다. 스스로 소중하다고 느낀 적이 없었다. 사람도 동물이나 식물이나 무생물과 마찬가지로 우연히 만들어졌다가 사라지는 우주의 한 현상이지 특별하다고 생각하지 않았다. 몸은 어른이었으나 마음은 어린애였다.

"그렇게 이 사람 저 사람 다 마음에 들지 않는다니 아예 마음에 드는 사람을 찍어보소. 은행에 아가씨가 많으니 제일 마음에 드는 사람 이름을 알려주면 내가 연결해줄 테니까."

형수가 한 말에 막힌 귀가 뻥 뚫렸다. 불감청이언정 고소원이었다. 뻔뻔스럽게 요구할 수 없어서 그렇지, 그렇게만 된다면 그보다 더 좋은 방법이 있을 것인가? 형수가 보험업계에 있다 보니 은행과 거래할 일이 많아서 대부분 은행 직원을 잘 안다는 것이었다. 거듭 감사하고 광주에서 가장 크고 아가씨가 많은 은행 지점까지 귀띔받아서 실행에 옮길 날을 잡았다.

사실 여자 여럿 중에 하나를 고른다는 건 쑥스러운 일이다. 그럴 수 있는 지위를 가진 사람이 드물고, 그런 기회가 주어지는 일은 더욱 없다. 왕이 아닌 다음에야 공공연히 여자를 평가하여 선택할 수 있는가? 하지만 마음속으로 하는 일이었다. 대학 때 여대 앞에서 예쁜 여자를 고를 때는 고르고 나서 모든 걸 혼자 처리해야 했기에 완전히 얼굴에 철판을 깔아야 했으나 지금은 상황이 다르다. 제일 마음에 드는 사람 이름만 확인하면 되는 것이다.

어느 날 광주에서 제일 크다는 국민은행에 갔다. 평일에는 근무해야 하고 주말에는 은행이 영업하지 않으므로 당직 근무를 선 다음 날일 것이다. 특별한 일 없이 은행에 들어가 기웃기웃하는 게 남 보기에 어색하고 스스로 부끄러운 일이었으나 그런 걸 따질 계제가 아니었다. 일생일대에 가장 중요한 아내를 정하는 일 아니던가? 마음에 드는 여자를 아내로 맞는다면 평생 즐겁고 행복하지 않겠는가?

은행에는 대여섯 명의 남자와 스무 명이 넘는 여자가 있었다. 요즘에는 은행 직원이 몇 되지 않지만, 전산화가 안 되었던 당시에는 많은 직원이 필요했다. 스무 명의 여직원은 대부분 처녀로 보였다. 유니폼을 입은 여직원이 단정해 보였다. 하릴없이 오가면서 여직원들을 꼼꼼하게 살폈다. 얼굴만 살핀 게 아니다. 이목구비와 얼굴형이 오밀조밀 단정한 여직원이 일어서서 움직일 때 몸매와 종아리까지 확인했다. 이런 기회는 두 번 다시 오지 않을지도 모른다. 만사 불여튼튼이라고 하지 않던가? 꺼진 불도 다시 보고 돌다리도 두드려보는 게 좋다.

한 시간 넘게 관찰하여 마침내 한 여자로 정하였다. 남이 알면 부끄럽고 창피한 일이었으나 어쩌겠는가? 한 여자를 아내로 정하여 독수공방하는 외로움 없이 알콩달콩 살고 싶은 마음이 굴뚝같은 것을. 과정이 번거롭고 창피하였으나 얼마 후에는 그 모든 걸 보상하고도 남으리라. 주말에는 선배 집에서 바둑이나 고스톱으로 황금 같은 청춘을 소비하지 않고 아름다운 장래 배우자와 데이트를 즐기리라. 큰 행복을 위해서 약간의 노고는 기꺼이 아끼지 말아야 하리라.

은행 여직원 이름을 확인한 그날 곧바로 형수에게 달려가 알려주었다. 형수는 수단 방법 가리지 않고 알아서 소개할 테니 염려는 붙들어 매라고 자신만만하게 말하였다. 얼마 후 결과가 궁금해서 선배 집에 갔더니 청천벽력 같은 말을 하는 것이었다.

"고르고 고른 게 하필이면 유부녀야? 아이고, 보는 눈은 있어서…. 제일 예쁜 여자를 고르기는 골랐더라마는…."

아, 이럴 수가…. 절대 아줌마 같지 않았는데 유부녀라니, 이럴 수가 있는가? 유부녀면 유부녀답게 티를 내야 하지 않는가? 만사 도루묵이요, 도로 아미타불이었다. 근무 휴무일에 어렵게 광주 시내까지 나가서 한 오랜 수고가 허공에 날아간 것이다. 이럴 줄 알았으면 한 명만 찍을 게 아니라 두 명, 세 명까지 정할 것을…. 이미 버스 지나간 뒤였다. 가장 마음에 드는 사람을 정하라는 말만 했지 그 사람이 유부녀일 가능성이 있다는 걸 아무도 예상하지 못했다.

그렇다고 다시 은행에 갈 용기는 없었다. 벼룩도 낯짝이 있지, 또 다른 은행에 가서 여러 여직원을 자세히 관찰할 용기도 없었고 형수에게 부탁할 염치도 없었다. 그저 팔자소관이려니 했다. 배우자에 관한 한 운명의 여신이 내린 시련은 아직 끝나지 않았다. 고독이 얼마나 서럽고 고통스러운가를 더 깨닫고 사람 보는 눈을 바꾸라는 것인지도 모른다. 다른 건 몰라도 이성에 관한 한 운명의 여신이 나를 도운 적이 없다. 내 청춘은 운명의 여신 뜻대로 외로워야 했다. 청춘은 아름답지 않다. 짝이 없는 청춘은 고독하다.

제설작전

첫눈은 마음을 설레게 한다. 누구나 첫눈에 대한 추억이 있다. 어려서는 눈이라면 마냥 좋아하고, 이성에 관심이 쏠리기 시작하는 청소년기에 첫눈 오는 날 만나자고 약속하는 사람이 흔하다. 눈이야 언젠가 오겠지만 그 시기를 특정할 수 없기에 기다리는 재미가 있고, 서로 약속을 지켜 만나면 약간의 감동이 생기는 낭만이 있다. 첫눈은 대체로 좋다.

눈이 낭만에서 거추장스러운 장애물로 바뀌는 시기가 남자는 군 복무할 때다. 일반 사회에서는 눈이 오면 데이트하거나 술 마시는 날이 되게 마련이지만 군에서는 특별 작전이 시작된다. 제설작전이다. 육·해·공군 어느 군을 막론하고 내리는 눈에 구경만 하지는 않는다. 상황에 따라서 즉각 비상이 걸리고 제설작전에 돌입한다. 내리는 눈을 푸근한 마음으로 지켜보면 좋으련만 군은 눈이 쌓이는 걸 용서하지 않는다.

군이 무엇인가? 평소에 완벽한 전쟁 준비를 하는 집단이다. 눈은 전투에 완벽한 장애물이다. 눈 쌓인 도로에서는 정상적으로 작전을 펼칠 수 없다. 장비에 눈이 쌓여서도 안 된다. 가장 문제가 되는 건 공군이다. 활주로에 눈이 쌓이면 이·착륙이 불가능하다. 이·착륙이 불가능한 활주로에서 공군이 작전할 수 있는가? 활주로가 작전 가능 상태가 아니라면 공군은 무용지물이다. 공군의 존재 이유를 증명하려면 활주로를 개방해야 한다.

낮에 오는 눈이야 차분하게 대응하면서 각자 담당구역 제설작업을 하면 그만이지만 밤에 눈이 내리면 상황이 복잡해진다. 제설 장비와 병력은 밤새워 활주로 제설작업에 들어가고, 새벽에는 부대전 장병 비상소집이 걸리게 마련이다. 경험 많은 간부야 당연한 일로 알고 전날부터 비상소집을 준비하지만, 새벽 단잠에 빠져 있던 병사는 때 이른 기상(起床) 나팔 소리가 불만이다. 군에서 첫눈을 맞이한 병사는 비로소 눈이 아름다운 낭만을 부르는 징후가 아니라는 사실을 알게 된다.

광주 비행단은 남부지방에 있지만 비슷한 위도에 있는 사천이나 김해와 달리 눈이 많이 온다. 서해안에서 발생한 습기가 소백산맥을 넘어가지 못하고 눈이나 비로 바뀌기 때문이다. 겨울철 눈 산행은 경상도보다는 전라도가 제격이다. 장비를 갖추고 설경을 구경하려고 하는 등산객이야 쌓이는 눈이 반갑겠지만 새벽부터 잠을 설치면서 제설작전에 나서야 하는 군 장병은 눈이라면 질색이다. 군 복무 중 가장 큰 어려움이나 추억은 어쩌면 여름철 제초작업과 겨울철 제설작업인지도 모른다.

그날도 새벽에 비상소집이 걸렸다. 전날부터 진눈깨비가 내렸고 기상대의 눈 예보가 있었으나 예상보다 많은 눈이 내렸다. 새벽 다섯 시에 비상소집이 발령되고 각자 부대 주변 제설작업을 하다가 전 장병이 일곱 시에 식사도 하지 않은 상태에서 활주로 제설작업에 투입되었다. 보통 활주로는 제설 장비로 제설작업이 이루어지지만, 전날 내린 진눈깨비가 문제였다.

바닥에 물기가 있는 상태에서 눈이 내려 쌓이고, 그 위를 제설 장비가 왕복하며 작업하니 활주로 양 끝단에는 물기와 다져진 눈이 엉겨 붙어 빙판이 되었다. 빙판은 장비로 제거할 방법이 없다. 전 장병이 활주로 끝단에 투입된 이유는 빙판 제거였다. 제설작업 도구로는 넉가래가 있었지만, 제빙작업은 평소에 하지 않던 일이었다. 궁여지책으로 개인에게 지급된 휴대용 야전삽으로 작업하라는 지침이 내려졌다.

눈이 내리는 새벽은 춥다. 추워서 비가 눈으로 바뀌기에 당연한 일이다. 출근을 위하여 집에서 나와도 추운 판에 활주로 끝에서 작업하는 사람의 추위는 어떻겠는가? 활주로 주변은 항공기 이·착륙을 위한 넓은 개활지다. 바람을 막을 만한 어떠한 지형지물이나 시설물이 없다. 활주로 끝은 찬 바람 몰아치는, 그야말로 시베리아가 따로 없다. 늘 주기장에서 근무하는 정비사나 무장사는 그나마 경험하지만, 사무실에서 근무하던 일반 장병의 고통이 어떻겠는가?

소백산은 겨울철 아름다운 설경을 자랑한다. 푸른 하늘 아래 온 세상이 하얗게 변한 소백산 능선을 걷는 풍경은 환상이다. 산악인이라면 매혹적인 소백산 설경에 빠져 언젠가 등산을 꿈꾸리라. 사진으로 보는 설경은 아름답다. 신비롭기까지 하다. 문제는 바람이다. 바람은 사진에 잡히지 않는다. 소백산은 겨울철 칼바람으로 유명하다. 겨울날 어느 산이라도 춥지 않을 리 없지만, 소백산과 비교할 수 없다. 소백산은 능선 부근에 나무가 없다. 마치 어려서 봤던 미국 드라마 '초원의 집'처럼 주변이 온통 허허벌판이다. 바람막이가 없는 소백산에서 겨울 강풍을 만났던 사람만이 알리라, 소백산 칼바람의 무서움을.

소백산 칼바람이 견디기 힘들 정도로 매서운 건 사실이지만, 아마 활주로 끝에서 제설작업하는 장병만큼 고통스럽지는 않을 것이다. 설경을 구경하려는 등산객은 이미 마음으로 각오한 상태다. 추위에 대비하여 두꺼운 방한복으로 무장한다. 주기장에 근무하던 군수전대 장병은 추위를 짐작하기에 준비하였으나, 단순하게 직장 주변 제설작업을 생각한 여타 장병은 달랐다. 별다른 준비 없이 군복만으로 시베리아 폭풍을 만난 장병을 상상해보라. 아무리 해야 하는 작전이라도 그 고초는 말할 수 없었다.

바닥에 엉겨 붙은 빙판을 야전삽으로 내려친다고 쉽게 제거되는 게 아니다. 식사도 하지 못한 상태에서 강추위에 고생하는 장병의 불만이 없을 리 없다. 사람은 고통스러우면 누군가에게 책임을 떠넘기고 싶어 한다. 금방 녹을 빙판 제거작업은 쓸데없는 일이라는 둥, 뭐라도 먹고 나오게 해야 했었다는 둥, 추위를 대비하도록 지침이 있어야 했었다는 등 불평투성이었다.

다행히 고통스러운 작업은 오래가지 않았다. 아무리 깨려고 해도 깨지지 않던 빙판이 태양이 떠오르자 그야말로 눈 녹듯 사라졌다. 장병의 불만은 괜한 게 아니었다. 중대원의 불평불만을 무마하던 나도 속으로 '아니, 어차피 두 시간 후 녹을 빙판이라면 이 많은 사람을 투입해서 난리 칠 일이 아니지 않은가? 이번 작전은 무언가 문제가 있다'라고 생각할 정도였다. 그러니 작업이 끝나고도 불만이 사라지지 않았다. 당시 광주 장병은 돌이키기 싫은 악몽이었으리라.

활주로 제빙작업 병력 투입 결정은 비효율적이었으나, 나중에 지휘관 생활을 해보니 당시 지휘관의 심정을 이해할 만하였다. 눈은 광주에만 내리는 게 아니다. 전국 대부분이 비슷한 상황에서 공군본부나 작전사령부에서는 시시각각 비행단 작전상황을 확인한다. 전체 현황을 집계하는데 세부 상황까지 묘사할 수는 없다. 비상소집 여부, 제설작업 투입 병력, 제설작업 진행 상태, 활주로 개방 여부만 숫자로 파악할 뿐이다. 그러니 설령 두 시간 후에 저절로 빙판이 사라질 걸 예측하더라도 두 손 놓고 기다릴 수 있겠는가? 언제 녹을지 정확한 예측도 불가능하다. 만약에 몇 시간 후 저절로 녹아 없어지리라고 생각하고 어떠한 조치도 하지 않았다가 오전 내내 작전 불능 상태에 빠지기라도 한다면 그 결과가 무엇이겠는가?

흔히 군의 비효율을 공박한다. 분명 세부에서 비효율이 존재한다. 규모에 따르는 문제일 때가 많다. 예컨대 소대나 중대 혹은 대대 차원에서 보면 거의 불가능하거나 자살 명령같이 보이는 부당한 지시도 전술 전략의 일환일 수 있다. 더 큰 피해를 막기 위한 작은 희생도 작전이다. 물론 희생자는 억울할 수 있으나 그것이 삶 아니던가? 누군가 막대한 이익을 얻기 위해서는 누군가의 손실이 불가피하다. 그러니 행운을 기원하지 마시라. 그대에게 노력보다 더 큰 이익을 얻는 행운이 찾아왔다면 누군가는 노력의 성과를 충분히 보상받지 못했음이니.

겨울철 제설작업은 늘 있는 일이지만 뜻하지 않은 활주로 제빙작업은 참여한 장병의 엄청난 고초를 불렀다. 동트기 전 새벽의 맹추위를 알게 되었으리라. 활주로에서 늘 일해야 하는 사람을 연민하였으리라. 바람막이 없는 광막한 땅의 칼바람을 이해하였으리라. 그날의 말할 수 없는 고통은 평생 잊지 못할 추억이 되었으리라.

12장

1992

황영조의 가슴엔

일장기 히노마루가 아닌 우리의 태극기가 붙어 있다.

오늘은 베를린의 기미가요가 아닌

자랑스러운 애국가가 울려 퍼지고 있다.

오늘 드디어 56년 동안 맺혔던 한이 풀렸다.

영조가 내 국적을 찾아주었다.

이제 죽어도 여한이 없다.

- 본문「바르셀로나 몬주익」에서

탄약정비중대장

첫 중대장 보직을 맡은 지 일 년이 지났다. 장교 보직은 통상 일 년이다. 효율적인 업무를 중시한다면 이삼 년이 적당하겠지만 계급별로 경험해야 할 보직이 너무 많다. 위관장교 보직은 임무에 중점을 둔다기보다는 주요 지휘관 참모가 되었을 때 최대한 능력을 발휘할 수 있도록 하는 교육 훈련에 가깝다. 장교는 일 년이 채 가기 전에 다음 보직을 염두에 두고 자신의 미래를 저울질한다. 물론 원하는 보직에 모두 갈 수 있는 것은 아니다. 부대 사정과 개인 능력을 고려하여 대대장이 결정한다.

당시 위관장교는 대부분 대학 졸업 후 장교 시험을 통해 임관한 사관후보생 출신이었다. 사관후보생 출신 역시 ROTC와 마찬가지로 의무 복무 3년을 마치면 대부분 전역하였다. 취직하기 어려운 요즘은 군인이나 공무원이 인기 직업이지만, 전 세계에서 가장 빠른 속도로 발전하고 성장하던 1990년대에는 인기가 없었다. 중소

기업에 취직해도 공무원보다는 봉급이 많았고 대기업은 두세 배에 이르는 데도 있었다. 젊은이는 자유분방을 좇는다. 군은 위계질서가 가장 엄한 집단이다. 봉급마저 적은데 상명하복이란 억압을 감당하려 하겠는가?

열심히 가르치고 공들여 키워놓아도 활용할 수 없다면 무용지물이다. 그런 이유로 보직 결정에서 사관학교 출신을 우대하였다. 군에 대한 애착이나 사명감이 비 사관학교 출신과 비교할 바가 아니다. 학력이나 재능에는 큰 차이가 없을지라도 사관학교 출신 장교를 우선한다. 사관학교 우대가 쌓여 나중에 큰 차별을 낳았으나 근본 원인은 정당했다.

금오공고 출신 장교는 의무 복무가 10년이다. 기본 3년에 금오공고 3년, 금오공대 4년간 국가에서 장학금 혜택을 받은 7년을 더해 10년을 복무해야 한다. 의무 복무 기간만 따진다면 사관학교 출신보다도 길었다. 당시 대대 중대장 자원으로 장기 복무가 결정된 사람은 나와 1년 선배인 사관 출신 김태준 대위가 전부였다. 김태준 대위 보직이 결정되면 자연스럽게 내 보직이 결정되리라.

무장대대 중대는 보통 대여섯 개였으나 그중 무장전자중대와 탄약중대 임무를 중요시하였다. 일단 병력이 무장지원중대의 두 배 이상이었고 예하에 많은 전문작업반이 있었다. 특히 무장전자중대는 항공통신, 화력제어, 항공사진, 전자전 등 항공작전 직접지원 부서로 구성되었다. 김태준 대위는 탄약중대장 보직을 희망하였으나 대대장은 병력 규모가 더 큰 탄약중대보다 평시 임무가 중요하다고 판단하고 무장전자중대장을 명하였다.

항공무장이라고 하면 보통 총기 탄약을 떠올리지만, 사실 무장의 영역은 넓다. 무장이 무엇인가? 전투준비를 갖추는 것이다. 항공무장은 전투기가 전투할 준비를 완료한 상태다. 주요 무기체계인 기관포와 폭탄, 미사일을 장착하는 것만을 의미하지 않는다. 조종사의 눈이 될 레이다와 귀와 입의 역할을 하는 항공통신, 촉각 역할의 전자전과 사후 임무 분석에 필요한 항공사진 분야까지 준비해야 한다. 그중 어느 하나라도 제대로 작동하지 않으면 임무는 사실상 불가능하다. 무장전자중대를 중요시한 대대장 결정은 심사숙고한 결과였다.

내 보직은 자연스럽게 탄약중대장으로 결정되었다. 이후 제대할 때까지 내 업무 분야는 주로 탄약이었다. 공군과 무장 특기가 내가 원해서 이루어진 결과라기보다는 주어진 상황과 우연에 따라 정해졌듯이 공군에서 해야 할 업무 분야는 그렇게 대대의 상황과 대대장의 판단에 따라 결정되었다.

사람은 자신의 미래를 위하여 철저히 준비하고 노력하지만, 그 과정은 우연으로 결정될 때가 많다. 능력이 뛰어난 사람이 더 큰 성취를 이루는 게 아니다. 국내에서 최고, 최강의 지위를 유지하는 사람도 해외에 더 뛰어난 사람이 즐비하다면 세계적으로 이룰 명예는 없다. 주어진 조건이나 상황이 좌우하고 시기나 운이 결정한다. 그래서 인생사 새옹지마(人生事 塞翁之馬)란 말이 있지 않은가?

탄약중대는 큰 중대다. 비행단에서 병력 규모가 가장 큰 중대다.

임무작업반도 여럿이고 폭탄을 관리하는 부서 특성상 넓은 지역을 차지하고 서로 멀리 떨어져 있다. 평시에는 대량의 탄약을 사용할 일이 없기에 다른 중대에 비하여 한가한 편이지만 전시에는 가장 바쁜 부대가 된다. 전쟁 준비하는 집단이 군이라면 탄약중대야말로 진짜로 전쟁 준비하는 부대인 셈이다.

민간인은 접할 수 없는 게 탄약이요, 폭탄이다. 전쟁 영화를 통해서나 보던 폭탄은 그 어감만으로도 무시무시하다. 탄약중대장으로 부임하는 나는 사실 폭탄이 두려웠다. 그럴 리는 없겠으나, 만약 터진다면 어떻게 되겠는가? 책임이 문제가 아니다. 탄약중대 내에 있는 모든 사람이 위험하리라. 사실 폭탄은 위험하다. 폭발한다면 엄청난 인명 피해가 발생한다. 그렇기에 안전장치가 여럿이다. 신관이 터져야 본체가 폭발하는데 신관과 본체는 분리 보관한다. 신관 자체도 어떤 조건에 따라 장전되어야 터질 수 있는 상태가 된다. 폭탄은 가장 위험한 물건이지만 웬만한 열이나 충격에는 끄떡없는 가장 안전한 품목이다.

항공무장의 영역이 굉장히 넓으나 전문가나 아는 사실이고 보통사람은 미사일이나 폭탄을 연상한다. 하긴 5,000년 인류 역사의 대부분 무장은 칼과 방패였다. 총이 나온 건 불과 몇백 년에 불과하다. 항공무장에 통신, 전자전, 레이다, 사진을 연상하는 사람은 드물다. 그래서 무장장교를 얕잡아 부를 때 폭탄 장교라고 한다. 건드리면 터지는 위험한 사람이라는 비유다. 호칭이 때로는 정체성을 결정한다. 다른 사람이 그렇게 부르면 그런 사람이 되어가는 것이다. 순진무구하던 사람도 무장장교로 임관하면 폭탄 장교로 바뀐다. 탄약중대장 조자룡도 환경의 영향을 받아 과연 움직이는 폭탄으로 변할 것인가?

목동 아파트

벌써 스물일곱이다. 마음 같아서는 스물 정도에 마음에 드는 아가씨와 결혼해서 알콩달콩 살고 싶었다. 생물학적으로 가장 건강한 나이가 이십 대 전후다. 실제로 근대 이전에는 대부분 스무 살 전에 결혼해서 2세를 양육했다. 산업혁명 이후 세상은 복잡해졌다. 복잡해진 만큼 배울 게 많아졌다. 스무 살 전에 결혼은 꿈도 못 꾼다. 평균 수명이 급증하여 백 살을 바라보는 만큼 먹고살 만한 집에서는 마흔까지 학업을 이어가는 사람도 드물지 않다. 힘이 넘치는 좋은 시절은 배우느라 허송세월하고 몸도 마음도 늙어서 맥 빠진 결혼이 추세다. 신랑 신부라는 사람 사진을 뜯어보면 환갑잔치하는 사람이 화장한 느낌이다.

지금이야 그렇지만 30년 전에는 서른 살 전에 결혼하는 사람이 꽤 되었다. 특히 직업군인은 일찍 직업을 잡은 탓도 있어서 서른 전 결혼이 대세였다. 민간인이야 보금자리 장만이 큰일이라서 일찍 결혼이 어렵지만, 군은 관사를 제공한다. 보금자리 걱정도 생계 걱정도 없었으나 문제는 여자였다. 결혼하고 싶을 정도로 마음에 드는 여자가 도대체 눈에 띄지 않았다.

이유는 대체로 두 가지였다. 하나는 젊은 시절 내 말과 태도가 다분히 시비조여서 주변 사람이 가깝게 지내는 여자를 소개하기 싫어했으리라는 짐작이고, 그럭저럭 나를 인정하는 사람은 결혼 상대를 보는 눈이 달랐다. 착하다, 똑똑하다, 다소곳하다, 야무지다, 예쁘다 하면서 소개하였으나 내 마음에 드는 사람은 없었다. 이유는 딱 한 가지였다. 소개하는 사람의 말과 대체로 일치하였으나 딱 하나, 예쁘고 날씬하다는 관점에서 차이가 났다. 같이 미팅 나가면 원하는 파트너가 일치하는데 웬일인지 소개할 때는 그렇지 않았다. 하긴 예쁘고 날씬하면 본인이 직접 노리지, 다른 사람에게 소개하지는 않으리라.

소위 때부터 삶의 1순위는 배우자 점지였으나 좀체 뜻이 이루어지지 않았다. 3년 만기 동기생은 벌써 전역했다. 후배 장교 외에는 직업군인이 대부분이었다. 대위는 결혼한 사람이 압도적으로 많다. 내일모레가 대위 진급인데 아직 교제하는 아가씨조차 없었다. 지나고 보니 차분히 기다리면 때가 올 텐데, 나는 운명이라는 걸 믿지도 않았을뿐더러 차분하게 기다릴 정도로 마음의 여유도 없었다. 모든 걸 이기려고 투쟁적으로 살았던 젊은 날이었던 만큼 결혼도 일종의 승부였다. 최대한 빨리 가장 예쁘면서 날씬한 아가씨를 반려자로 맞아야 한다. 젊은 남자의 가장 큰 영광은 뭇 남성의 마음을 설레게 하는 아내와 팔짱을 끼고 나들이하는 것이다.

동생 정길이가 경기대학교를 수석 졸업하였다. 당시에는 4년제 대학 수석 졸업자 120여 명과 부모 중 한 명을 청와대에 초청하여 대통령과 오찬을 함께하고 선물을 주는 전통이 있었다. 아버지는 동생 덕분에 대통령 초청으로 청와대 오찬을 다녀왔고, 선물로 받은 '대통령 노태우' 서명이 선명한 손목시계를 차고 다녔다. 아버지는 똑똑한 자식 둔 덕분에 대통령과 식사하고 그 선물을 자랑하였다. 아버지 생전에 가장 기쁘고 영광스러운 시기였으리라.

구정 때 서울시 양천구 신월동에 거주하던 부모 집에서 지냈다. 10여 평 손바닥만 한 반지하 주택이었으나 대여섯 식구가 북적거리며 살고 있을 때였다. 집안은 찢어지게 가난하였으나 그런 건 아랑곳하지 않고 여자 보는 눈은 황제급이었다. 동생의 졸업앨범을 보면서 기가 막힌 생각이 떠올랐다. 예쁜 여자를 찾거나 만나기가 낙타가 바늘귀 통과하듯 힘든 판에 앨범에서 찾는다면 그 아니 수월한가? 앨범에서 찾는 건 대학교 정문 앞에 서서 관찰하는 것과 달리 창피하거나 쪽팔릴 일도 없다. 그야말로 땅 짚고 헤엄치기요, 누워서 떡 먹기였다.

나는 졸업앨범이 무슨 의미가 있겠는가 하고 평상복을 입은 채 촬영하였고, 앨범에 올릴 스냅사진도 제출하지 않았다. 비로소 왜 졸업앨범 사진 촬영에 정장을 입고 맵시를 내는지 이해하였다. 앨범 사진을 보고 배우자감을 고른다는 건 상상조차 하지 못했다. 이럴 줄 알았으면 번거롭고 귀찮더라도 양복에 넥타이를 맬 것을… 멋지게 나온 스냅사진을 제출할 것을…. 후회해도 이미 늦었다. 버스 떠난 뒤 손 흔들기요, 죽은 자식 불알 만지기다.

앨범 속 여학생들은 성장하고 최대한 우아한 자태로 아름다움을 뽐내고 있었다. 얼굴과 몸매가 가장 아름다운 여성 몇을 고른 다음 주소지를 확인하였다. 다행히 그중 한 명이 신월동에서 가까운 목동 아파트에 살고 있었다. 쇠뿔도 단번에 빼랬다고, 당장 달려갔다. 내가 여자 외모에 그렇게 관심이 많았다면 여자도 남자의 겉모습을 살필 걸 예상해야 했다. 나는 내 마음에 드는 여자를 찾는 데만 관심을 쏟았지, 여자가 내 모습에 실망하는 걸 상상하지 않았다. 무지와 오만의 극치였다.

마땅한 사복도 없어서 군복 입은 채로 휴가를 갔던 터였다. 서울 집에 다른 옷이 있던 게 아니어서 구식 민무늬 군복에 중위 계급장을 단 군청색 공군 모자를 착용하고 단숨에 목동 아파트로 달려갔다. 조성한 지 얼마 되지 않은 목동 아파트 단지는 넓고 깔끔했다. 천만 원에도 미치지 않는 반지하 우리 집과 비교하면 집값이 수십 배는 될 터였다. 기가 죽을 만도 하였으나 전혀 위축되지 않고 기세등등하게 초인종을 눌렀다. 문을 연 사람은 척 보니 내가 선택한 여학생이었다.

"앨범 보고 맘에 들어 찾아왔습니다. 사귈 수 있을까요?"

다짜고짜 하는 질문에 한 번 힐끗 훑어보더니 대답도 하지 않고 문을 꽝 닫아버렸다. 상대하지 않는 사람을 설득할 방법은 없다. 나는 그때까지 역지사지란 걸 몰랐다. 내 생각은 모두 옳았고 다른 사람은 내 의견에 무조건 동의할 것으로 믿었다. 그러니 그렇게 용감할 수 있었던 거다. 때 빼고 광내고 찾아갔더라도 좋은 결과를 얻기는 쉽지 않았겠지만, 주도면밀하게 준비했더라면 그런 무참한 결과를 얻지 않았을지도 모른다. 그건 용기나 오만이라기보다는 무지였다. 어리석음의 극치였다.

비로소 나를 돌아봤다. 다른 사람 눈에 그다지 매력적이지 않았다. 신체 외에는 모두 보통 수준에도 미치지 않았다. 장교 보수나 근무 형태도 당시 여자에게 인기가 없었고, 학력이나 가정 형편 등 내세울 건 전혀 없었다. 나는 꾸미는 걸 싫어하고 솔직하게 드러낸다. 내 야망과 기대치를 인정할 것으로 생각했으나, 다른 사람은 내 마음을 읽지도 않았을 뿐만 아니라 절대로 인정하지 않았다. 지금까지 꿈속에서 산 것이다.

내 젊은 날 외로움은 타당한 것이었다. 몽롱한 눈빛으로 꿈속에서 헤매는 사람을 누가 인정하겠는가? 여자가 남자 보는 눈을 탓하기 전에 자기 자신을 먼저 알아야 했다. 소크라테스가 말하지 않았는가? '너 자신을 알라'라고. 내가 접근을 시도했던 몇몇 여자의 무지와 어리석음을 탓했으나 그건 그들의 잘못이 아니었다. 주제 파악을 제대로 하지 못한 내 탓이었다. 나는 언제 제대로 주제 파악하고 정신 차릴 것인가?

대위 진급 선물

대위는 영어로 캡틴(Captain)이다. 중세 이탈리아어로 머리를 뜻하는 카푸트(caput)에서 유래된 단어로 '최고'라는 뜻이다. 민간 사회에서는 배의 선장 또는 비행기의 기장을 가리키는 단어로 쓰이며 일정 규모 세력의 수장을 캡틴으로 부르기도 한다. 스포츠팀에서는 주장을 지칭하기도 하는 캡틴은 한국어 '짱'이라는 뜻으로 통한다.

캡틴은 여러 용례에서 보듯이 작은 단체의 우두머리다. 군의 최소 단위 지휘관은 중대장이다. 대위가 지휘한다. 최소 단위 지휘관인 중대장 계급 대위를 캡틴으로 정한 건 적절한 선택이었다. 공군은 중대가 독립부대가 아니어서 중대장이 지휘관으로 인정받지는 못하지만, 대위 계급장은 인정받는다. 중·소위는 대부분 3년을 끝으로 전역하므로 직업군인으로 인정하지 않지만, 대위는 누구나 인정한다. 대위 진급은 군에서 진짜 군인이 되는 셈이다.

군은 위계질서가 엄격한 사회다. 상명하복은 선택이 아니라 의무다. 아무리 멍청한 상관의 명령도 쉽게 거부할 수 없다. 상급자가 엄청난 권한을 갖는 건 사실이지만, 생각처럼 권위가 있는 건 아니다. 상급자가 직책에 맞는 지식으로 판단 가능할 때 권위가 생긴다. 중·소위는 계급으론 준위나 부사관보다 높지만, 경험과 지식이 부족하다. 가르치기보다는 배워야 할 게 더 많다. 부하에게 존중받지 못하는 중·소위는 고독하다. 중·소위는 준위나 부사관뿐만 아니라 병사에게도 제대로 인정받지 못할 때가 있다.

일단 대위 계급장을 달면 상황이 확 달라진다. 3년 이상 군 생활을 경험하면 무시 못 할 지식을 축적하게 마련이고, 설령 어떤 이유로 경험과 지식이 부족하더라도 대위를 무시하는 부하는 거의 없다. 다이아몬드 세 개는 하나와 둘의 합이 아니다. 다이아몬드 하나짜리 서른 명이 합세해도 당해낼 수 없는 난공불락의 거성이 된다. 군복 입은 사람 사이에서는 영관장교가 없는 한, 글자 그대로 캡틴이다.

신나게 먹고 마시고 웃고 즐기는 사이에 시간은 순식간에 흘러갔다. 사실 장교에게 가장 중요한 시기는 중·소위다. 열심히 배우고 준비할 수 있는 유일한 시기다. 대위 이상 계급에서 여유 있는 직책이나 일은 없다. 업무에 바빠서 자기 계발은 꿈도 못 꾼다. 그런 사실을 몰랐던 나는 곧 제대할 중·소위 장교와 노는 데 시간을 소비했다. 3년 넘게 허송세월한 것이다. 지식을 쌓은 건 별로 없었으나 대위 진급에는 문제가 없었다. 보이지 않는 상급자의 괄시와 부하의 무시에 괴로운 시간은 지나갔다. 앞날이야 어떻든 당장은 누구나 인정하는 대위, 캡틴이 된 데 고무되었다.

대위 진급은 인간관계만 변하는 게 아니다. 봉급에서도 중·소위와 차이가 크다. 중위까지 3년 복무는 병사로 의무 복무하는 기간과 겹치므로 대우가 시원찮다. 대위 진급에 따른 본봉 인상도 상당하지만, 각종 수당이 따른다. 장기 복무 수당과 정보비를 추가로 받은 거로 기억한다. 중위 때까지는 받은 봉급을 몽땅 소비해도 부족하였으나 대위 진급이 되자 비로소 생활에 여유가 생겼다. 대대장 허락 없이 재형저축을 해약할 정도였으나 스스로 적금을 들었다. 현재가 아닌 미래를 위하여 처음 투자한 것이다.

처음 광주 비행단에 부임했을 때 함께 어울렸던 일곱 명의 중·소위 무장장교 중 두 명은 전역했고 세 명은 전속한 상태였다. 그때까지 남은 사람은 첫날 짬뽕 그릇에 소주 한 병을 들이부어 마시는 걸 직접 시범 보였던 김태준 대위 한 명뿐이었다. 사관학교 출신으로, 나와 마찬가지로 장기 복무 대상자였기에 같은 분야에서 평생을 함께할 전우였다. 김 대위는 나에게 진급 선물로 책을 선물하였다. 군 생활 동안 받은 선물 중 지금까지 보관하는 유일한 것이다.

나는 초등학교 2학년 때 글을 읽기 시작한 이래로 눈에 띄는 모든 책을 읽었다. 내용과 장르를 불문하고 없어서 못 읽었지, 있는데 안 읽은 책은 없었다. 중·소위 때도 일과 중이나 회식 때를 제외하고는 항상 책을 읽었다. 책을 좋아하는 내 속마음을 알고 책을 선물한 것이다. 나카타니 아키히로의 『30대에 하지 않으면 안 될 50가지』였다. 책을 워낙 좋아하는 나였으나 선물 받은 책은 내용까지 최고였다. 당시 베스트셀러로 가장 인기 있던 책이었다. 김 대위는 현명하였다. 책 한 권으로 평생을 기억하게 만드는 능력은 아무에게나 있는 건 아니다. 김 대위는 선견지명의 혜안이 있었다.

나는 내가 착안할 수 있는 최대한의 방법으로 노력하는 사람이다. 아마 타고난 재능이 탁월하였다면 일찍이 두드러졌을 것이다. 스스로 자부하였으나 나카타니 아키히로는 더 대단한 사람이었다. 나는 대학 4년간 책 500권 읽는 걸 목표로 하여 달성하였다. 대단치는 않더라도 누구 못지않게 책을 읽었다고 생각했다. 나카타니 아키히로는 차원이 다른 사람이었다.

나카타니 아키히로는 영화감독과 작가가 꿈이었다고 한다. 와세다대학 연극과에 입학한 날부터 졸업할 때까지 4,000편의 영화와 4,000권의 책을 읽겠다고 결심하고 실천하였다. 4년이라면 날짜로 환산하면 고작 1,400여 일에 불과하다. 하루에 3편의 영화와 3권의 책을 읽어야 가능한 일이다. 영화 세 편이면 평균 4시간 30분이다. 책 한 권 읽는 데 적어도 두세 시간이다. 하루에 12시간을 영화와 책 읽는 데 투자하고 학업과 생활을 병행할 수 있는가?

믿어지지 않지만, 책 내용이 사실이라면 나카타니 아키히로는 4년 동안에 4,000편의 영화를 감상하고 4,000권의 책을 읽었다. 믿기지 않더라도 아마 사실일 것이다. 거짓으로 글을 써서 자랑할 사람은 없을 테니까. 대단하지 않은가? 힘들다 죽겠다고 하소연하는 사람이 많지만 정말 힘들고 죽고 싶을 정도로 괴로운 순간이 온 건 아니다. 세상에는 믿을 수 없는 일, 믿어지지 않는 일을 이루어 내는 사람이 비일비재하다. 남보다 몇 배 노력하는 걸 당연하게 여기는 조자룡조차 기함하게 하는 사람은 있다.

『30대에 하지 않으면 안 될 50가지』는 30대에게만 유용한 책이 아니었다. 30대가 되기 전 20대에 읽으라고 김 대위가 선물한 책이지만, 나는 매년 읽었다. 작년에도 읽었고 올해도 읽었다. 좋은 책은 세월이 흐른다고 퇴색되는 게 아니다. 30대에 하지 않으면 안 될 50가지는 50대, 60대가 되어도 여전히 하지 않으면 안 된다. 평생 삶을 되돌아볼 기회를 준 김 대위, 지금은 전역 후 멋진 제2의 인생을 즐기는 김 대령에게 감사한다.

"김 대령님, 감사합니다. 맛난 거 사 드이소~."

포커

대위 진급 후 달라진 첫 번째가 포커 게임이었다. 중위 때까지는 그런 모임이 있다는 사실조차 알지 못했으나 진급 후 첫 정보비를 받던 날 군수전대 위관장교 대표 격이었던 정비과 분석실장 장동민 대위의 호출이 있었다. 매달 10일 월급을 받았는데, 모두 계좌로 이체되고 정보비만 현금으로 받았다. 중위 때까지는 없던 수당으로, 7만 원이었다. 아무 영문도 모르고 찾아간 독신자 숙소에는 대여섯 정비·무장장교가 모여 있었다. 무장장교는 김태준 대위와 나 둘뿐이었다.

1980년대까지 국민 오락은 고스톱이었다. 1970년대에도 있던 놀이였으나 신군부라 일컫던 전두환 정부가 들어선 이후 신정부의 폭거에 빗대어 싹쓸이, 폭탄, 월약 등이 추가되면서 재미가 배가되었다. 지역마다 새로운 방식이 우후죽순처럼 생겨 치기 전 룰 미팅이 필수일 정도였다. 유원지든 식당이든 명절이든 셋 이상만 모이면 친다는 게 고스톱이었다. 1980년대는 글자 그대로 고스톱 전성 시대였다.

1980년대 후반, 오락 시장에 변화의 바람이 일었다. 원인은 주윤발, 장국영, 적룡 주연의 홍콩 영화 '영웅본색'의 대홍행 덕분이었다. 1987년 5월 개봉된 '영웅본색'은 그야말로 신드롬이 일 정도로 홍행에 성공하였다. 이전에도 이소룡, 성룡 주연의 무협 영화로 인기가 있던 홍콩 영화였지만 영웅본색 시리즈는 전 세계를 강타하였다. 암흑가의 세력 다툼에 관한 이야기로 주요 소재가 포커 게임이었다. '영웅본색'을 시작으로 이후 유덕화의 '지존무상', 주성치의 '도성' 등 포커 게임을 소재로 한 영화가 이어져 홍콩 영화의 중흥기를 맞는다.

주윤발의 능청스러운 표정과 카리스마 넘치는 액션 연기에 몰입하는 것만으로도 충분하였으나, 포커 게임을 알고 보는 것과 모르는 상태에서 보는 건 차원이 다르다. 포커 게임 중 왜 그렇게 집중하는지, 홍분하거나 좌절하는지 이유를 알아야 주인공의 행동을 이해한다. 당시 대부분 국민이 포커 게임을 몰랐으나 '영웅본색' 시리즈가 홍행에 성공하면서 젊은이들 사이에 포커가 유행하였다.

고스톱은 오락이지만 포커는 도박에 가깝다. 쌓인 판돈의 반을 베팅하는 하프 베팅이나 4분의 1을 베팅하는 쿼터 베팅이 일반적이었으나 판돈을 아무리 적게 시작해도 레이즈 횟수 제한이 없는 이상 판돈이 커지는 건 순식간이다. 돈 많은 사람이 이긴다는 말도 있고, 배짱 좋은 사람이 이긴다는 말이 있는 게 포커다. 확률과

운에 따른 승부지만 사실상 베팅과 블러핑 기술이 승부를 갈랐다. 언제 어느 정도 베팅할 것인가와 상대의 블러핑을 어떻게 찾아내어 응징하는가가 승부의 관건이었다.

대위 계급을 인정하고 불러준 건 고마웠으나 듣느니 처음인 포커였기에 거부하였다. 규칙도 모르는 게임에 참여할 수 있는가? 경험이 없을 뿐 아니라 경기 규칙조차 모른다면서 사양하는 나를 반강제로 앉히며 말하였다.

"처음부터 알고 하는 사람 있당가? 여그 있는 사람 다 처음에는 모르고 시작했어. 족보를 자세히 써줄 거니께 걱정일랑 붙들어 매불고 일단 혀봐. 패 들어오는 거 보고 족보를 보면 이해될 것인께."

선배는 친절하게 A4 용지에 빼곡하게 족보를 적어주었다. 로열스트레이트 플러쉬부터 페어까지 족보가 워낙 많고 복잡하여 아둔한 내 머리로는 쉽게 감이 오지 않았다. 그러나 그곳이 어디인가? 상명하복 위계질서가 엄격한 군 아니던가? 요즘이야 일과 후에는 사생활이 보장되지만, 당시에는 일과 전후 구분이 없었다. 일이 있으면 토요일이나 일요일에도 출근하는 게 보통이었고 회식은 근무의 연장이었다. 오히려 회식 자리를 즐겁게 하는 걸 일보다 중요하게 여기는 상관이 있을 정도였다.

초보인 나는 기본을 내고 유심히 선배들의 베팅 콜 레이즈를 지켜보았지만, 도무지 이해할 수 없었다. 패가 꽤 좋아 보이는 데도 포기하는가 하면, 아무 족보도 없으면서 과감하게 베팅하거나 레이즈하는 경우도 있었다. 나는 내 패를 유심히 들여다보고 족보와 비교하였으나 좀체 높은 족보가 손에 잡히지 않았다.

포커는 기본 1,000원을 판돈으로 내고 처음 받은 세 장과 라운드별로 차례로 받는 네 장 중 다섯 장을 조합하여 높은 족보를 가진 사람이 쌓인 판돈을 독식하는 게임이다. 족보는 스트레이트 플러쉬, 포커, 풀하우스, 플러쉬, 스트레이트, 트리플, 페어가 있고 같은 족보 간에는 숫자가 큰 카드, 무늬는 스페이드, 다이아몬드, 하트, 클로버 순으로 높다. 일단 높은 족보가 들어와야 하고 다음에는 큰 숫자, 스페이드 무늬가 좋은 카드다. 그래서 포커 게임에서 가장 좋아하는 카드는 에이스 스페이드 카드다.

족보가 들어오지 않더라도 마냥 죽을 수만은 없다. 한 판에 1,000원은 무조건 내야 했으므로 정보비 7만 원은 70판이면 사라진다. 현상 유지를 하기 위해서는 서너 판에 한 번씩은 조금씩이라도 벌어들여야 한다. 모처럼 페어가 들어와 쫓아가면 베팅이 들어온다. 베팅이 두려운 이유는 콜한다면 다음에는 더 큰 베팅이 날아올 수 있다는 것이다. 두려워도 패가 아까워서 콜을 하면 뒤에서 레이즈를 한다. 베팅과 블러핑이 전부인 포커판에서 베팅과 레이즈가 두려운 사람이 버틸 수 있겠는가? 나는 30분이 되기 전에 손을 털어야 했다. 처음 받은 정보비는 한 푼 써보지도 못하고 날렸다.

그 후에도 월말 체력단련비 받는 날과 정보비 받는 날은 정비·무장장교 친목을 다지는 날이 되었다. 매번 한 시간이 안 돼 털리는 악전고투였지만 포커는 확실히 재미있었다. 다른 어떤 게임보다 홍분과 긴장감이 넘쳐흘렀다. 도박은 중독성이 강하다. 주색잡기에 빠지면 패가망신의 지름길이라는 말이 있을 정도로 헤어나기 어렵다. 포커는 경험한 오락 중 최고로 박진감 넘치는 게임이었다. 반강제로 시작하였으나 깊이 빠져드는 데 긴 시간이 필요하지 않았다. 부르지 않아도 스스로 찾아갈 정도로 몰입하였다.

몇 달이 흐르자 판이 끝날 때까지 버티는 수준이 되었다. 패는 좋은 게 좋다. 그러나 좋아도 좋지 않을 수 있고, 좋지 않아도 좋을 수 있다. 중요한 건 내가 족보를 잡는 게 중요한 게 아니라 상대보다 높은 족보를 잡아야 한다는 것이다. 포커 이상은 잘 나오지 않기에 가장 높은 족보는 풀하우스다. 풀하우스가 나오는 게 중요한 게 아니라, 상대보다 높은 숫자여야 한다. 풀하우스를 잡았는데 상대가 더 높다면 안 잡으니 못하다. 올인의 지름길이다.

페어조차 들지 않았더라도 상대보다 높은 끝수라면 관계없다. 중요한 건 들여다보이는 내 패가 아니다. 보이지 않는 상대 패를 읽어내고 내 패가 높을 때면 따라오도록 유도하고, 상대 패가 높을 때면 블러핑으로 상대를 죽이거나 스스로 포기해야 한다. 종종 페어조차 없이 먹는 경우가 있다. 그건 그가 무모해서가 아니다. 플러쉬나 스트레이트를 노리는 사람이 베팅과 레이즈를 하였으나 끝까지 족보나 페어가 뜨지 않았을 뿐이다. 이긴 사람의 완전한 행운이 아니라 베팅할 만한 패로 베팅한 결과 최후에 행운이 따라 끝수로 이겼을 뿐이다.

어느 날이었다. 처음 받은 패에 Q 원 페어와 5가 들어왔다. 액면에 5를 내려놓고 페어를 숨겼다. 첫 라운드에 Q가 내게 떨어졌다. 손에 든 페어까지 합치면 트리플이다. 트리플에서 멈춘다고 해도 이길 확률이 절반 이상이었다. 이제 최대한 판을 키워야 한다. 너무 크게 베팅하면 손에 든 패를 들킬 가능성이 있다. 조심스럽게 베팅해서 상대를 방심하게 해야 한다. 작전은 성공이었다. 세 명이 따라왔다.

두 번째로 들어온 카드는 10이었다. 트리플에 변화가 없었지만, 어차피 내가 이길 패였다. 조금 더 과감하게 베팅하였다. 아무리 좋은 패를 가졌어도 판을 키우지 않으면 의미가 없다. 포커는 이기는 판에 판을 키우는 것과 지는 판에 빨리 포기하는 게 기술이다. 베팅 타이밍과 금액이 중요하다. 겉으로 보이는 액면은 보잘것없었으나 두 명이 따라왔다. 뭐, 손에는 나름대로 노리는 패를 들었겠지. 다행이다. Q 트리플을 잡았는데 아무도 따라오지 않는다면 안 잡은 것만 못하다. 기분 나쁘지 않은가? 크게 먹을 기회를 놓쳤으니 말이다.

세 번째로 받은 여섯 번째 카드는 5였다. 하늘이 도와 Q 풀하우스가 된 것이다. 풀하우스는 보통 집이라고 부른다. 평생 집 한 채 구하기 쉽지 않다. 포커에서도 마찬가지다. 하룻밤을 새워도 집 한 번 잡지 못할 때가 비일비재하다. 만약 상대가 눈치챈다면 모두 포기하고 말리라. 심각하게 고민하는 표정으로 하프 베팅을 했다. 끝까지 따라와도 베팅이 없다면 무의미하다. 제발 한 명이라도 따라오기를 바라면서 베팅했는데 다행히 한 명이 따라왔다. 이 판만 크게 먹는다면 오늘은 아마도 승자가 되리라.

따라온 선배는 분석실장 장 대위였다. 바닥에는 10 원 페어와 7과 8이 깔려 있었다. 10 풀하우스나 스트레이트를 노리는 듯했다. 내 바닥에는 Q, 5, 10, 5가 깔려 있었다. 상대는 내가 처음부터 베팅을 포기한 적이 없으므로 5 풀하우스를 노리는 것으로 착각하리라. 가능성이 작지만, 상대 마지막 카드가 10이 뜨는 게 최선이었다. 10 집을 잡은 상대가 내 패를 5 집이라고 생각한다면 최대한 판을 키워 승리할 수 있으리라.

상대 마지막 카드는 볼 수 없다. 상대도 내 손에 든 패를 볼 수 없다. 바닥 패와 손에 든 패의 조합을 상상하여 승부를 결정해야 한다. 마지막에 Q가 떴다면 더 좋았을 것이다. 포커 땡 값까지 모두에게 받을 수 있으니 말이다. 그러나 Q 집이 어디인가? 기세 좋게 하프 베팅을 내질렀다. 상대가 집이 떴기를 바라면서.

"따당!"

천만뜻밖에도 장 대위가 레이즈를 해왔다. 아마 마지막에 10을 잡은 모양이었다. 내 액면에 5 페어가 있으므로 만만하게 여겼으리라. 고마운 일이다. 밤새도록 돈을 잃었더라도 집끼리 붙어서 이긴다면 한 판으로 만회할 수 있다. 따당은 베팅 금액을 받고 그만큼 다시 베팅한다는 뜻이다. 한참을 고민하는 척하다가 레이즈했다.

"따당!"

"따당!"

장 대위는 내가 베팅한 돈에 다시 레이즈를 하였다. 놀라운 일이었다. 이렇게 큰 행운이 따르다니 운수 대박이었다. 그러나 베팅할 돈이 없었다. 가진 돈이 몽땅 판돈으로 들어간 것이다. 몇 푼 남은 돈을 털어 넣으며 자신 있게 소리쳤다.

"올인!"

"Q 집이야?"

만면에 웃음을 가득 띠고 패를 내려놓으며 장 대위가 물었다.

"예? 어떻게 알았어요?"

나도 패를 내려놓으며 깜짝 놀라 되물었다. 상대는 K 집이었다. 바닥에는 10 원 페어뿐이었으나 손에는 무려 세 장의 King 카드를 들고 있었다. 장 대위는 내 패를 5 집으로 읽지 않고 최대한 Q 집으로 읽고 신나게 베팅한 것이다. 고마워할 건 내가 아니라 장 대위였다. Q 집을 잡은 내가 승리를 확신하고 마음껏 베팅했으니 말이다.

사실 여섯 번째 카드를 받은 상태에서 내가 Q 집이라는 걸 알았다면 장 대위가 포기했을 것이다. K 투 페어에서 최종 카드를 K를 받아 K 집을 만든다는 건 기적에 가깝다. 투 페어에서 집을 노리는 사람에게는 딸도 주지 말라는 속담이 있을 정도로 확률이 낮다. 내가 집이란 걸 확신하지 못했기에 장 대위는 가능성을 믿고 따라온 것이다. 운명의 여신은 내 편이 아니었다. 귀신같이 손에 든 패를 알아맞힌 장 대위의 통찰력에 경탄하면서 나는 장렬히 산화했다.

운전면허

소위 임관할 때 맹세했던 두 가지가 '첫째, 골프 하지 않는다'와 '둘째, 자가용 승용차를 사지 않는다'였다. 임관하던 1989년까지만 해도 골프와 승용차는 서민은 꿈도 꾸지 못하던 사치였고 부유한 사람이라도 사장 정도 수준이 아니라면 이용하는 사람이 드물었다. 소위 임관 후 광주 기지 무장대대에 배속했을 때 대대장용 관용차였던 지프차(jeep車) 외 자가용을 운행하는 사람은 단 한 명이었다. 그것도 눈치가 보여서 부대 출퇴근에는 사용하지 못하고 부대 밖에서만 사용하였다. 가난한 농부의 아들로 태어나 서민 마음 아프게 하는 행동은 하지 않겠다던 소위 조자룡의 맹세는 타당한 것이었다.

죽을 때까지 서민으로 살겠다는 다짐은 가상했는지 모르지만, 미래를 내다보는 혜안은 없었다. 연 십 퍼센트 경제성장을 할 때다. 세상은 하루가 다르게 변했다. 1990년대 초반, 전국에는 운전면허증 취득 바람이 불었다. 운전면허증 소지자가 특수기능자로 분류될 때였다. 운전면허증이 있는 사람은 수송 특기를 받아서 대대장 이상 지휘관 운전병이 되었다. 민간 사회에서도 직접 운전하는 사람은 드물었고 자가용을 운용하던 사람은 운전기사를 두었다. 선진국 사례와 국내 자가용이 급증하는 추세로 보아 머지않아 자동차 운전은 필수가 될 터였다. 낌새를 눈치챈 사람은 남녀노소 가릴 것 없이 면허시험장으로 몰렸다.

무장대대에도 자가용 운용자가 부쩍 늘었다. 1년 선배였던 임철준은 내가 중위 진급하던 해에 승용차를 구해 장교 중 처음으로 자가용을 운용하였다. 차량이 드물었기에 대대 장교뿐 아니라 공무로 이용될 정도였다. 당시 가장 인기 있는 사람은 자가용 가진 사람이었다. 회식, 등산, 병원 등 공사를 불문하고 자가용은 대중교통을 이용하는 것에 비교하면 편리함에서 차원이 달랐다. 대중은 비로소 자동차가 사치품이 아니라 필수품이란 걸 깨달았다. 보는 것과 직접 경험하는 건 천지 차이다. 차를 가진 사람과는 어떠한 경쟁도 불가능하다는 걸 알았다. 당장은 아니더라도 반드시 자가 차량을 구해야 할 터였다. 자가용이 없다는 것은 두 다리를 사용하지 못하는 장애인과 다를 바 없으리라.

연봉 5백만 원이 채 안 될 때였다. 자가용 한 대는 최소 5백만 원이 넘었다. 봉급 받은 돈을 모아서 자가용을 구한다는 건 아직 먼 미래 일이었으나 운전면허증은 필요했다. 자가용 운용을 위해서도 필요하지만 급한 일이 있을 때 차량이 있는데도 면허증이 없어서 운전하지 못한다면 그보다 낭패는 없으리라. 재산이 있는 준위나 일등상사는 면허 취득과 동시에 자가용을 장만하였고, 당장 구할 수 없는 위관장교들 사이에서도 면허증 따기 열풍이 일었다. 면허증 따는 일은 간단하지 않았다. 이론과 필기시험에 통과해야 했고 의무교육 시간이 있었다. 미리 따 두지 않는다면 나중에 곤란에 빠지리라는 예상은 옳았다. 1992년에 운전면허를 딴 건 신의 한 수였다.

이론시험에 통과하기 전에 2주간의 의무교육이 있던 것으로 기억한다. 당시 개인 용무로 외출한다는 건 사실상 불가능하였다. 외출뿐만이 아니라 군인복무규율에 명시된 연가도 가지 못할 때였다. 연가로 명시된 21일은 집안에 큰일이 있을 때 최대한 갈 수 있는 휴가 일수였지, 놀기 위해 낼 수 있는 휴가가 아니었다. 심지어 장교는 철야 근무 후 다음 날 휴무도 쉽지 않을 때였다. 당직 근무 섰다고 쉬면 누가 대대장이나 중대장 역할을 하겠는가? 지금과는 많은 게 다를 때였다. 하지만 시대 상황이 상황인지라 빠져나갈 구멍은 있었다. 학원에서는 돈만 내면 출석 체크를 해주었다.

이론평가 합격점은 1종이 70점, 2종이 60점이었다. 1종과 2종의 차이를 잘 몰랐으나 이왕 따는 김에 1종을 따는 게 낫다는 말에 1종을 선택하였다. 하긴 2등보다는 1등이 낫지 않은가? 지금은 워낙 많은 차량이 움직이므로 교통 상식에 밝으나 당시에는 무지하였다. 운전면허 문제집을 사서 공부해야 합격할 수 있었다. 노인이나 저학력자 중에는 운전할 수 있음에도 이론평가를 통과하지 못해

면허증을 취득하지 못하는 사람도 있었다.

공부해야 하나 하기 싫었을 뿐만 아니라 할 시간도 없었다. 평일에는 퇴근 후 매일 회식이었고 휴일에는 이런저런 모임이 있었다. 설사 휴일에 특별한 일이 없더라도 독신자 숙소에 처박혀 공부할 마음이 나겠는가? 차일피일 미루다 보니 문제집을 제대로 보기도 전에 시험날이 닥쳤다. 시험이 평일에 있었기에 시험 전날 지상작전과 작전장교 근무를 섰다. 근무 후 휴무를 명목으로 시험을 치를 요량이었다. 그뿐만 아니라 밤새워 근무하는 시간에 그동안 하지 못했던 이론평가 시험공부를 할 수 있다. 이거야말로 일거양득 아닌가? 근무 서지 않았다면 십중팔구 누군가와 술을 마셨으리라.

밤새워 문제집 공부를 한 덕분에 무사히 이론평가를 통과하였다. 밤새워 공부한 이유는 혹시 모를 탈락 우려 때문이었다. 응시하였다는 소문이 파다하게 퍼진 상태에서 장교가 이론평가에 떨어졌다는 사실을 알게 되면 속으로 비웃을 것이고 나는 사람 대할 면목이 없으리라. 사람에게 중요한 게 무엇인가? 체면이다. 자존심은 신분이나 지위고하를 떠나서 인간이 살아가는 데 필요한 최후의 보루다.

다음은 실기다. 실기에도 의무교육이 있었다. 운전학원에 가서 T자 주차, S자 후진, 주행 등에 대해 일정 기간 교육을 받아야 했다. 현역 장교가 일과 중에 교육받을 여가가 어디 있겠는가? 이론 때와 마찬가지로 등록만 하고 주로 혼자서 연습하였다. 탄약중대에는 M-3 탄약견인차량이 있다. 물론 전문 운전병만 운전할 수 있다. 불법이었지만 넓은 공터에서 운전병에게 개인 교습을 받았다. 당시 운전면허시험장에서 사용되던 1톤 트럭보다 운전이 힘들었으나 기본 요령을 터득하고 면허시험장에서 몇 번 운전하는 것으로 준비를 마쳤다.

마침내 실기시험을 치르는 날이다. T자 주차와 S자 후진 시험은 까다로웠으나 시간제한이 없었으므로 어찌어찌 통과했다. 문제는 주행이었다. 시속 10킬로미터 이하 저속으로만 운전 연습을 하였는데 주행은 20에서 30킬로미터 고속으로 운전해야 했다. 더 저속으로 운전하면 시간제한에 걸려 탈락이었다. 주행시험 도로 양쪽에는 경계선이 설치되어 바퀴가 이탈하면 경고음이 울렸다. 경고음이 울리는 순간 탈락이다.

시속 20킬로미터 이상으로 달려야 한다는 압박감에 출발과 동시에 가속 페달을 힘껏 밟았다. 순간 차가 좌측으로 크게 꺾였다. 왼손에 너무 힘이 들어갔나 보다. 깜짝 놀란 나는 오른쪽으로 핸들을 크게 돌렸다. 이번에는 우측으로 벗어나려고 했다. 다시 좌측으로, 놀라서 우측으로, 더 깜짝 놀라서 좌측으로, 기절초풍하여 우측으로…. 어떤 기억도 없다. 계기판의 속도계를 볼 여유도, 사고를 방지하기 위하여 브레이크를 밟아야 한다는 생각도, 운전면허 주행시험 중이라는 것도 잊었다. 나의 의식은 단 하나에 꽂혀 있다. 길에서 벗어나면 안 된다. 한참을 비틀거리며 달리다 보니 큰 소리가 들렸다.

"브레이크! 브레이크! 세워요!"

출발점이자 도착점을 지나자 시험 통제관이 소리쳤다. 그제야 브레이크에 생각이 미쳤다. 브레이크를 밟으니 그처럼 미처 날뛰던 차가 갑자기 잠잠해졌다. 미숙자가 딴 면허를 두고 흔히 살인면허라는 말을 하는데 내가 바로 그 꼴이었다. 요동쳤던 차와 내 마음과는 다르게 시험은 합격이었다. 알 수 없는 일이었다. 느낌에는 수십 번이나 경계선을 넘었을 것 같은데 경고음은 울리지 않았다고 한다. 주행을 어떻게 했는지 커브를 어떻게 돌았는지 기억에 없다. 좌측으로 선을 넘을 것 같으면 우측으로 핸들을 꺾고, 우측 선을 벗어날 것 같으면 좌측으로 핸들을 돌린 기억밖에 없다. 그렇게 해서 파란만장한 운전면허증을 손에 쥐었다.

혼란스러운 머리와 벌떡이는 심장을 진정시키고자 시험장 옆에서 잠시 쉬었다. 그때였다.

"어~ 어~ 피해요!"

"브레이크! 브레이크!"

사람들이 고함치는 소리에 놀라 바라보니 나 다음으로 주행시험을 치던 사람이 운전하는 차가 비틀거리며 도착 지점을 향해 달려왔다. 시험 통제관은 가설건축물 알루미늄 부스 안에서 감독하고 있었다. 브레이크를 잡으라는 함성에도 차는 미친 듯이 달려와 통제관이 있는 부스를 들이받고야 멈춰 섰다. 사방 2미터 크기의 부스와 주행시험용 트럭 앞부분은 크게 일그러졌다. 모두가 놀랐으나 다행히 다친 사람은 없었다.

자라 보고 놀란 가슴 솥뚜껑 보고 놀라는 격이었다. 그러잖아도 흥분해서 벌떡이던 가슴이 다시 한번 요동쳤다. 자동차는 위험한 흉기다. 자칫 잘못하다가는 편히 가려다 영원히 가는 수가 있다. 운전이 위험하다는 사실을 실감하는 순간이었다. 내가 낼 뻔한 사고를 뒷사람이 낸 셈이다. 가슴 철렁한 순간 나를 비켜 간 불운에 안도의 한숨을 내쉬었다. 전혀 숙달되지 않은 상태에서 딴 운전면허, 과연 앞날에 아무 문제가 없을 것인가?

바르셀로나 몬주익

바르셀로나는 스페인에서 두 번째로 큰 도시이자 가장 큰 항구 도시다. 스페인 북서부 카탈루냐 지방을 대표하는 도시인 바르셀로나는 스페인에서 이슬람 세력을 몰아내는 레콩키스타의 중심지로, 중세에 가장 번성하던 도시였다. 이름의 유래는 카르타고의 장군 한니발 바르카의 그 바르카다. 프랑코 독재 정권의 탄압으로 카탈루냐 분리독립 운동이 일었고 스페인 수도 마드리드와는 앙숙 관계다. 프리메라리가 레알 마드리드와 바르셀로나 FC의 대결인 엘클라시코는 전 세계적으로 유명한 라이벌 프로축구 경기다.

1992년 7월 25일부터 8월 9일까지 바르셀로나에서 올림픽이 열렸다. 직전 홈에서 열렸던 서울 올림픽에서 금메달 12개, 은메달 10개, 동메달 11개 총 33개의 메달로 소련, 동독, 미국에 이어 종합 4위에 올랐던 한국으로서는 부담스러운 대회였다. 바르셀로나 대회에서 형편없는 성적을 거둔다면 홈 텃세로 얻은 성적이라는 비

아냥을 들을 터였다. 해방 이후 경제든 스포츠든 크게 뒷걸음질한 적이 없었기에 국민의 기대는 컸으나 선수단 처지에서는 부담감이 컸다.

출발이 좋았다. 대회 첫 메달이 걸린 여자 10m 공기소총에서 여갑순이 금메달을 목에 걸었다. 서울체육고등학교에 재학 중이던 여갑순은 우승이 유력시되던 불가리아의 베셀라 레체바를 제치고 우승하였다. 당시 알려지지 않았던 10대 사격 선수였던 그가 세계적인 베셀라 레체바를 꺾고 이 대회 첫 번째 금메달을 획득하자 전 세계가 주목하였다.

여갑순의 대회 첫 금메달은 선수단 사기를 앙양하였으며, 더 큰 기적의 전조였다. 거의 모든 분야에서 일본과 다투는 한국이었으나 1992년 바르셀로나 올림픽 마지막 금메달이 걸린 남자 마라톤은 한일 대결이었다. 이전까지 한국은 마라톤에서 금메달이 없었다. 1936년 베를린 올림픽에서 손기정 옹이 금메달을 획득하였으나 그때는 일제 강점기였기에 가슴에 단 국기는 일장기였다. 금메달을 딴 손기정과 동메달을 딴 남승룡이 시상대에서 슬픈 표정으로 고개를 숙인 사진은 우리 국민에게 잊지 못할 아픈 상처다. 손기정과 남승룡의 메달은 공식적으로 일본이 획득한 메달이었다.

한국은 황영조에게 금메달을 기대하고 있었고, 일본은 모리시타 게이치에게 기대하였다. 1992년 8월 9일 바르셀로나 올림픽에서 한국의 황영조와 일본의 모리시타 게이치의 '몬주익 언덕의 혈투'가 펼쳐졌다. 바르셀로나 올림픽 몬주익 마라톤 코스는 여러모로 악

명이 높았다. 최악의 무더위에 지중해를 낀 도시의 특성으로 습도까지 높아 온몸에 저절로 땀이 배일 정도였다. 여기에다 마라타에서 출발해 바르셀로나 시내를 오르락내리락하며 복잡한 시내를 통과한 뒤 올림픽 스타디움으로 골인하는 코스도 쉽지 않았다.

25킬로미터 지점까지는 그런대로 평평했으나 이후부터는 표고차 40미터를 올라가는 오르막이었다. 그러다가 그냥 걸어가도 숨이 찰 정도로 가파른 언덕길인 해발 213미터의 몬주익 언덕이 마라톤의 끝자락 38킬로미터 지점에 자리했다. 이곳을 통과하는 것이 마지막 승부처이리라.

33킬로미터 지점부터는 완연한 한일 대결이었다. 다른 선수와는 거리를 둔 채 황영조와 모리시타는 선두 자리를 서로 10여 차례 앞서거니 뒤서거니 하며 한 치의 양보도 없는 레이스를 벌였다. 몬주익 언덕을 넘어서면서 황영조가 승부수를 날렸다. 몬주익 언덕에 올라 40킬로미터 내리막길에 접어들면서 황영조가 치고 나간 것이다. 서로 선두로 나섰다가 뒤로 빠지는 오르막길을 마치고 나서 한숨을 돌리는 게 보통이었지만 황영조는 이를 오히려 역으로 이용한 것이다.

허를 찔린 모리시타로서는 도저히 황영조를 따라잡을 수가 없었다. 온 힘을 다해 달린 황영조는 결승 테이프를 끊고 그대로 바닥에 나뒹굴었다. 2시간 13분 23초, 태극기를 들고 트랙을 돌면서 세리머니를 할 힘조차 남지 않았다. 뒤따라 들어온 모리시타도 그대로 바닥에 쓰러졌다. 두 선수는 최후의 여력마저 쏟아부은 것이다.

메인스타디움에서 초조하게 기다리고 있던 손기정 옹은 감격의 눈물을 흘렸다. 손기정 옹이 1936년 베를린 올림픽에서 세계신기록을 세우며 월계관을 쓴 날이 바로 8월 9일이었다. 황영조가 금메달을 딴 바르셀로나 올림픽 마지막 날도 묘하게 같은 8월 9일이었다. 56년을 사이에 두고 손기정과 황영조가 마치 데자뷰처럼 올림픽 마라톤에서 금메달을 따낸 것이다. 세계는 56년 간격으로 마라톤 금메달을 따낸 두 한국인 이야기를 대서특필하였다.

"황영조의 가슴엔 일장기 히노마루가 아닌 우리의 태극기가 붙어 있다. 오늘은 베를린의 기미가요가 아닌 자랑스러운 애국가가 울려 퍼지고 있다. 오늘 드디어 56년 동안 맺혔던 한이 풀렸다. 영조가 내 국적을 찾아주었다. 이제 죽어도 여한이 없다."

황영조가 결승 테이프를 끊는 모습과 시상식을 현장에서 직접 지켜본 손기정 옹의 인터뷰가 그날의 감동을 그대로 말해주었다. 역사는 반복한다는 말이 있다. 한국인이 딴 단 두 개의 올림픽 마라톤 금메달이 365일 날짜 중 하필 같은 8월 9일이라는 게 놀랍지 않은가? 금메달 대결을 펼친 상대는 1936년 당시 점령국 일본이었다. 금메달을 땄음에도 고개를 떨궈야 했던 손기정 옹의 한을 56년 만에 풀어준 것이다. 운명의 여신은 때로 뭇사람을 감동케 한다. 나라 잃는 상처를 안긴 일본을 상대로 황영조가 손기정 옹을 대신하여 복수에 성공한 것이다.

바르셀로나 몬주익은 한국인에게 성지가 되었다. 바르셀로나 올림픽에서 한국은 금메달 12개, 은메달 5개, 동메달 12개 총 29개의

메달로 13개의 금메달을 딴 스페인에 이어 7위에 머물렀으나 순위 이상으로 세상에 한국을 알렸다. 대회 첫 금과 마지막 금을 차지하였다는 상징적인 의미에다, 56년을 사이에 두고 마라톤 금메달을 딴 두 사람을 연결하는 이야기에 인류가 감동하였다. 모든 한국인이 울었다. 1992년 바르셀로나 올림픽의 진정한 주인공은 종합 우승을 한 소비에트 연합팀이 아니라 대한민국이었다.

한중수교

1992년 8월 24일, 베이징에서 이상옥 한국 외무부 장관과 첸치천 (錢其琛) 중국 외교부장이 한중수교 협정서에 서명했다. 한국은 냉전 체제 속에서 지속한 적대관계를 공식 종료하고 '죽(竹)의 장막'을 넘어 중국의 손을 잡았다. 1990년 소련과 수교한 이래 사회주의 국가와의 적대관계를 청산하는 화룡점정이었다.

북의 기습 남침으로 시작한 한국전쟁은 소련과 중국을 대한민국의 영원한 적으로 만들었다. 앞장선 건 김일성을 중심으로 한 북한이었으나 소련과 중국의 적극적인 지원이 있어서 가능한 전쟁이었고, 유엔군의 참전으로 거의 북진 통일을 완수하려는 찰나 중공군의 개입으로 무산되었다. 그 유명한 1·4후퇴와 흥남 철수를 있게 한 장본인이 중공군이었다. 전쟁 발발 후견인 소련보다 통일을 막은 당시 중공이 한국인에게 앙금으로 남았다. 중공으로서도 세계 최강 미국이 후원하는 자본주의 국가 대한민국과 직접 국경을 맞대는 건 부담스러웠으리라.

한국전쟁 이후 1980년대까지 전 세계는 이데올로기 냉전 체제였다. 미·소를 중심으로 한 자본주의와 공산주의 대결은 세계를 양분하고 치열하게 경쟁하였다. 세계에서 가장 강력한 네 나라인 미국, 소련, 중국, 일본에 둘러싸인 한반도는 그 중심이었다. 여러 사정이 얽혔지만 수백만 인명 피해를 받은 남북한은 그 적이 뚜렷하였다. 북한에게는 남한을 도운 미국과 일본이 남한을 포함하여 주적이었고, 남한에게는 북한과 소련과 중공이 주적이었다.

한중수교 전까지만 해도 우리에게 중국은 타이완이었다. 대만의 중국과 구별하기 위해 중공이 공식 명칭이었다. 1934년 4월 29일 상하이(上海) 훙커우(虹口) 공원에서 윤봉길 의사의 거사 후 국민정부(國民政府: 중화민국의 당시 공식 명칭) 지도자 장제스(蔣介石)는 "4억 중국인도 해내지 못한 일을 한 명의 조선 청년이 해냈다"라고 극찬했다. 대한민국 임시정부에 대해 냉담하던 태도도 바뀠다. 장제스는 지원을 약속했고 대한민국 임시정부의 정통성도 인정했다. 1943년 카이로에서 연합국의 세 거두가 만났을 때 장제스는 미국의 프랭클린 루스벨트와 영국의 윈스턴 처칠을 설득해 '일본 패전 후 조선 독립' 선언을 이끌었다.

당시 대한민국 임시정부는 국제사회의 승인도 받지 못한 상태였다. 약소국 임시정부의 앞날을 신경 써주는 나라는 없었다. 강대국은 한국을 신탁 통치해야 한다고 했다. 결과적으로 '카이로 선언'은 종전 후 한국의 운명을 좌우할 유일무이한 국제법적 근거가 됐다. '독립의 길'로 가는 서막이었다. 당시 중화민국, 대만은 대한민국이 은혜를 갚아야 할 고마운 나라였다.

세상이 돌아가는 이치는 이익이다. 영원한 친구도 적도 없다. 새로운 환경이나 상황에 따라 달라진다. 새로운 환경이나 상황은 단 하나, 이익이다. 이익 앞에서 부모 형제마저 철천지원수가 되는 판에 국제관계가 변화하지 않을 리 없다. 고르바초프 등장 이후 냉전 체제가 무너졌다. 자본주의 국가와 공산주의 국가는 이제 적이 아니다. 1980년대까지 공산주의자, 이른바 빨갱이를 악마화하였던 논리는 설 자리를 잃었다. 원조 공산국가 소련과도 수교한 터에 중공과 척을 진다는 건 말이 안 된다. 당시 인구 12억 중공은 세계 최대 시장이었다.

한중수교 뉴스를 바라보는 마음이 착잡했다. 대한민국의 융성을 바라는 국민의 한 사람으로서 당연히 한중수교를 축하하고 환영하였으나 이제까지의 마음을 한순간에 바꿔야 한다는 데서 엄청난 괴리감이 들었다. 이승복 어린이를 때려죽인 빨갱이를 섬멸해야 한다는 마음가짐으로 직업군인이 된 사람으로서 당연한 일이다.

그렇게 나쁜 공산주의 국가와 선린우호 협력관계를 맺는다는 게 타당한가? 아무리 엄청난 이익이 기대되는 나라라지만 과거 은혜를 입었던 나라와 단교하면서까지 수교해야 하는가? 당시 중공이 내세운 제1원칙이 '중국의 유일 합법 정부로 중화인민공화국 승인'이었다. 베이징은 중국과 수교하는 모든 나라에 대만과 단교할 것을 요구했다. 원칙 적용에는 예외가 없었다.

중국은 역사적으로 우리나라와 가장 관계가 깊은 나라다. 아니, 근대 이전까지는 거의 유일한 세계였다. 우리나라에 중국 외 나라는 사실상 존재하지 않았다. 고구려 항전기(抗戰期)와 신라 발해 고려의 양면적 대응기(對應期), 원나라 명나라에 전형적 순응기(順應期)를 거쳐 정묘·병자호란의 청나라에 강제적 순응기는 우리 역사의 거의 전부다. 문화적으로 많은 도움을 받았으나 침략 전쟁과 억압을 받지 않을 수 없었다. 중국은 일본이 무력으로 대한제국을 병합하기 전까지 추종하지 않으면 살아남을 수 없는 유일한 외국이었다.

지구상에서 가장 거대한 국가지만 상대적으로 저개발되어 발전 가능성이 무한한 중국과의 수교는 한국에 많은 도움이 될 터다. 거리와 시장 규모로 보아 미국보다 더 긴밀한 관계로 발전할 수도 있다. 직접 총칼을 맞대고 겨룬 상대지만 어쩌면 이익에 따라 중국이 북한과 결별하고 남한과 더 친해질 수도 있다. 가능성이 희박하지만, 미국과 중국과 러시아와 일본이 지지한다면 가까운 미래에 남북통일도 가능하다. 모든 면에서 한중수교는 축하할 일이었다.

그런데도 내 마음은 유쾌하지 않았다. 비록 이익이 우주의 섭리이자 작동원리고 자연법칙이라고 하더라도 얼마 전 서로를 살상한 적과 어깨동무하고, 일제 강점기 때 유일한 전우였던 나라와 단교하는 건 인정상 받아들이기 힘들었다.

강자에게 맞서고 약자를 돕는 게 정의다. 그걸 실천하고 살 국가나 개인은 없을지도 모른다. 그렇더라도 내가 사랑하는 조국 대한민국과 나만큼은 정의를 추구하기를 바란다. 뉴스에서는 대만인의 반발과 대만 한국대사관 앞 태극기 소각 소식을 전했다. 이익에 움직이는 조국을 바라보는 내 마음이 슬펐던 것처럼, 은혜를 저버리는 대한민국 정부에 대만인은 분노했으리라. 멀어진 친구와 재회하여 허심탄회해질 날이 올 것인가? 새로운 친구는 진심으로 우리를 맞이하여 영원히 변치 않을 우정을 쌓아갈 것인가?

양봉

탄약중대는 넓다. 아마 공군에서 중대급 부대로는 가장 넓은 면적일 것이다. 공군 탄약중대에는 소구경 탄약도 있지만 주로 대형 폭탄과 미사일을 관리하는 부대다. 쉽게 폭발하지 않도록 안전장치가 되어 있지만 어떤 이유로든 폭발하면 대형 참사로 이어진다. 저장과 취급을 철저히 하지 않을 수 없다.

일단 저장고 간 거리가 충분히 멀다. 이글루형 저장고는 자체로 엄폐 능력이 있으나 지상 건물형 저장고는 폭발 시 멀리까지 피해가 발생할 수 있다. 폭발 시 파편과 폭풍을 차단하기 위해 건물형 저장고 사방에 방호벽을 설치한다. 저장고 높이로 거대한 흙벽을 쌓는 것이다. 탄약중대 면적이 넓을 수밖에 없는 이유다.

넓은 면적 때문에 봄부터 가을까지 탄약중대 주 임무는 제초작업이다. 지금은 온갖 제초 장비로 작업하지만, 당시만 해도 제초기가 드물었다. 제초작업 도구는 주로 낫이었다. 여름철 병사의 주적

(主敵)은 잡초다. 아침부터 저녁까지 낫질이 임무다. 한 달 걸려 광활한 탄약고 지역 제초작업을 끝내도 소나기 몇 차례에 잡초는 우후죽순 무섭게 자란다. 탄약중대 병력이 많은 이유는 전시 탄약조립이지만 평시에는 여름에 제초작업, 겨울에 제설작업이 임무다. 당시 방위라고 불리던 단기병(短期兵)이 가장 많이 배속된 곳이 탄약중대였다. 수백 명이 낫을 들고 일렬로 늘어서서 하는 제초작업 광경은 장관이었다.

지금은 꿈도 꾸지 못할 일이지만 1980년대까지만 해도 간부 중 독특한 취미생활을 하는 사람이 꽤 있었다. 부대가 워낙 넓다 보니 가축을 키우거나 조그만 텃밭을 가꾸는 사람이 있었다. 여름철에는 텃밭에 심어놓은 상추를 뜯어서 점심때 밥을 싸 먹는 일이 심심찮게 있었다. 1992년 당시 중대에는 벌통 몇 개가 있었다. 선임부사관이 개인적으로 양봉한 것이다. 아무리 개인 시간에 하는 일이라도 임무에 소홀할 우려가 있고, 직간접적으로 병사 노동 착취 가능성이 있으므로 엄격하게 금지된 일이다. 규정이 엄격하게 적용되지 않고 감시와 통제가 느슨하던 시절에 있었던 일이다.

어느 날인가 벌꿀을 수확하던 날이었다. 중대 안에서 키운 만큼 절반 정도는 중대원에게 제공되었다. 벌꿀은 귀한 것이다. 몸에 좋다는 말은 들어서 알고 있었지만, 그때까지 벌꿀을 먹어본 적은 없었다. 아마 중대원 대부분 마찬가지였으리라. 몸에 좋다는 벌꿀을 마음껏 먹을 기회였지만 의외로 많이 먹을 수는 없었다. 벌집까지 통째로 씹어먹었는데 맛은 있었으나 먹는 데 한계가 있었다. 모두 달려들어 양껏 먹을 때였다.

"윤 중사님이 쓰러졌습니다."

갑자기 누군가가 외쳤다. 놀라 바라보니 얼굴이 벌겋게 달아오른 윤남혁 중사가 의식을 잃고 쓰러져 있었다.

"무슨 일인가? 무슨 일이 있었지?"

"조금 전까지만 해도 벌꿀을 먹고 있었는데 갑자기 의식을 잃었습니다."

이유는 알 수 없었으나 그대로 있을 수는 없었다. 의무대에 연락해서 구급차가 달려왔다. 쓰러진 윤 중사는 며칠 입원했다가 퇴원했다. 나중에 들어보니 벌꿀이 몸에 좋다는 수십 가지 이유를 아는 터라 벌꿀 한 판을 혼자서 먹어치웠다고 한다. 보통 사람은 손바닥 크기 한 조각 먹기도 버거운 판에 한 판이라니, 놀랄 일이었다.

벌꿀은 항박테리아와 항바이러스에 좋고, 몸의 피로회복(疲勞回復)과 면역력 향상에 도움이 되며, 뇌 보호나 호흡기질환, 피부에 좋고, 숙취 해소와 해독작용이 탁월하며, 고혈압과 심장병에 효과가 있다고 한다. 그 외에도 이것저것 좋다는 게 많아서 마치 만병통치약이라도 되는 듯하다.

하지만 만사 그렇듯 지나치면 독이다. 몸에 열이 많은 사람이 과다 섭취하면 여러 부작용이 따른다고 한다. 좋다는 말은 들었으나 지나치면 해롭다는 걸 몰랐던 윤 중사는 최대한 섭취한 것이다. 그렇더라도 놀랍지 않은가? 열량이 엄청난 벌꿀 한 판을 한 사람이다 먹은 것과 벌꿀 과다 섭취로 의식을 잃었다는 사실이. 다다익선은 있을 수 없는 일이다. 다다익선이 취해서는 안 될 탐욕이라면 과유불급은 만고의 진리다.

지나고 나니 추억이지만 당시에는 모두 깜짝 놀랐다. 멀쩡하던 사람이 갑자기 의식을 잃고 쓰러지다니 놀라지 않을 사람이 있는가? 만약에 인명 사고라도 났다면 중대 내에서 양봉한 선임부사관뿐만 아니라 중대장이나 대대장도 문책을 면치 못했으리라. 법과 규정은 엄격하게 지켜야 한다. 문제가 드러나지 않으면 어물쩍 넘어가지만, 어느 순간 치명상이 된다. 벌꿀이 뜻밖의 교훈을 주었다. 아무리 좋은 것이라도 지나치면 안 되고, 법과 규정은 준수해야 한다.

에이스 풀하우스

포커의 꽃은 '풀하우스'다. 풀하우스보다 높은 '포카드'나 '스트레이트 플러시'가 있지만 밤새워 게임해도 나올 확률이 거의 없다. 포커는 종종 목격할 수 있으나 스트레이트 플러시는 평생 한두 번 볼까 말까다. 같은 숫자 세 장과 두 장의 조합으로 만들어지는 풀하우스는 포커 게임의 지존이다. 풀하우스를 잡게 되면 99.9%의 승률을 자랑하지만, 그런 이유로 상대가 더 높은 풀하우스를 잡게 되면 올인(all in)을 각오해야 한다.

포커는 기본적으로 '투 페어' 싸움이다. 같은 숫자 세 장인 '트리플'을 잡을 확률은 급격히 낮아지며 더 높은 족보인 '스트레이트'나 '플러시'는 1% 미만 확률이다. 같은 숫자 두 장인 '원 페어'는 50% 가까운 확률로 거의 모든 판에서 나오다시피 하기에 승률이 낮다. 투 페어는 높은 족보는 아니나 상황에 따라 승리할 수 있다. 최종 투 페어를 잡게 되는 판의 레이즈를 어떻게 하는가에 따라 그날의 승패가 결정된다.

투 페어 싸움으로 귀결될 때가 많으므로 '아(A)'나 '카(K)' 원 페어로 시작한다면 최상의 출발이다. 그 자체로 승리할 가능성도 적지 않으나 다른 페어를 만들 확률도 낮지 않으므로 최대한 매우 쳐야 할 패다. 보이는 패가 훌륭하지 않은데 매우 강한 레이즈를 한다면 손에 '아'나 '카' 원 페어를 잡았다고 짐작해도 무방하다. 상대에게 확률이 낮은 족보가 나오지 않는 이상 '아' 투 페어는 무적이다. 에이스 원 페어는 투 페어를 만들 수 있다는 자신감으로 상대가 더 세게 나오지 않는 한 인정사정 두지 말고 강하게 밀어붙일 패다.

광주 비행단에 현역 군인 금오공고 동문이 많았지만, 광주 지역에도 민간인 동문이 적지 않게 거주하였다. 전라도 사람이 고향 찾아 광주 비행단을 원한 사람이 많아서 전역 후 광주에 터를 잡은 동문과 교류하는 사람이 적지 않았다. 다른 지역보다 현역과 민간인 동문 간 유대관계가 돈독했고 매년 두어 차례 모여 우애를 다졌다.

1992년 가을에는 광주 지역 현역과 민간인 동문이 함께 무등산을 등반하였다. 무등산은 등산하기에 훌륭한 산이다. 당시 국립공원으로 지정되지 않았지만, 사계절 절경을 자랑하는 산으로 광주 시민의 사랑을 듬뿍 받았다. 봄에는 진달래와 철쭉, 여름에는 초원 같은 탁 트인 조망에 기화요초가, 가을에는 억새와 단풍이, 겨울에는 서해 습기를 듬뿍 담은 구름이 만드는 얼음꽃, 상고대로 유명하다.

맑은 가을 하늘 아래 무등산 능선 길을 걸으면 황홀하다. 뭉게구름이 펼쳐진 푸른 하늘은 한 폭의 그림이다. 산 중턱까지 내려오면 오색 단풍이 맞이한다. 모처럼 모인 동문과의 가을 산행은 즐거웠다. 기분 좋은 하루를 보냈으니 그 느낌을 최대한 오래 간직해야 하리라. 좋은 기분을 더 좋게 할 방법이 무엇인가? 한국인 남자라면 가장 좋아하는 술이다. 여느 때와 마찬가지로 무등산 아래 식당에 자리 잡고 만찬과 반주로 하루를 마무리하였다.

포커는 부대 안에서만 유행하는 게 아니었다. 주윤발의 '영웅본색' 시리즈 홍콩 영화가 개봉한 이래 포커를 하는 사람이 부쩍 늘었다. 전역한 금오공고 동문도 예외가 아니었다. 술이 거나해지자 너도나도 호승심이 발동하였다. 술이 무엇인가? 기고만장 방약무인하게 하는 최고 수단이 아니던가? 술에 취하면 겁을 상실한다. 내세울 게 없는 사람도 갑자기 온 천하를 품은 사람인 양 자신만만해진다. 막간을 이용하여 친선 게임으로 잠깐 포커를 하기로 하였다. 전부 참여할 수는 없었지만, 고참(古參) 순으로 일곱 명이 식당 한구석에서 포커판을 벌였다. 후배 부사관이 많았던 탓으로 나는 말석이나마 차지할 수 있었다. 취한 상태에서 도박은 최고 긴장과 쾌감을 제공한다.

친선을 가장하나 게임이나 도박에 진정한 친선은 없다. 자본주의 사회에서 척도는 돈이다. 아무리 적더라도 돈이 걸린 게임에 장난으로 임할 사람이 있는가? 운이 따르지 않는다면 어쩔 수 없는 노릇이지만 대부분 횡재를 원한다. 동문의 개인 형편이 어렵다고 게임에 져서 도와줄 마음은 전혀 없다. 게다가 포커는 아무리 기본을 적게 시작해도 판이 커지는 건 삽시간이다. 잠시라도 한눈을 파는 날에는 주머니 털리는 건 예삿일이다.

화기애애하게 시간이 흘러갔다. 처음부터 포커 게임을 위한 모임이 아니었기에 가진 돈도 넉넉하지 않았고 상대 성향도 제대로 모르기에 기본과 원칙에 따라 베팅과 블러핑이 이루어졌다. 베팅은 쿼터였다. 판돈의 최대 4분의 1까지만 베팅하는 것이다. 그럭저럭 현상 유지하고 있던 차에 두 눈이 번쩍 뜨일 패가 들어왔다. 에이스 세 장이 한꺼번에 들어온 것이다. 처음 받는 패에서 '아(A)' 원 페어가 선수가 원하는 최상의 패다. 매우 세게 쳐서 상대를 포기하게 할 수 있다. '아' 투 페어를 만든다면 거의 승리다. 받은 패가 '아' 트리플이라면 필승의 카드다. 발전성도 무한하다. 포카드가 아니더라도 다른 페어 하나를 만든다면 꿈의 에이스 풀하우스다.

포커는 좋은 패를 만들어서 이기는 게임이 아니라 레이즈와 블러핑이 기술이다. 현재 상대 패를 읽어서 이기고 있는지를 판단하고 새로 받을 카드로 만들 족보 가능성을 예측해서 베팅해야 한다. 아무리 좋은 패가 자주 들어와도 너무 쳐서 모두 포기하게 하면 수확은 없다. 좋은 패를 잡는 것보다 나보다 좋은 패에는 일찍 포기하고, 최종 이길 패에는 많은 사람의 참여를 끌어내야 한다. '아' 트리플이라고 매우 친다면 모두 포기하리라. 최종 승리도 중요하지만 내 패가 높지 않은 것처럼 속여서 많은 사람이 레이즈에 참여하게 해야 한다.

첫 패는 5가 들어왔다. 5는 중요하지 않다. 현재 '아' 똘 아니던 가? 같은 숫자 세 장은 트립스 또는 트리플이라고 하지만 우리말로 줄여서 똘이라고 한다. 같은 숫자 석 장이라면 어느 숫자든 똘똘하다. 추가로 페어를 만든다면 포커의 지존 풀하우스다. 투 페어에서 풀하우스를 만드는 건 거의 기적에 가깝다. 그래서 투 페어에서 풀하우스를 바라고 레이즈나 콜하는 사람에게는 딸도 주지 말라는 우스갯소리가 있다. 똘에서 풀하우스를 만들 확률은 상당히 높다. 상대가 스트레이트나 플러시 메이드라도 투 페어에서는 포기하지만, 똘에서 포기할 수는 없다. 풀하우스를 만들 확률이 높지 않지만, 만약 만들기만 한다면 무적이다. 상대에게 악몽이 되리라.

첫 패 5는 중요하지 않았으나 두 번째로 들어온 5에는 두 눈이 번쩍 떠졌다. 5구째에 '아' 집이 된 것이다. '아' 집은 에이스(A) 풀하우스의 약칭이다. 킹(K) 풀하우스는 '카' 집, 퀸(Q) 풀하우는 '마' 집(Madame full house), 잭(J) 풀하우스는 '자' 집이다. '아' 똘이라도 무적인데 '아' 집이라면 더 말할 나위가 없다. 최대한 내 패를 숨겨야 한다. '아' 집이란 걸 알면서 따라올 사람은 적어도 지구상에는 없으리라. 설령 로열스트레이트 플러시를 노리는 사람일지라도 말이다.

쿼터 베팅만 기본으로 하고 레이즈는 자제했다. 초장부터 포기하지 않고 많은 사람이 레이즈에 참가하게 하는 것, 그것이 오늘 게임의 승패를 좌우하리라. 6구 7구째 패는 에이스가 들어오지 않는 이상 무의미하다. 더 좋은 패가 될 수는 없다. 포커페이스로 기쁜 마음을 가장하였으나 일곱 번째 패를 받을 때는 1기 선배 한 분을 제외하고 모두 포기한 상태였다. 돈을 따기 위해서는 내 패가 얼마나 좋은가 하는 것보다도 상대 패가 적당히 잘 들어가는 운이 따라야 한다.

기대보다는 판이 커지지 않았으나 판돈이 4만 원 넘게 쌓였다. 마지막에 1만 원 베팅이 가능한 큰 판이었다. 내 바닥 액면은 여전히 5 원 페어였으나 상대는 특별히 눈에 띄는 족보가 없었다. 무슨 꿍꿍이속인지는 몰라도 내가 걱정할 일은 아니었다. 나는 상대가 죽지 않고 따라오기를 바라며 최대한 조심스러운 표정으로 베팅했다.

"쿼터!"

"쿼터 받고 쿼터 더!"

이변이었다. 내 손에 에이스 석 장이 있다는 사실을 모르는 선배는 마지막에 바라는 패가 뜬 모양이었다. 바닥에 페어가 없었으므로 아마 스트레이트나 플러시가 떴으리라. 판돈이 6만 원인 상태에서 쿼터 베팅이므로 15,000원을 추가 베팅한 셈이다. 큰돈을 벌 천재일우의 기회였으나 내가 가진 돈 대부분은 이미 판돈으로 들어간 상태였다. 내가 가진 돈은 추가 베팅 15,000원에도 미치지 않았다.

"올인! 포카드입니까?"

나는 가진 돈을 모두 털어 넣으며 농담 삼아 물었다. 내가 질 확률은 없었다. 만에 하나 패한다면 상대가 포카드 이상 족보를 잡았을 경우였다. 그건 맑은 하늘 아래 벼락 맞을 확률보다 낮으리라. 베팅할 돈이 없어서 아쉬운 마음을 숨기고 득의양양하여 내 패를 보여주었다.

"어떻게 알았어? 마지막에 2가 뜨네. 2 포카드일세."

나는 기절초풍할 정도로 놀랐다. 포카드라니, 이게 말이 되는가? 다섯 장째 받은 패에서 '아' 집을 만들었는데… 모두 포기하지 않도록 노심초사하여 끌고 왔는데… 무적의 '아' 집이 무너지다니 보고도 믿을 수 없었다. 중간에 한 번만 더 레이즈하였거나 공포 분위기를 조성하였다면 선배는 중도 포기하였으리라. 내가 에이스 석 장으로 시작한 것처럼, 선배는 2 세 장으로 출발하였다. 나는 5구째 '아' 집이 만들어졌으나 선배는 막판까지 여전히 2 똘이었다. 집이나 포카드를 바랄 수는 없었으나 내 패를 5 똘이나 집으로 확신할 수 없었고, 2 똘로 차마 포기할 수 없어서 마지못해 따라온 것이다.

2 포카드와 에이스 풀하우스는 한 끗발 차이다. 똘이 훌륭한 패지만 2 트리플은 그다지 자랑할 게 못 된다. 트리플에서 집을 만드는 게 쉽지 않기에 스트레이트나 플러시를 이기기도 쉽지 않지만, 집을 만들어도 3 집부터 '아' 집까지 더 높은 집이 수두룩하다. 포커 게임에서 집을 잡고 더 높은 집을 잡은 상대에게 패하는 날은 일진이 사나운 날이다. 돈 따는 걸 포기해야 한다. 선배는 2 트리플로 막판에 '아' 집을 이기는 기염을 토했다.

나는 너무 놀라서 화도 나지 않았다. 이런 기적을 직접 보다니 믿을 수 없었다. 포커에서 누구나 원하는 에이스 석 장으로 출발해서 처음 다섯 장으로 '아' 집을 만들었는데 패했다. 낙타가 바늘 구멍을 통과할 정도의 확률이라도 방심해서는 안 된다. 인간이 믿거나 말거나 운명의 여신은 할 일을 한다. 운명의 여신은 종종 기적을 연출한다. 나는 에이스 풀하우스로도 패배할 수 있다는 사실을 깨달았다.

대통령 김영삼

새옹지마(塞翁之馬)라는 말이 있다. 세상일은 변화가 많아서 인생의 길흉화복을 쉽게 알 수 없다는 중국 고사성어다. 대통령 후보와 당권을 모두 차지하겠다고 단일화를 거부한 김영삼은 대구·경북의 노태우, 부산·경남의 김영삼, 호남의 김대중, 충청의 김종필로 철저한 지역구도 속에서 치러진 1987년 대통령선거에서 2위로 탈락한다. 이어진 1988년 총선에서 김영삼의 통일민주당은 여당인 민정당뿐만 아니라 김대중의 평화민주당에도 뒤진 제2야당으로 전락한다.

독자 세력으로는 도저히 차기 대권을 노릴 수 없다고 판단한 김영삼은 대의명분은 없지만 차기 대통령 당선을 목표로 국민에게 야합이라고 비난받은 3당 합당을 선택한다. 3당 합당에 따라 호남 대 비호남 구도로 바뀐 정치 지도에서는 김영삼이 쉽게 대통령에 당선될 것으로 보였으나, 세상은 그렇게 단순하지 않다. 새옹지마,

호사다마, 전화위복이라는 말이 괜히 있는 게 아니다. 여론은 김영삼에게 호의적이지 않았다.

첫째, 그때까지만 해도 지역감정이 있었지만 확고한 것은 아니었다. 인간의 정체성은 그의 사고와 말과 행위의 총합이다. 마음속으로는 다짐하였더라도 말이나 행위를 하지 않았다면 변화의 여지는 있다. 넷으로 갈라진 지역구도 투표는 단 한 차례뿐이었다. 정당 대표가 합당에 동의하였다고 그를 지지한 사람이 전부 순응하는 건 아니다. 민정당과 공화당은 불과 얼마 전까지만 해도 국민 다수의 민주화 열망을 막아서던 독재 정권이었다. 김영삼이 합당하였다고 모두 따라갈 처지는 아니다.

둘째, 보수의 심장이라는 대구·경북의 반 김영삼 정서가 팽배하였다. 박정희, 전두환 25년 집권 기간 가장 수혜를 누렸던 만큼 보수의 가장 큰 적이었던 김영삼, 김대중에 대한 반감은 컸다. 게다가 합당 후에도 민정계와 민주계 주도권 다툼은 계속되었고 김영삼을 주축으로 하는 민주계가 모든 과실을 독차지하는 데 불만이 있었다. 김대중 대통령 당선을 반대하였으나 김영삼을 지지할 마음도 없었다.

셋째, 그 틈을 파고든 게 통일국민당의 정주영이었다. 대구·경북의 표심을 잡아서 김대중, 김영삼, 정주영 3자 구도를 만든다면 대통령 당선 가능성이 있었다. 아마 정주영이 출마하지 않았다면 별다른 소동 없이 김영삼이 대통령에 당선되었으리라. 정주영의 통일국민당 창당과 대통령 출마로 선거 판세는 오리무중이었다.

야합이라는 오명을 뒤집어쓴 채 권력의 정상을 향해 줄달음쳤으나 김영삼이 가야 할 길은 멀어 보였다. 여론조사 결과는 김대중과 1%를 다투는 초박빙이었고 지지율은 20%대에 머물렀다. 부동층이 30%대로 막판 변수에 따라 결과가 달라질 터였다. 이때 터진게 '초원 복집 사건'이다.

대선을 불과 1주일 앞둔 12월 11일, 김기춘 전 법무부 장관이 부산에 내려가 부산 지역 주요 기관장 9명을 남구 대연동에 있는 복어 요리점인 초원 복국에 초청하여 지역감정을 조장하며 선거에 개입하려고 하였는데, 이 사실을 사전에 감지한 통일국민당 선거운동원이 초원 복국에 비밀 녹음기를 설치하여 언론에 폭로하였다.

"우리가 남이가."

"부산, 경남, 경북까지만 요렇게만 딱 단결하면 안 되는 일이 없다. 5년 뒤에는 대구 분들하고 서울 분들하고 다툼이 될는지…. 그때 대구 분들 우리에게 손 벌리려면 지금 화끈하게 도와주고…."

"지역감정이 유치할진 몰라도 고향 발전엔 도움이 돼."

"하여튼 민간에서 지역감정을 좀 불러일으켜야 해."

지역감정을 조장하여 김영삼을 당선시키려는 명백한 공권력의 선거 개입이었다. 해당 폭로는 지역감정을 조장하는 김영삼 후보 측을 곤란하게 만들어 반사 이익을 얻으려는 통일국민당의 의도였지만, 당시 주류 언론은 집권 여당 뜻대로 핵심을 '공권력의 선거 개입'이나 '지역감정 유발 기획'이 아닌 '불법 도청'에 맞추고 연일 보도하여 김영삼 당선을 도왔다.

공권력의 선거 개입을 부정하고 불법 도청에 초점을 맞추는 데 앞장섰던 조선일보는 사설에서 '기관장 모임을 도청함으로써 통일국민당은 선거 전략상 호재를 잡았는지는 모르겠지만, 공공사회와 국민 생활에 미칠 정보정치의 악영향을 고려할 때 도청 행위는 비판받아 마땅하다'라고 주장했다. 조선일보는 대선 당일인 12월 18일 기사에서도 '부산 사건은 음해 공작, 기필코 승리'라는 제목으로 '나는 이번 사건의 최대 피해자'라는 김영삼의 말을 대서특필했다.

소설가 이문열은 자신이 조선일보에 연재하고 있던 소설 「오디세이아 서울」을 통해 이 사건에 대한 독특한 해설을 내놓았다. 이문열은 '그것은 공식적인 회의가 아니었다는 점, 주재자가 현재의 내각과는 전혀 무관하고 모임의 형식도 아침 식사를 겸한 사적인 성질의 것이며, 내용도 사담 수준으로 전혀 어떤 결정력을 가지지 않았다는 점' 등을 지적했다. 또한 '장교 몇이 모여 아침을 먹으며 어떤 후보를 돕기 위하여 논의했다고 해서 군부 회의라 할 수 있는가?'라고 반문하며, '더 관심이 있는 것은 당연히 그 도청의 경위와 방법'이라고 집권 여당을 옹호했다.

대안매체나 1인 미디어가 없을 때다. 안개 정국은 사라졌다. 여당에 치명적인 악재였으나 보수 언론의 비호 아래 호재로 바뀌었다. 갈팡질팡하던 영남 여론은 하나로 통일되었다. '초원 복집 사건'을 폭로한 통일국민당 정주영은 역풍을 맞아 부산·경남은 물론 대구·경북에서 김영삼 지지율을 급등하게 하여 무난한 당선을 돕는다. 지역감정을 조장하자는 모의가 폭로되어 오히려 지역감정을 강화한 해괴한 사례다. 우여곡절 끝에 김영삼은 평생 소원이던 대통령에 당선되었다. 합법적이었으나 명예롭지 못한 과정을 거친 김영삼 대통령은 탁월한 통치로 명예를 회복할 것인가?

13장

1993

기상천외한 방식으로 환영 회식한

광주 무장대대 위관장교에게 놀랐었다.

아마 어떤 소위도 그만한 환대를 받지 않았으리라.

송정리 전체가 들썩이도록 했던 전입 환영 때문이었을까?

전속은 초라하였다.

하나가 좋으면 하나가 나쁜 것,

그래서 인생은 공평한 것인지도 모른다.

- 본문 「전속 회식」에서

체력단련장

공군에는 체력단련장이 있다. 군부대에 체력단련장이 있는 게 당연하지 않겠느냐고 생각하겠지만 사실 이름만 체력단련장이지 체력단련과는 전혀 무관한 골프장이다. 골프는 넓은 땅에 많은 시설을 설치해서 관리해야 하므로 많은 예산이 든다. 1980년대 이전에는 극소수 부유층만 이용하던 귀족 스포츠였다. 공군에서 골프장을 운영한다는 사실이 널리 퍼지는 건 바람직하지 않다는 판단에 붙인 이름이 체력단련장이다.

비행단에 골프장이 있는 데는 이유가 있다. 천 미터가 넘는 활주로가 있는 비행단은 면적이 넓다. 여러 군부대와 비행 지원 시설을 설치하고도 공간이 넉넉하다. 넓은 면적이 필요한 골프장을 조성할 조건을 갖춘 셈이다. 공군은 전후방이 따로 없다. 전투기가 이륙하면 금방 전장에 도착한다. 모든 비행단은 비상대기 전력이 있다. 비상 출격 조종사는 따로 대기하지만, 유사시 긴급 대응을 위하여 조종사를 비행단 안에 붙잡아둘 필요성이 있다. 조종사는 처음부터 골프를 배우고 휴무일에는 골프를 즐긴다. 공군 골프장은 조종사 장거리 출타를 막을 명분으로 만들어졌다.

비행단은 미군을 모델로 만들었다. 미군 비행단에 골프장이 있었기에 그대로 따랐고, 골프장이 있는 이유는 미군의 설명을 그대로 모방한 것뿐이다. 봉급 수준이 큰 차이가 나는 미군은 골프를 즐기는 사람이 많았지만, 1980년대 국내에서 골프를 즐길 사람은 많지 않았다. 군내에서는 조종사 아닌 일반 지휘관 참모도 드물었다. 조종사는 조종수당을 받아서 일반 장교보다 꽤 봉급이 많았다. 그런 이유로 민간에서는 귀족 스포츠였고 공군에서는 조종사 스포츠였다.

가난한 농가에서 자란 나는 생각이 고리타분한 구시대 방식이었다. 공자 말이 진리였고, 정부와 언론이 선전하는 대로 과소비와 사치는 허영이고 저축이 애국이며, 고가의 외제를 사용하는 사람은 매국노였다. 1980년대에 언론으로부터 가장 몰매를 맞는 게 골프장 건설이었고 골프를 하는 사람이었다. 운전면허증이 흔치 않던 시절 운전기사를 고용하여 자가용 타고 골프장 가는 사람은 손가락질을 받았다. 언론에서 떠들어대지 않았던들 골프가 있는지조차 몰랐을 것이다. 그래서 소위 임관할 때 맹세하지 않았던가?

'조자룡은 골프를 하거나 자가용을 사지 않는다. 그럴 리가 없겠지만 경제적으로 윤택해져도 서민의 마음을 아프게 할 골프나 자가용으로 뻐기지 않는다.'

골프가 뭔지도 모르면서 하지 않겠다고 맹세했던 골프장은 의외로 가까이 있었다. 탄약중대는 넓은 지역이 필요하며, 더해서 부대 외곽에 위치한다. 폭탄이 어떤 이유로 폭발한다면 대량 인명 피해가 발생한다. 최대한 인구 밀집 지역과 떨어뜨릴 필요가 있다. 탄약중대는 비행단 맨 끝에 있었다. 체력단련장으로 이름 붙인 골프장도 비슷한 이유로 외곽에 있었고, 담 하나를 사이로 탄약중대와 붙어 있었다. 마음속으로 경멸하던 운전기사가 *끄는* 자가용으로 골프 하러 다니는 졸부를 매일 봐야 했다. 남 일할 때 이상한 복장으로 젊은 여성 캐디와 시시덕거리는 모습이 꼴불견이었다.

더 괴로운 건 가끔 골프장 사역을 하는 것이었다. 지금은 부대 내에서 현역 군인이 사역하는 일이 드물지만, 1980년대 이전에는 모든 일을 자체 해결하였다. 골프장은 평일 민간인이 이용하여 수익을 내므로 현역 군인의 골프장 시설관리는 불법이다. 당시에는 골프장 운영 주체가 비행단이었다. 인건비를 절약하면 곧 수익이었다. 탄약중대는 골프장 옆에 있던 죄로 중대 병력이 가끔, 아니 자주 시설관리에 투입되었다. 당시 중대 반마다 대대본부 통제실과 정비과 정비상황실에 인터폰이 연결되어 있었는데 골프장이 쉬는 월요일에 작업지시 방송이 나왔다.

"전달, 전달! 탄약중대 전 장병은 지금 즉시 골프장 복토작업을 실시할 것. 다시 한번 전달한다. 탄약중대 전 장병은 지금 즉시 골프장 복토작업을 실시할 것!"

골프장은 천연 잔디밭이다. 멀리서 보면 잔디가 빽빽하게 차서 보기 좋지만 가까이서 보면 아이언으로 친 곳이 군데군데 움푹 파여 있다. 월요일이면 덤프트럭이 모래를 실어다 놓고, 장병에게 보수작업을 하게 했다. 시키니까 하긴 하지만 불만이 많았다.

"남 힘들게 일할 때 화려하게 차려입고 젊은 아가씨와 노닥거리는 걸 보는 것만도 괴로운데 그들을 위해서 봉사활동까지 해야 하는가? 사역한다고 월급 더 주는 것도 아닌데 왜 이런 일을 해야 하지?"

중대원의 불만을 잘 알았다. 중대원뿐만 아니라 나부터 불만이었다. 대대장도 어쩌지 못하고 시키는 대로 하는 터에 막 대위 계급장 단 중대장이 거부할 용기는 없었다. 골프장도 싫고 골프 하는 사람은 더 싫었으나 일과 중에 골프장 보수작업을 해야 했다.

1980년대는 뒤죽박죽이었다. 1990년대에 빠른 속도로 바뀌고 있었으나 아직도 곳곳에 부조리가 만연했다. 부정부패와 부조리는 일소해야 하지만 당장은 아니다. 내가 더 높은 위치에 올라섰을 때 타파해야 하리라. 규정을 들어 당장 거부해야 했으나 청년 조자룡은 구태의연과 관습을 막아설 용기가 없었다. 중대원의 불만에는 눈을 감았고, 치솟는 분노를 내색하지 않고 속으로 삼켜야 했다.

폭탄

고스톱에는 폭탄이 있다. 화투는 일본에서 들어왔지만, 고스톱의 기원은 알 수 없다. 언제부턴가 세 사람 이상만 모이면 하는 게 고스톱인데 1970년대 이후 유행했다. 고스톱 규칙은 천차만별이다. 시대마다 다르고 지역마다 다르다. 고정 멤버가 아니라면 시작하기 전에 룰 미팅부터 시끄럽다. 지역마다 확실히 다른 건, 부산·경남에서는 비 열끗을 새로 봐서 비고도리가 인정되었고 대구·경북에서는 오 열끗이 쌍피로 인정되었다.

흔들이는 1970년대부터 있었다. 같은 끗발 패 세 장을 시작 전에 보여주고 승리하면 점수의 두 배를 받는 방식이다. 1980년대 고스톱이 국민 놀이로 발전했는데 무력으로 정권을 잡은 전두환 대통령에 빗대어 많은 규칙이 만들어졌다. 같은 끗발 네 장을 손에 쥐면 '전두환'이라는 이름으로 10점, 20점을 인정하였고 흔들이 패를 숨겼다가 바닥에 나왔을 때 한꺼번에 치는 폭탄이 등장했다. 흔들이와 마찬가지로 승리했을 때 두 배 점수를 인정하는 건 같았으나 상대 피를 한 장씩 빼앗아 오는 게 달랐다. 시작 전에 패를 보여주지 않으므로 작전에 유리했고, 같은 패 두 장이었을 때 조커를 써서 세 패로 만들 수 있는 장점이 있다.

주말에 가장 좋은 건 마음에 드는 아가씨와 나들이 가는 것이겠으나 쉬운 일이 아니다. 아가씨야 어디든 있지만, 마음에 드는 아름다운 아가씨가 나를 위해서 대기하고 있겠는가? 20대는 남자든 여자든 한껏 코빼기가 높을 때다. 세상이 자신을 위해 존재한다고 믿을 때다. 나이 든 어르신이 좋을 때라고 말하지만 그다지 좋기만 하지는 않다. 유혹해야 할 상대가 너무 세다. 어지간한 노력으로는 눈도 돌리지 않는다.

가진 재산 없고 우월한 재능도 없으면서 마음은 용상 위에서 노닐던 나는 절세미녀를 원했다. 남자라면 누구나 미녀를 바라지만 어느 정도 경험하면 현실을 직시한다. 현실을 전혀 모르면서도 이해하려고 노력하지 않았던 나는 심심하다고 나들이하는 걸 원하지 않았다. 시내든 산이든 들이든 나가서 부지런히 미녀를 찾아 부딪쳐야 했건만 내 생각에 그건 시간 낭비였다. BOQ라고 불렸던 독신 장교 숙소는 주말이면 텅텅 비다시피 했으나 나는 꿋꿋이 자리를 지켰다. 주로 먼 훗날 위대한 사람이 되겠다는 황당무계한 생각으로 책을 읽었다. 식사 시간 외 휴무 일과는 독서였다.

휴무일에 장교와 어울릴 때는 주윤발과 유덕화의 홍콩 영화로 당시 유행하던 포커가 흔한 놀이였지만 부사관과 어울릴 때는 고스톱이었다. 포커가 더 재미있었지만, 너무 판이 커지는 문제가 있었다. 고스톱은 기본점수와 상한가를 정해놓으면 오래 즐길 수 있었다. 30분이 흐르기 전에 오링(all in)하는 경우가 흔한 포커가 도박이라면 고스톱은 오락에 가까웠다. 아무도 없는 BOQ에서 자리를 지키다가 관사 거주하던 부사관이 고스톱 자리에 초청하면 스스럼없이 어울릴 때가 많았다. 속담에 도랑 치고 가재 잡는다는 말이 있다. 오락하면서 용돈 번다면 그보다 좋은 일이 있는가? 나는 그다지 우월하지 않은 내 지능을 과신하였다. 사실 포커는 서툴렀지만, 고스톱에서는 평균 이상 잘할 자신이 있었다.

그날도 부사관이 거주하는 관사에서 모임이 있었다. 주로 참가하던 꾼이 아니라 그날은 새내기가 끼였다. 부사관 임관 기수로 나보다 3년 위인 박유민 중사였다. 공군기술학교는 금오공고와 마찬가지로 특수목적 고등학교다. 금오공고가 육군 예산으로 운영하던 부사관 학교라면 기술학교는 공군에서 운영하던 학교라는 게 달랐다. 고등학교를 졸업하고 하사로 임관하였기에 경쟁의식으로 다툼도 종종 있었으나 서로 공감하는 바가 많았다.

박유민 중사는 외모도 깔끔하고 생활 태도가 올바른 사람이었다. 고스톱 좋아한다고 나쁜 사람은 아니지만, 도박이나 음주를 즐겨 하는 사람이 아니었다. 그날은 웬일인지 함께 어울렸다. 그와 고스톱은 처음이었다. 그런 건 중요한 게 아니다. 장교든 부사관이든 일단 게임을 시작하면 필승의 군인정신으로 승리하는 게 중요하다. 웬일인지 돈이 남아도는 일은 없다. 아무리 오락이라도 한

푼이라도 버는 게 좋다. 돈 많아서 해로운 일은 없지 않은가?

마음은 돈 딸 욕심이 굴뚝같았지만, 세상은 마음대로 돌아가지 않는다. 그날따라 손에 들어오는 패도 좋지 않았는데 뒤끝도 좋지 않았다. 제때 먹을 패가 나오고 뒤패가 맞아야 하는데 영 제대로 풀리지 않았다. 아무리 점 100원이라도 어느 정도 승률이 따르지 않으면 지갑이 털리는 건 순식간이다. 30%는 아니더라도 최소 20% 승률은 유지해야 한다.

고스톱 초보인 것 같은 박유민 중사가 펄펄 날았다. 손에 든 패는 어떤지 알 수 없지만 치는 대로 뒤패가 붙었다. 뒤패 붙는 데는 항우장사라도 소용없다. 아무리 좋은 패라도 뒤패에는 못 당한다. 그런데 폭탄까지 자주 하였다. 같은 패가 세 장이라면 패가 말려서 이기기가 쉽지 않다. 되는 집안이라서 폭탄 성공도 자주 하였지만, 폭탄에 성공하지 못하고 흔들기만 하더라도 승리할 때가 많았다. 그러잖아도 안 풀리는 마당에 너무 잘되는 박유민 중사 때문에 골치가 아팠다. 다행인 건 계산할 때 흔들거나 폭탄 한 것을 자주 까먹는 것이었다.

흔들거나 폭탄 하면 점수가 두 배다. 그걸 까먹는다는 건 승부에서 치명적이다. 지나고 나면 기억나게 마련이다. 폭탄인데 절반만 요구해서 돈을 잃었음에도 감지덕지 침묵하고 있는데 새로 패를 돌리면서 깜짝 놀라 혼자 말한다.

"아 참, 흔들었지. 또 까먹었네, 돌아번지겠네."

그제야 눈치 보던 우리는 박장대소하였다. 눈치 못 채면 괜히 속상하게 할 거 없이 말하지 않고 넘어가려고 하였는데 본인이 땅을 치며 후회하니 웃지 않을 재간이 없다.

"아하하하, 그러게 잘 기억해야제."

"푸하하하, 먹는 것보다는 받는 게 중요하당께!"

열받은 박 중사는 잊지 않을 요량으로 처음 먹은 피를 뒤집어놓는다. 이겼을 때 흔든 걸 잊지 않기 위해서다. 잘되는 사람도 매번 먹을 게 있는 게 아니다. 손에 든 패와 바닥 패를 아무리 보아도 일치하는 게 없으니 머릿속이 혼란하다. 바닥에 엎어진 피가 영 눈에 거슬린다.

"이건 뭐야?"

폭탄 표시로 뒤집어놓은 피를 까보고 무심결에 지나친다. 그런데 희한하게도 또 어찌어찌해서 박 중사가 승리한다. 흔들고 이기는 건 쉽지 않다. 그러니 두 배로 돈을 주는 규칙을 정한 게다. 그런데도 그날의 버밍엄은 박 중사였다. 자주 폭탄을 하고 여지없이 승리했다. 전혀 점수 날 게 없는데도 다른 사람이 설사해서 보태주는 데는 방법이 없었다. 문제는 두 배로 받아야 할 돈을 받지 못하는 것뿐이었다.

"아따 환장혀불겄네. 또 폭탄을 잊어부렀어야. 우떡혀야 확실허니 기억허까이."

이번에는 피를 엎어놓는 대신 먹은 피 위에 담배 한 대를 올려놓는다. 손에 세 장이 같은 패인데 매번 먹을 게 있겠는가? 심사숙고하다 보니 담배가 당긴다. 무심코 흔든 표시로 피 위에 올려놓은 담배를 집어 들어 피운다. 웃음이 목구멍까지 치밀지만 참아야 한다. 어쩌다가 폭탄 든 박 중사가 또 이길지도 모를 일 아닌가? 워낙 잘되는 날이니 만사 불여튼튼이다. 우여곡절 끝에 승자는 또박 중사다. 표시해놓은 담배는 이미 피웠으므로 본인이 폭탄 한 건 까마득하게 잊은 지 오래다. 끝까지 잊는다면 차라리 나을 게다. 어차피 받지 못할 돈 후회하면 속만 쓰리지 않겠는가? 그런데 묘하게 패를 돌리면서 기억한다.

"또 잊어부렀네. 우쩌까이. 우떡하면 폭탄을 기억하까나. 아따 돌아번지겠네."

말이나 안 하면 모른 채 지나치련만 그런데 꼭 기억한다. 돈을 받을 때 기억하지 못할 뿐이다. 돈 잃으면서 기분 좋은 사람은 없다. 그런데 돈을 잃으면서도 딱 절반만 챙기는 박 중사 덕분에 요절복통 파안대소하였다. 다음에 폭탄을 하고는 라이터를 세워놓는다. 피를 엎어놓아도 안 되고 담배를 엎어놓아도 안 되니 별의별 수단을 강구한다. 라이터 세워놓는 순간 웃음이 터진다. 한 판이 끝날 때까지 그 라이터가 그대로 있겠는가? 어쩌다 본인이 건드리지 않으면 옆에 있는 사람이 모른 척 라이터를 가져다 불을 붙이고 내려놓는다. 경기에 집중한 박 중사는 무슨 일이 있었는지 알리가 없다. 다음 판이 시작되기 직전에 깨닫는다.

나는 그날 폭탄을 기억하기 위해서 하는 행위가 엄청나게 많다는 걸 알았다. 흔들거나 폭탄을 하고 나서 피 하나를 엎어놓는 건 예사다. 담배를 한 개비 빼서 피 위에 엎어놓거나 라이터를 세우는 건 처음 보았다. 양말 한 짝을 벗거나 지갑을 펼쳐놓기도 하였다. 중간에 양말을 도로 신는다. 한 짝만 맨발인 게 허전했는지도 모른다. 1만 원짜리 한 장을 피 밑에 깔아놓기도 하였다. 중간에 지갑에 도로 집어넣는다. 화투판에 돈이 보이는 게 눈에 거슬렸을까? 백약이 무효였다. 그렇게 자주 폭탄이나 흔든 걸 잊었다면 계산하기 전에 잠시 생각하면 될 것을…. 그날 박 중사는 그게 안 되었다.

그날은 박 중사가 승자였다. 함께한 우리는 모두 패자였다. 그런데 내내 분기탱천한 건 박 중사였고 희희낙락한 건 우리였다. 모든 도박은 확률 게임이다. 상당한 운이 승부를 좌우하지만, 어느 한 사람에게만 행운이 따를 리 없다. 그날 행운은 박 중사에게만 있었다. 손에 든 패가 아무리 개패라도 우여곡절 또는 천신만고 끝에 승자는 박 중사였다. 박 중사는 많은 돈을 땄고 나머지는 꽤 많은 돈을 잃었다. 그런데도 분노한 건 박 중사였고, 기뻐한 건 우리다. 돈 따고 화내는 경우도 드물지만, 돈 잃고 좋아한 건 처음이었다.

그럴 리는 없지만, 박 중사가 타짜였을까? 돈 잃은 사람은 늘 언짢아하고 복수를 꿈꾼다. 돈 잃고 기분 좋아한다면 돈 딴 사람으로서는 그보다 좋을 수 없다. 꼼수를 부려서 매판 돈을 따고 절반만 받음으로써 상대 긴장을 풀게 하였다면 진짜 꾼이다. 그날 박 중사는 십만 원 넘게 땄고 나머지 셋은 삼사만 원씩 잃었다. 점 100원에 몇만 원씩 따고 잃기는 쉽지 않다. 그렇게 많이 잃으면서 내내 즐거웠다. 그날 박 중사가 정말 폭탄 한 걸 몰랐을까?

전속 회식

군대는 보고에서 시작해서 보고로 끝난다는 말이 있다. 그만큼 보고할 일이 잦고, 보고가 중요하다는 말이다. 사실 보고는 중요하다. 규모가 큰 조직인 군대는 개인이 모든 상황을 파악하여 결정할 수 없다. 개인 차원에서는 하찮은 일이라도 부대 전체에 큰 영향을 줄 수 있다. 특히 평시가 아니라 전장이라면 승패의 결정적 요소로 작용할 수 있다. 군에서 보고 철저는 기본이다. 적시에 육하원칙에 따라 보고해야 한다. 보고로 잘못이 사라지는 건 아니지만 상관에게 보고하는 순간 책임은 반감한다. 보고받은 상관에게도 연대 책임이 생긴다.

군대가 보고에서 시작해서 보고로 끝난다는 말은 맞다. 다만 그건 업무에 한해서다. 군대는 규모가 큰 조직일 뿐만 아니라 부대원 간 밀접하다. 사무실 근무 인원만 챙기면 되는 일반 회사와는 다르다. 중대원뿐만 아니라 대부분 대대원의 신상을 파악하는 게 유리하다. 때에 따라 비행단 전체 혹은 타 비행단이나 타 군 업무관계자까지 알아야 한다. 인간은 백 명 이상과 동시에 유대관계를 맺는 게 쉽지 않다고 한다. 수많은 사람을 빨리 파악하여 가까워지는 법, 그건 회식이다. 군에서 인간관계는 회식에서 시작해 회식으로 끝난다.

모든 첫날은 출근과 함께 신고 또는 보고로 시작한다. 그날 저녁은 반드시 회식이 있다. 마지막 날도 마찬가지다. 전속 또는 전역하는 마지막 행사는 신고다. 그 전날은 전별 회식이 벌어진다. 형식은 보고에서 시작해서 보고로 끝나지만 군에서 인간관계는 회식에서 이루어진다. 회식은 군에서 가장 중요한 행사다.

회식에서 시작해서 회식으로 끝나는 게 인간관계인 만큼 회식의 종류도 다양하다. 전입, 전속, 진급 때는 기본이고 출장을 가거나 교육에 들어가도 첫날과 마지막 날은 회식이다. 병사가 전입하거나 전역할 때도 사무실 단위 회식이 기본이다. 그 외에도 수상이나 개인 애경사 등 온갖 이름을 붙여 회식을 추진한다. 어쩌다가 특별한 일이 없이 몇 주가 지나가면 날씨가 우중충하거나 비가 온다는 핑계로 회식하기도 한다. 1990년대 군에서는 주 1회 이상 회식이 원칙에 가까웠다.

공군 소위 계급장을 달고 광주 비행단에 처음 부임했을 때, 신고 전날 대대 위관장교 회식을 시작으로 한 달 가까이 회식한 것으로 기억한다. 물론 한 번으로 그치지 않고 여러 차례 반복했고 그 명목도 허다하다. 대대 간부, 대대 장교, 전대 위관, 대대본부, 행정계, 금오공고 동문, ROTC 동문 회식으로 안면을 익혀야 할 단체는 무수하다. 한두 번으로 서로 기억하기 쉽지 않으므로 단체에 이어 개인적인 식사도 이어진다. 군대 주 임무는 어쩌면 회식일지도 모른다. 역사는 밤에 이루어진다고 하지 않았던가?

소위부터 대위까지 광주에서 보낸 기간은 햇수로 5년이고 만 4년을 넘겼다. 얼마나 많은 회식을 했겠는가? 물론 회식의 주인공일 때도 있었다. 전입 회식과 중위, 대위 진급 때는 내가 주인공이었다. 그러나 대부분은 접대하는 위치였다. 군 회식은 정확히 n분의 1이다. 요즘이야 회사나 부대 운영비로 단체 회식을 지원하지만, 1990년대까지만 해도 그런 예산이 적었을 뿐 아니라 지휘관의 용돈으로 사용되기 일쑤였다. 주인공만 회식비가 면제되었다. 그러니 술을 마시지 않거나 회식이 고역인 사람도 자기 회식을 찾아 먹으려고 하였다. 내 돈으로 다른 사람 접대하였는데 내 몫은 챙겨야 하지 않겠는가?

인간이 무엇인가? 인정 욕구에 목말라하는 존재 아니던가? 설령 술을 마시지 못하고 회식이 싫더라도 자기가 주인공 될 기회를 주지 않는다면 회식비를 손해 보았다는 감정보다도 무시 받은 것을 참을 수 없다. 다른 사람 다 한 회식을 차려주지 않는다면 분노한다. 부대원의 화합과 개인의 불만 무마 차원에서라도 회식은 여하한 일이 있더라도 해야 한다. 때에 따라 해야 하는 회식은 인간의 정당한 권리다.

1993년 7월 어느 날 공군본부 엄태준 대위에게서 전화가 왔다.

공군본부가 무엇인지 모르고 그런 부대가 있다는 것도 모를 때였다. 당연히 엄태준 대위를 몰랐고 그의 직책이나 하는 일도 몰랐다. 엄 대위는 거두절미하고 내게 물었다.

"조 대위, 본부에서 일하고 싶은 마음 없는가?"

공군본부를 몰랐던 터에 그곳에서 일하고 싶은 마음이 있을 리 없었다. 그러나 광주에 처음 왔을 때 열렬히 환영하던 대대 위관장교는 모두 전역하거나 전속으로 떠났다. 물론 새로운 장교가 왔지만 중·소위 때처럼 마음이 맞지 않았고 즐겁지 않았다. 게다가 당시 대대장과 사이가 소원하던 터였다.

"좋습니다."

어떤 부대인지도 모르고 해야 할 일도 전혀 알 수 없었지만, 광주 비행단을 떠나고 싶은 마음에 이것저것 따질 겨를도 없이 선뜻 대답하였다.

"그래? 잘됐구먼. 그럼 기다리고 있게. 머지않아 인사명령이 내려갈 거야."

그게 전부였다. 공군본부에서 전속 의향을 묻는 전화가 왔다고 대대장께 보고한 뒤 까마득히 잊었다. 잊지 않을 이유도 없었고 잊지 않을 수도 없었다. 보직 이동이나 전속에 개인이 할 일은 없다. 의견 제시한 것으로 끝이다. 부대도 보직도 이동 시기도 상부에서 결정한다. 명령에 따라 움직이는 게 개인이 할 전부다. 1993년 8월 13일 금요일이었다. 탄약중대장실 전화가 요란하게 울렸다.

"탄약중대장 조 대위입니다. 통신보안!"

"본부 엄 대윈데… 야, 조 대위 너 뭐 하고 있는 거야? 인사명령 내려간 게 언젠데 아직도 거기 있나?"

"필승, 근무 중 이상 없습니다. 무슨 말씀입니까? 도통 이해가 되지 않는데요."

"8월 1일부로 공군본부 전속 명령이 났단 말이야. 그런데 2주가 지나도록 오지 않고 있으면 어쩌란 말인가?"

"예? 그럴 리가요. 전속 명령 내렸다는 말은 듣느니 처음입니다."

"빨리 비행단 인사처하고 대대본부 행정계에 알아보고 당장 올라오게. 월요일에 군수참모부장 신고 잡아놓을 거니까 일과시간에 늦지 않도록 공군본부 무장전자처(武裝電子處)로 출근하도록."

기절초풍할 일이었다. 명령에 살고 명령에 죽는다는 군이다. 명령이란 게 구두 명령도 있지만, 대부분은 문서로 이루어진다. 구두 명령은 근거가 남지 않지만, 문서는 확실하다. 명령을 정당한 이유 없이 어길 때는 처벌뿐이다. 전속 인사명령을 2주나 어기고 태평하게 있었다니 이보다 어처구니없는 일이 또 있는가?

인사처와 대대본부에 확인해보니 어이가 없었다. 인사명령이 내려오긴 하였는데 비행단 인사처에서 받은 날짜가 8월 2일 월요일이었다. 문서가 전속 일자보다 늦게 도착한 것이다. 모든 게 수기식으로 이루어질 때다. 손으로 문서를 기안해서 체송(遞送)으로 문서를 보낼 때였다. 전자식으로 이루어지는 요즘은 하루 만에 모든 게 이루어지지만, 기상이나 다른 여러 이유로 문서가 지연되는 일이 허다할 때였다. 문서를 보내고도 담당자 간 전화로 확인하는 게 당시 관례였던 이유다.

본부에서는 공문을 내렸으니 알아서 찾아오겠지 하는 마음으로 까맣게 잊었고, 비행단 인사처에서는 날짜보다 늦게 문서가 왔으니 당사자 간 확인해서 이미 갔으려니 하고 대대에 이첩 하달하지 않았다. 인사명령은 늦게라도 문서로 전달해야 했으나 인사처 담당자가 안이하게 판단한 것이다.

잘잘못을 따지기엔 너무 늦었다. 따진다고 해결될 일도 아니다. 문제는 자가용도 없는 내가 단 하루 만에 부대 일을 정리하고 주말을 통해서 계룡대에 가야 한다는 사실이었다. 대대본부에서 급하게 다음 날 단장, 전대장, 대대장 신고 일정을 짜서 내게 통보하였다. 신고가 끝나는 순간 나는 광주 비행단 소속이 아니다. 금요일 오후가 만 4년 이상 근무했던 광주 비행단 사람들과 인사할 시간 전부였다.

전속 명령이 한 달이나 최소한 한 주 전에 내려왔더라면 회식을 통해서 인사했을 것이다. 회식비 없이 술 마실 수십 차례 기회가 사라진 것이다. 친하게 지내던 사람과 진한 석별의 정도 나누었으리라. 아무것도 하지 못했다. 대대 간부 전체 회식, 대대 장교, 대대 위관장교, 전대 위관장교, 중대, 금오공고 동문, ROTC 동문, 절친한 전우와의 식사도 못 했다. 주말을 대전 본가에서 보내는 후배 장교가 있었던 게 불행 중 다행이었다. 후배 자가용에 내 모든 짐을 싣고 떠나야 했기에 금요일 저녁에도 술 마실 시간이 없었다. 저녁 내내 이삿짐을 싸야 했다.

회식을 반드시 해야 할 필요는 없다. 다른 사람이 모두 받은 대접을 받지 못한 건 억울하였다. 누구를 탓할 수도 없다. 2주 전에 알았더라도 전속 일자를 어기지 않았을 뿐, 어차피 회식할 시간은 없었으리라. 나는 주인공으로 전속 회식할 운명이 아니었다. 지난 4년간 엄청나게 접대했어도 내가 전속 갈 때는 단 한 차례의 회식 기회조차 없었다. 첫 전속에서 회식에 관한 추억은 없다. 회식하지 못한 억울한 기억만 있을 뿐이다. 광주를 떠나면서 제대로 챙긴 건 전대 위관장교와 대대 장교 전별금이 전부였다. 내부 규칙에 따라 전속 가는 사람에게 얼마간 돈을 모아 주는 게 전별금이다.

기상천외한 방식으로 환영 회식한 광주 무장대대 위관장교에게 놀랐었다. 아마 어떤 소위도 그만한 환대를 받지 않았으리라. 송정리 전체가 들썩이도록 했던 전입 환영 때문이었을까? 전속은 초라하였다. 하나가 좋으면 하나가 나쁜 것, 그래서 인생은 공평한 것인지도 모른다. 지역감정의 실체를 파악해서 해결하겠다는 거창한 꿈으로 찾았던 광주와 달리 어떤 계획도 없는 계룡대와 공군본부 생활은 어떨 것인가? 즐거웠던 광주 생활이 이어질 것인가?

1993년 8월 14일 토요일 오후, 대전에 사는 후배 장교의 쥐색 프라이드 승용차에 이삿짐을 싣고 계룡대를 향해 호남고속도로를 달리면서 두려움과 설렘이 교차하였다.

- 3권 끝 / 4권에 계속 -